KB267988

임진운 판타지 장편 소설

대공학자

대공학자 8

임진운 판타지 장편 소설

초판 1쇄 찍은 날 § 2003년 2월 5일
초판 1쇄 펴낸 날 § 2003년 2월 15일

지은이 § 임진운
펴낸이 § 서경석

편집장 § 문혜영
편집 § 장상수 · 권민정 · 이종민 · 유경화
마케팅 § 정필 · 강양원 · 이선구 · 김규진 · 홍현경

펴낸곳 § 도서출판 청어람
등록번호 § 제1081-1-89호
등록일자 § 1999. 5. 31
어람번호 § 제1-0344호

주소 § 경기도 부천시 원미구 심곡1동 350-1 남성B/D 3F (우) 420-011
전화 § 032-656-4452 팩스 § 032-656-4453
http://www.chungeoram.com
E-mail § eoram99@chollian.net

ⓒ 임진운, 2002

값 7,500원

ISBN 89-5505-332-0 (SET)
ISBN 89-5505-586-2 04810

임진운 판타지 장편 소설

대공학자

흑룡의 호수 **8**

도서출판
청어람

85장 전해지는 소식

전뇌거 경주는 시상식을 마지막으로 막을 내리게 되었다. 비록 사람들의 기대와 호응에 비해 짧은 시간에 끝이 났지만 그들의 흥분은 결코 이것으로 끝이 아니었다. 이 자리에 모인 사람들과 전뇌거 경주의 소식을 전해 들은 사람들은 적어도 오늘 하루만은 이 이야기를 안주삼아 술을 마실 것이고, 구수한 버터 삼아 식사를 할 것이기 때문이었다.

펑! 펑! 펑!

구름 한 점 없이 푸르디푸른 하늘에는 축포가 터지며 색색의 연기를 피워내기 시작했는데, 이는 우승자에 대한 축하의 의미인 동시에 축제의 시작을 알리는 신호였다. 루이센 시내의 술집과 음식점에서는 이제 곧 밀려들 손님들을 맞이하기 위해 저장고에 쌓아놓았던 술통과 음식 재료들을 주방으로 나르기 시작했고, 시청의 광장과 길거리를 가득 메

왔던 사람들은 자신의 구미에 맞는 음식점을 선택하기 위해 나름대로
의 고민을 해야만 했다. 또 혼잡한 시내를 정돈해야 할 의무를 가진 공
직자들 역시 축제에 들뜬 기분과 자신이 맡은 일 사이에서 갈등하는
모습이었는데, 최소한 이곳에 모인 사람들은 그들의 위치나 신분을 떠
나 축제의 분위기에 휩쓸려 버리고 싶은 마음이었던 것이다.

　사람들이 제 나름대로 축제의 밤을 준비하고 있을 무렵, 라벤과 그
의 동료들은 단상에서 내려와 사람들의 축하 인사에 응해주고 있었다.
그들은 사람들에 치여 이리저리 밀리는 와중에도 얼굴에서 기쁨의 미
소를 지우지 못하고 있었는데, 자신들의 우승이 현실임을 확인시켜 주
고 있는 사람들이 진심으로 고마웠기 때문이다.

　"자네들 정말 대단하군! 아무리 뮤스 원장이 손을 봐줬다지만, 저런
고물 전뇌거로 우승을 하다니 다시 봐야겠어!"

　"이건 기적일세! 이번 역시 자네들이 마지막으로 들어올 것이라고
생각해서 다른 팀에게 돈을 걸긴 했지만, 멋진 경주였으니 돈을 잃어도
나는 만족한다네! 다음에 만나면 아는 척이라도 해주게나!"

　대부분의 사람들이 축하 인사와 함께 예상외의 선전에 대해 이야기
를 빠뜨리지 않았지만 팀 라벤의 팀원들 역시 오늘 같은 결과가 있을
것이라고 예상조차 하지 못했었기에 그에 대해서는 별다른 거부감을
가지고 있지 않았다. 다만 여기저기에서 내미는 손을 정신없이 마주
잡아주고 있던 그들은 태어나서 처음으로 두 개의 손이 모자란다고 생
각하고 있을 뿐이었다.

　같은 시간, 뮤스 역시 팀 라벤의 일원으로서 사람들의 축하를 받고
있었다. 수많은 사람들이 모여 있는 자리에서 자신의 신분을 밝히게
됨으로써 팀 라벤의 일원 중에서도 가장 큰 인기를 얻고 있었다. 그의

주변으로 몰려든 사람들은 소문으로만 무성하던 공학원의 원장을 가까운 곳에서 보고자 갈망했고, 자연스럽게 밀고 밀리는 혼잡한 상황이 연출되고 있었다. 하지만 자신을 축하하고, 반겨주기 위해 몰려든 사람들을 향해 울상을 지을 수도 없었기에 뮤스는 애써 미소로 대해주고 있었다.

"뮤스 원장님, 악수 한 번만 해주세요!"

"이렇게 직접 볼 수 있어서 영광입니다! 손 한번 잡아보면 안 될까요?"

사람들은 부탁의 어조로 말하고 있었지만 행동은 전혀 다른 것이었다. 그들은 뮤스가 손을 내밀지 않아도 서로 그의 손을 잡아끌기 바빴고, 조금 과격한 사람들은 그의 손을 잡고 놓아주려 하지도 않았기에 뮤스는 난감해하고 있었다.

"다른 분들과도 인사를 해야 하니 제 손 좀 놔주시겠습니까?"

물론 이렇게 말을 한다고 해서 그의 처지를 이해해 줄 분위기가 아니었기에 힘주어 손을 빼내며 가볍게 눈인사를 건넸다. 하지만 그것도 잠시, 또 다른 누군가가 그의 손을 끌어당겼고, 뮤스는 또다시 악순환의 시작이라는 생각에 쓴웃음을 띠곤 고개를 내저으며 입을 열었다.

"아가씨, 죄송하지만……."

무슨 일인지 차마 말을 끝까지 하지 못한 뮤스는 여름임에도 불구하고 검게 그을리지 않은 하얀 손에 붙들려 있는 자신의 손을 내려다보았다. 입가에 미소를 짓게 만드는 부드러운 그 느낌이 낯설지가 않았기 때문이었다. 잘 넘어가지 않는 침을 삼키며 고개를 들어 올린 뮤스는 여름의 아지랑이 같은 한 여인의 모습을 바라볼 수 있었다. 뮤스의 눈에 비친 그녀의 모습은 심하게 떨리고 있었는데, 그녀가 떨고 있는 것인지 아니면 자신의 눈동자가 떨리고 있는지도 모를 지경이었다. 그러한 와중에 뮤스의 입이 천천히 움직이며 지난날 동안 그토록 갈망하던 이름을 부르고 있었다.

"카… 카타리나?"

뮤스는 그녀의 이름을 부르고 있는 지금도 스스로를 우습다고 생각하고 있었다. 상식적으로 생각을 해도 카타리나가 이곳에 있을 리가 없었기 때문이다.

"훗! 아무래도 내가 무리를 했었던 모양이군. 헛것이 다 보이고 말야."

그러나 자신을 향해 외치고 있는 수많은 사람들의 목소리 사이로 들려오는 그녀의 목소리를 들은 후에야 자신의 눈이 잘못된 것이 아님을 확신할 수 있었다.

"뮤스, 건강해 보이니 정말 다행이야……."

그것은 항상 뮤스의 귓가에서 맴돌던 카타리나의 목소리였고, 의심할 여지조차 없는 것이었다. 이에 가슴이 격렬하게 떨리는 것을 느낀 뮤스는 손을 뻗으며 말했다.

"너… 정말 카타리나… 너, 맞는 거야? 정말 카타리나야?"

아직도 믿을 수 없다는 듯한 뮤스의 물음에 카타리나는 따뜻한 미소를 지어 보였다.

"시간이 많이 흘렀어도 그 멍한 표정은 여전하구나? 그럼 내가 카타리나가 아니면 누구겠니?"

장난스럽게 말을 던진 카타리나는 눈앞이 뿌옇게 변하기 시작함을 느꼈다. 뮤스의 앞에 서기 훨씬 전부터 눈물을 보이지 말자고 마음속으로 몇 번이나 다짐했었지만, 웃음 속에 눈물이 섞이는 것은 어쩔 수 없었던 것이다. 그녀가 얼굴의 굴곡을 타고 흐르는 눈물을 닦아내기 위해 소매를 들어 올릴 때에는 이미 뮤스의 손이 먼저 그녀의 눈물을 닦아내고 있었다.

"정말 카타리나구나……."

카타리나보다 조금 높은 곳에 위치한 뮤스의 눈은 수많은 말을 담고서 그녀를 내려다보고 있었다. 하지만 결국 그는 아무런 말도 하지 않았고, 단지 그녀의 몸을 끌어당겨 품에 안을 뿐이었다. 지금 이 순간의 느낌을 말로 표현할 자신이 없었던 이유에서였다.

포옹을 하고 있는 뮤스와 카타리나를 둘러싼 사람들은 내막을 알지 못한 채 둘의 모습을 지켜보고만 있었다. 그들은 갑자기 나타난 미모의 여성과 공학원 원장의 포옹이 무엇을 의미하는지 알고 싶은 마음이 굴뚝같았지만, 자신들이 끼어들어 분위기를 흐트릴 때가 아니라는 것을 느낄 정도의 눈치는 있는 사람들이었던 것이다.

카타리나의 어깨 너머로 눈에 익은 인물들이 뮤스의 시야에 잡혔다. 늘씬한 몸매에 붉은 드레스가 유난히 잘 어울리는 여인과 그녀의 허리를 간신히 넘기는 키 작은 드워프, 바로 크라이츠와 켈트의 모습이었다. 뮤스를 향해 3년 전 헤어지던 날처럼 짓궂게 미소 지어 보인 켈트는 휘파람을 불며 말했다.

"휘유~! 이 녀석 꽤나 대담해졌는걸? 이 많은 사람들 앞에서 그렇게 껴안아 버리다니. 카타리나는 이제 다른 사람한테 시집가긴 틀렸군!"

뮤스 뿐만 아니라 카타리나 역시 켈트의 말을 들었는지 얼굴을 붉힌 그녀는 곁눈질로 주변을 살피며 뮤스의 품에서 빠져나왔다. 그런 카타리나에게서 시선을 뗀 뮤스는 약간의 아쉬움을 뒤로한 채 밝게 웃으며 크라이츠와 켈트 가까이로 다가갔다.

"켈트 아저씨! 정말 변한 것이 하나도 없군요!"

"껄껄! 겨우 3년밖에 되지 않았는데 내가 얼마나 변했을 것이라고 생각한 게냐?"

손을 내저으며 너털웃음을 터뜨린 켈트는 팔을 넓게 펴 뮤스를 안아 주었다.

"아무튼 잘 돌아왔다. 제법 씩씩해 보이는 것이 이제 완전히 어른이 되었군!"

뮤스의 가슴 아래까지밖에 닿지 않는 켈트였기에 오히려 뮤스가 그를 끌어안은 모양이 되었지만 마치 고향에 돌아온 듯한 포근함을 느끼고 있었다. 마지막으로 뮤스의 눈길이 닿은 곳은 크라이츠의 얼굴이었다. 처음부터 그저 담담한 미소만을 짓고 있던 그녀는 잠시 동안 외출하고 돌아온 동생을 바라보는 듯한 얼굴이었다. 뮤스의 거칠어진 손을 살며시 잡은 크라이츠는 이상스러울 만큼 부드러운 목소리로 입을 열었다.

"잘 돌아왔구나. 그래, 힘들지는 않았니?"

과거를 회상해 보기라도 하듯이 잠시 허공을 응시하던 뮤스는 어깨를 으쓱거리며 대답했다.

"네, 누님. 비록 힘들긴 했지만 이 세상에 제가 모르는 것이 얼마나 많은지 깨닫게 해준 중요한 시간들이었죠."

"잘됐구나. 그럼 그걸로 충분한 것이지."

간단하게 인사를 마친 크라이츠는 주변을 가볍게 둘러보며 미간을 찡그렸다.

"그나저나 여기는 긴 이야기를 하기에 그리 적당한 곳이 아닌 것 같은데, 이만 자리를 옮길까?"

그녀의 말에 동의하듯 고개를 끄덕인 뮤스는 아직까지도 사람들 사이에서 정신없이 헤매고 있는 팀 라벤의 동료들을 돌아보며 대답했다.

"아무래도 제가 갑자기 사라지면 동료들이 찾을 테니 그들에게 귀띔 정도는 해두고 뒤따라가야겠어요."

잠시 생각을 해보던 크라이츠는 팀 라벤의 동료들을 바라보며 뮤스의 의향을 물었다.

"흠… 그들도 이제 공학원의 식구가 될 것인데 함께 자리를 옮기는 것도 좋을 것 같구나. 어떻겠니?"

어깨를 으쓱거린 뮤스는 동료들이 뛸 듯이 기뻐할 모습이 눈앞에 선했기에 흔쾌히 대답했다.

"후훗! 녀석들도 좋아할 것 같네요."

"그럼 우리는 공학원에서 기다리고 있을 테니 동료들과 함께 오도록 하거라. 그리고 서로 할 말이 많을 것 같은데 카타리나도 뮤스와 함께 오도록 하렴. 그동안 카타리나를 보기가 얼마나 안쓰러웠었는지……."

말끝을 흐린 크라이츠는 고개를 내저으며 몸을 돌렸고, 켈트는 뮤스를 향해 손을 휘휘 흔들어 보인 후 그녀의 뒤를 따르기 시작했다.

크라이츠와 켈트의 모습이 인파에 묻히게 되자 뮤스는 카타리나의 손을 끌며 동료들에게로 향했다. 그들과의 거리는 상당했고 그사이를 가득 메우고 있는 사람들로 인해 걸음이 쉽지는 않았지만, 혹시나 카타리나가 다치지 않을까 염려했기에 최대한 그녀에게 붙어 움직이는 중이었다.

조금 더 앞으로 걸어가자 갖가지 색깔을 지닌 사람들의 머리 너머로 라벤과 동료들의 모습이 보이기 시작했다. 그들은 가만히 있더라도 땀으로 옷이 젖을 만큼 더운 날씨에 사람들과 실랑이를 하느라 모두 지친 기색이 역력했고, 특히 팔러는 더위를 많이 타는지 뒷덜미가 이미 땀으로 흥건했다. 축축이 젖은 손수건으로 얼굴을 훔쳐 내린 팔러는 인내심의 한계를 느끼며 라벤을 향해 외쳤다.

"이봐, 라벤! 이렇게 더 있다가는 공학원에 가기도 전에 죽을 것 같아! 어떻게 좀 해보라고!"

그의 목소리를 듣고서 힘겹게 몸을 돌린 라벤 역시 더 이상은 안 되겠다고 생각했는지 자신의 옷자락을 잡고 있는 사람들의 손을 뿌리치며 근처에 있던 클라렌의 팔을 끌어당겼다.

"클라렌, 이제 그만 하고 빠져나가자! 그리고 켈트! 아, 아니지… 뮤스는 어디에 있는 거야?"

헝클어진 머리를 대충 수습하고 있던 클라렌은 정신이 없는 와중에도 뮤스를 찾아 눈을 돌리기 시작했다. 그러던 중 카타리나와 함께 사람들 사이를 헤치며 다가오고 있는 뮤스를 가리켰다.

"저기야, 저기! 아무래도 뮤스가 있는 쪽으로 나가야 할 것 같아!"

그녀의 말을 듣고서야 뮤스의 모습을 포착한 라벤은 그를 향해 손을 내저으며 나가란 신호를 했고, 팔러와 클라렌의 옷을 움켜잡고서 서둘러 그곳을 빠져나오기 시작했다.

타다다닥!

루이센 시에서 태어나서 자란 라벤은 지금 자신의 능력을 유감없이 발휘하고 있었다. 어려서부터 유난히 이곳저곳 돌아다니기를 좋아했던 그는 루이센 시의 골목 지도를 모두 머리에 담고 있었는데, 이를 적절히 이용해 사람들의 집요한 추적을 하나씩 따돌리는 중이었던 것이다. 이미 피곤을 잔뜩 머금은 다리를 힘겹게 움직이던 팔러는 좁다란 골목의 모서리를 돌아서며 무릎을 짚고 주저앉았다.

"헥헥! 이제 그만 뛰어도 될 것 같은데? 따라오는 사람도 없다고!"

그의 앞에서 달리던 라벤과 클라렌, 그리고 뮤스와 카타리나도 뒤를 두리번거리며 상황을 살폈다. 벌 떼처럼 뒤를 따르던 사람들이 이제 없음을 확인한 라벤은 셔츠의 목 단추를 풀으며 가쁜 숨을 내쉬었다.

"휘유… 오히려 전뇌거 경주는 우승한 다음에 살아남는 게 더 중요한 것 같군. 정말이지 두 번은 못할 짓 같아."

클라렌 역시 그의 말에 동의를 하는지 웃으며 대답했다.

"풋! 우리가 우승할 준비가 안 된 상태여서 그럴지도 모르지 뭐. 미리 알았더라면 손을 흔들어주는 연습이라도 밤새 했을 텐데 말이야."

그녀의 말을 들은 동료들은 고개를 끄덕이며 실소를 터뜨렸고, 이제야 자신들이 우승했다는 사실을 떠올릴 여유가 생긴 듯했다. 동료들의 웃고 있는 얼굴을 하나씩 둘러보던 라벤은 문득 카타리나의 얼굴에서 고개를 갸웃거리며 눈을 멈추었다.

"어라? 그런데 이 아가씨는 누구지? 어째 낯이 익는데?"

라벤은 대답을 구하는 눈빛으로 뮤스의 얼굴을 바라보았고, 뮤스는 어깨를 으쓱이며 대답했다.

"하… 정말 빨리도 물어보는군. 이쪽은 라이델베르크에서 온 카타리나라고 해."

순간 카타리나라는 이름을 들은 팀 라벤의 동료들은 자신의 눈을 부비며 그녀의 모습을 유심히 살폈고, 신기한 사람이라도 본 듯한 표정을 지은 채 손가락으로 그녀를 가리키며 동시에 외쳤다.

"전뇌거 연구부 수석 공학자! 카타리나!"

그들의 반응에 뮤스는 어리둥절한 얼굴을 했고, 자신의 얼굴을 알아보자 카타리나는 고개를 숙이며 라벤과 동료들에게 인사를 건넸다.

"인사가 늦었네요. 공학원의 카타리나라고 합니다."

자신들의 짐작이 맞았다는 것을 확인하자 더욱 들뜬 표정들이었다. 그들의 반응에 대한 영문을 모르던 뮤스는 라벤의 옆구리를 찌르며 물었다.

"왜 그렇게들 놀라는 거야?"

라벤은 초롱하게 빛나는 눈으로 카타리나를 바라보며 입을 열었다.

"카타리나 양은 공학원 지망생들에게 우상과도 같은 존재지. 나이 22세, 라이델베르크 램브리겐 대학교 연금술학과 차석 졸업. 전뇌거 연구부의 수석 공학자, 로데오의 후속 기종인 루펜트의 설계 담당."

반쯤 넋을 빼고서 중얼거리고 있는 라벤의 말을 팔러가 이어 나갔다.

"특히 빼어난 미모와 착한 심성을 가진 데다가, 애인이 없다는 소식이 퍼지자 상당한 수의 남성 추종자들이 생겨나고 있는 실정이란 말이지."

침이 마르도록 설명하고 있는 동료들의 이야기를 듣고 있던 뮤스는 얼떨떨한 표정으로 카타리나의 얼굴을 살폈다. 뮤스의 시선을 느낀 그녀는 미소를 지으며 입을 열었다.

"다른 이야기는 어떨지 몰라도 제일 마지막의 이야기는 확실히 사실과 다르군요. 엄연히 뮤스 드라켄이라는 이름의 애인이 있으니까요."

"네에?!"

카타리나의 말이 떨어지기가 무섭게 짤막한 비명성을 지른 라벤과 팔러는 뭔가에 얻어맞은 표정을 지었다. 라벤은 그녀의 말을 도저히 믿을 수가 없는지 고개를 도리질 치며 뮤스에게 물었다.

"지금 카타리나 양이 농담하는 거지? 제발 그렇다고 말해 줘!"

씩씩거리며 뮤스의 얼굴을 째려보고 있는 팔러의 반응 또한 가관이었다.

"뮤스! 너, 아무래도 밤길을 조심해야 할 거야. 이 사실이 밝혀졌다간 카타리나 양의 추종자들이 무슨 짓을 할지도 몰라… 물론 나 역시 그중 한 명이라고!"

한껏 시무룩해진 라벤과 팔러의 뒤에 서 있던 클라렌이 그들의 뒷덜미를 잡으며 말했다.

"쯔쯧… 이 한심한 사내들아, 현실을 받아들여. 이렇게 아쉬워한다고 사실이 변하는 것은 아니잖아? 추종자라면서 얼굴도 못 알아본 주제에……."

클라렌의 말에도 얼굴이 펴질 기색을 보이지 않자 화제를 돌려야겠다고 생각한 뮤스는 자신의 머리를 두들기며 입을 열었다.

"아! 잠시 잊었는데, 오늘 공학원에서 저녁 식사나 함께 하자고 하시더군."

역시 먹을 것에 민감한 팔러가 먼저 반응했다.

"저녁 식사를 함께? 누가?"

"너희들도 아마 알고 있을 거야. 크라이츠 누님과 켈트 아저씨."

뮤스의 말이 떨어지자 라벤과 팔러의 얼굴에서 한순간 모든 실망이 사라졌고, 그에 합세해 클라렌까지 이성을 잃고서 부산을 떨기 시작했다.

"그럼 켈트님께서도 이곳에 계신다는 말이니? 어머, 이게 웬일이야!"

"크라이츠님과 켈트님이라면 이제 우리의 상관이 될실 테니 잘 보여야겠지? 그렇다면 우리가 이러고 있을 시간이 없어! 빨리 돌아가서 옷이라도 갈아입고 와야겠군!"

"몇 시에 어디로 가면 되는 거야?"

뮤스는 순식간에 돌변한 분위기에 어이없어하며 대답했다.

"하… 아마 6시까지 공학원으로 가면……."

"6시라… 그럼 나중에 보자고! 얘들아, 가자!"

뭐가 그렇게 바쁜지 그의 말이 끝나기도 전에 팀 라벤의 동료들은 손을 흔들며 골목길로 뛰어가기 시작했는데, 방금 전만 해도 금세 쓰러질 것같이 지쳐 있던 모습은 처음부터 없었던 것 같았다. 뮤스의 옆에 서서 상황을 지켜보던 카타리나는 웃음을 터뜨리며 말했다.

"푸훗! 정말 엉뚱한 사람들인걸?"

무슨 말인지 알 수 없었던 뮤스가 카타리나의 얼굴을 내려다보자 그녀는 뮤스의 흐트러진 옷깃을 여며주며 설명했다.

"생각해 보렴. 공학원에서 가장 높은 위치에 있는 사람이 뮤스인데, 정작 네 앞에서는 아무렇지도 않게 행동하다가 다른 사람들 이야기가 나오면 눈이 휘둥그레지잖아. 저 사람들은 아직도 정신이 없는가 봐."

카타리나의 말을 이해할 수 있었던 뮤스는 팀 라벤의 동료들이 사라져 버린 곳을 바라보며 대답했다.

"그래도 좋잖아? 딱딱한 상하 관계보다는 바로 옆에서 허울없이 지내는 편이 서로 간의 의견을 나누는 데 더욱 효과적이니까. 그럼 우리도 공학원으로 돌아갈까?"

뮤스의 말에 미소로 답한 카타리나는 그의 팔에 매달리듯이 팔짱을 꼈고, 두 남녀는 지난날 동안 마음속에 쌓아놓았던 이야기들을 하나씩 풀어내며 공학원을 향해 발걸음을 옮기기 시작했다.

해가 기울어질 무렵이 되자 붉은 햇빛이 전뇌거 안으로 스며들었다. 운이 나쁘게도 해를 마주 보는 자리에 앉은 크라이츠는 부채를 펼쳐 부신 눈을 가렸지만, 레이스로 만들어진 부채는 효율적으로 햇빛을 막아주지 못하고 있었다. 부채를 통과한 햇빛이 크라이츠의 얼굴에 그림자의 문양을 만들어내자 나직한 한숨을 내쉰 크라이츠는 부채를 접고서 창밖으로 고개를 돌렸다.

크라이츠의 맞은편에 앉아 거리의 풍경을 보고 있던 켈트는 눈을 엷게 뜨며 흥청거리는 사람들을 부러운 눈빛으로 보고 있었는데, 원래 축제를 좋아하는 드워프 족으로서 전뇌거에 가만히 앉아 구경만 하고 있는 것이 성격에 맞지 않았기 때문이다. 하지만 오늘은 뮤스의 귀환을 환영하는 날인만큼 자신의 기분을 억누를 수밖에 없었고, 신경을 다른 곳으로 돌려야 할 필요가 있다고 느꼈다. 뛰쳐나가고자 하는 욕구를 힘겹게 뿌리친 켈트는 창에서 고개를 돌리며 크라이츠에게 물었다.

"저 크라이츠님, 하나만 물어봐도 되겠습니까?"

그의 목소리를 들은 크라이츠는 창에서 시선을 떼지 않은 채 대답했다.

"대답하기 곤란한 질문만 아니라면."

"흠. 대답해 주시기에 곤란한 것은 아닐 것입니다. 그저 뮤스가 누명으로 추방당했다는 사실을 녀석에게 있는 그대로 말해 줄 것인가 하는 것이죠. 아무래도 말을 하지 않는 편이 더 좋을 것 같습니다만……."

그제야 창으로부터 고개를 돌린 크라이츠는 의미 깊은 미소를 지으며 입을 열었다.

"호홋! 제가 굳이 말해 주지 않더라도 뮤스는 이미 자신이 누명을 썼었다는 사실쯤은 눈치를 챘을 거예요. 이제 와서 그 정도도 눈치 채지 못한다면 뮤스를 애써 추방시킨 보람이 없겠죠. 그 일 때문에 내가 얼마나 바빴었는데……."

크라이츠의 애매모호한 대답에 켈트는 턱을 매만지며 되물었다.

"뮤스가 이미 그 사실을 눈치 채고 있다는 말씀이십니까? 글쎄요……."

미심쩍다는 듯한 켈트의 말을 들은 크라이츠는 부채질을 하며 말을 꺼냈다.

"그럼 이렇게 설명을 해드리도록 하죠. 인간들이 스스로 지혜를 쌓기 위해서는 상당한 시간을 요하게 된답니다. 이것은 인간들뿐만 아니라 지상의 모든 종족들에게 해당되는 것이죠. 하지만 인간과 그 밖의 유사 인종은 큰 차이점을 가지고 있는데, 그것은 바로 수명의 차이랍니다. 켈트 씨는 언제 처음 드워프 마을을 떠나 여행을 하게 되었나요?"

돌연한 질문에 볼을 긁적이며 생각해 보던 켈트는 확실치 않은 목소리로 말했다.

"글쎄요. 대략 50살 전후였던 것 같은데. 그것이 어떻다는 말씀이십니까?"

"켈트 씨의 말대로 유사 인종인 드워프나 엘프 등은 대개 50세가 넘어서야 살아가는 데 충분한 지혜를 갖추게 되고, 종족으로부터 혼자서 살아갈 수 있는 성인임을 인정받게 됩니다. 반면 인간의 나이로 50세라 함은 삶의 지혜는 갖추었으나 인생의 종반부에 해당하는 나이이기 때문에 젊은 인간들은 타 유사 종족에 비해 대체적으로 우둔하게 보이는 것이죠.”

잠시 말을 끊었던 크라이츠는 켈트가 고개를 끄덕이는 모습을 확인하며 말을 이었다.

“하지만 이러한 치명적인 단점을 안고서도 유사 인종 중 가장 번영을 누리는 데는 그만한 이유가 있답니다. 바로 유사 인종 중 유일하게 스승이라는 존재가 있다는 것이죠. 인간들은 이 스승을 통해 짧은 기간 동안 충분한 지혜를 습득하게 되었는데, 그런 이유로 타 유사 인종이 50년이라는 시간을 들여 한 세대의 성인층을 키워내는 동안 인간들은 같은 시간에 두 세대의 성인층을 키워내는 것이랍니다. 그러니 인간이 번영을 누리는 것은 당연한 것이죠.”

신빙성이 있어 보이는 크라이츠의 말에 켈트의 고개는 저절로 끄덕여지고 있었다.

“과연 듣고 보니 그렇군요. 그렇다면 크라이츠님의 말씀은 뮤스에게 혹시 그 스승이라는 존재가 생겼다는 것입니까?”

이제야 켈트에게 대충 의사 전달이 되었다고 생각한 크라이츠는 다시금 창밖으로 시선을 돌리며 대답했다.

“그의 이름은 그라프 라듀아보, 인간들 사이에서는 대현자라 불리우는 인물이랍니다. 그를 미개척지로 움직이도록 유도하느라 화석 속에서 잠들어 있던 카일락스까지 부화시켜야 했지만 보기 드물게 아는 것이 많은 인간이니 뮤스의 스승으로서는 모자람이 없는 인물이었죠.”

“대현자 라듀아보…….”

켈트 역시 익히 알고 있는 이름이었다. 비록 종족은 다르지만 같은 시대를 살아온 인물이었고, 대륙 전체를 떠들썩하게 만들었던 인물을 모를 만큼 소식에 어둡지는 않았기 때문이다. 어렴풋이나마 그간 있었던 일을 짐작할 수 있었던 켈트는 나직한 탄성을 뱉으며 입을 열었다.

"흠… 그렇다면 뮤스는 추방당한 이후부터 지금까지 철저하게 크라이츠님의 계획 아래에서 움직였던 것이군요."

긍정의 뜻으로 고개를 가볍게 끄덕인 크라이츠는 부채로 입을 가볍게 두드리며 말했다.

"뮤스에게 그 일에 대해서는 비밀로 하도록 하죠. 어차피 알아봤자 도움이 되지는 않을 테니까요."

"그렇게 하도록 하겠습니다, 크라이츠님."

켈트의 확답을 들은 크라이츠는 눈을 감으며 의자에 편안하게 기대었고, 복잡한 심정이 바탕에 깔린 켈트의 눈은 그녀를 바라보고 있었다. 지금 이 순간 지혜의 극이라 불리우는 대현자를 마음대로 조종한 크라이츠가 두려움의 대상을 넘어선 경외의 대상으로 비춰졌기 때문이다.

같은 시간, 뮤스와 카타리나는 겔브 호수 주변으로 만들어져 있는 좁다란 산책로를 걷고 있었다. 고운 모래 위에 둥근 자갈을 깔아 만든 이 산책로에는 대부분 신발을 신지 않은 사람들이었는데, 그들은 자갈이 전해주는 시원한 느낌을 즐기는 듯했다.

조잘거리면서 이야기를 이어가는 중인 카타리나는 뮤스를 놓치기라도 할까 봐 무서운지 그의 팔을 한순간도 놓지 않았고, 뮤스는 그런 그녀의 손을 감싸 쥐며 이야기를 듣고 있었다. 그녀의 이야기 중 대부분은 뮤스가 떠나 있는 동안 공학원에 있었던 일들이었는데, 오랜만에 돌아온 뮤스가 공학원에 적응을 하기 위해서라도 이러한 이야기들이 꼭 필요하다고 생각했기 때문이다.

“…아무튼 켈트 아저씨는 매일같이 그날의 결정을 후회하고 있다니까. 헤밀턴이 켈트 아저씨의 수비 범위를 넘어서 버렸으니…….”

그녀의 이야기를 들으며 대충 상상을 해보던 뮤스는 믿기지 않는 표정을 지었다.

“이런… 전혀 감이 잡히지가 않는걸? 폴린보다 더 난폭하다니…….”

“그러게 말이야. 학교 생활을 할 때에는 그럭저럭 봐줄 만했는데, 역시 공학원에서 연구하느라 많은 시간을 함께 지내다 보니 폴린도 손을 들어버릴 정도라는 걸 알게 됐지. 덕분에 히안은 더욱 폴린이 좋아졌나 봐. 요즘 걔들은 크게 티격거리지도 않거든.”

카타리나의 말을 충분히 이해한 뮤스는 피식 웃었다.

“후훗! 헤밀턴 덕분에 상대적으로 폴린이 유순해 보이겠구나? 히안은 헤밀턴과 폴린을 비교하면서 폴린과 사귀게 된 것이 천만다행이라는 생각을 하게 되었겠지. 그래도 폴린은 여전할 테니 가끔 싸우긴 하겠군.”

“풋… 그렇다고 할 수 있지. 그래도 헤밀턴과 함께 있다 보면 밝은 성격에 동화돼서 어느새 어두운 기분들이 사라지곤 했어. 나도 도움을 많이 받았는걸?”

가볍게 이야기를 이끌고 있는 카타리나와 눈빛이 마주친 뮤스는 그녀의 의도와는 다르게 미안한 기분을 느꼈다. 자신의 일로 인해 그녀가 얼마나 힘들어했는지 충분히 알고 있었기 때문이다. 그에 대해 이야기를 꺼내려 할 때 귀에 익숙한 목소리가 그를 부르고 있었다.

“자네! 여기 있었군!”

뮤스와 카타리나는 자연스럽게 목소리가 들려오는 곳을 향해 몸을 돌리게 되었다. 그들의 시선이 닿은 곳에는 배가 제법 나온 중년인과 그의 목에 올라탄 소년이 있었는데, 한눈에 그들이 누구인지 알아본 뮤스는 반가운 표정과 난감한 표정을 동시에 짓고 있었다.

"아! 길버트 씨였군요?"

그의 말대로 루이센으로 오면서 전뇌거를 얻어 탔었던 길버트가 그곳에 서 있었다.

뮤스가 자신의 이름을 부르자 길버트는 털털한 웃음을 터뜨렸고, 그의 아들은 뮤스를 향해 손을 흔들고 있었다.

"허헛! 이미 라이델베르크로 떠난 줄로만 알고 있었는데. 자네는 아직도 떠나지 않았단 말인가?"

길버트의 말을 들어보니 그는 아직 뮤스의 신분을 모르는 듯했다. 자신이 신분을 속인 것에 대해 섭섭해할지도 몰랐기에 뮤스 역시 신분을 애써 밝힐 생각은 없었다.

"훗! 일이 그렇게 되었습니다. 갑자기 이곳에서 할 일이 생겼거든요."

"하하! 그렇게 변명할 거리는 아니지 않나? 자네도 전뇌거 경주를 구경하고 싶었을 테니 충분히 이해할 수 있다네."

말을 하다 말고 카타리나에게서 시선이 멈춘 길버트는 은근한 웃음을 지으며 귓속말을 했다.

"그런데 저 아가씨는 누군가? 혹시 오늘 건진 아가씨? 하긴 자네 나이 때는 여러 여자를 경험해 보는 것도 좋지!"

길버트는 스스로 귓속말이라고 생각하고 있는 듯했지만, 사실 카타리나의 귀에도 충분히 들릴 만큼의 목소리였기에 뮤스는 적지 않게 당황할 수밖에 없었다.

"무, 무슨 말씀이십니까? 이쪽은……."

그러나 길버트는 이미 다 안다는 투로 손을 저으며 그의 말을 잘랐다.

"흐훗! 거참, 괜찮다니까 그러네."

이렇게 나오자 뮤스는 그에게 설명을 해봐야 믿지 않을 것이라는 생각에 손을 내저으며 단념했다. 길버트의 이야기는 계속되었다.

"그나저나 오늘 전뇌거 경주는 정말 대단하지 않았나? 비록 멀어서 얼굴을 볼 수는 없었지만, 공학원의 원장이라는 젊은이까지 나타나다니. 이번 경주를 보러오지 않았다면 평생 후회했을 것일세! 게다가 팀 라벤의 승리는 정말 감동적이었다구!"

무등을 타고 있는 아들의 손을 높이 치켜든 길버트는 자신이 더욱 신이 난 얼굴이었다. 이리저리 움직이던 몸을 멈춘 길버트는 아들의 얼굴을 올려다보며 말했다.

"사실 자네도 알고 있듯이 얼마 전까지만 해도 아들 녀석의 뒷바라지에 대해서 회의적이었지. 하지만 오늘 팀 라벤의 우승을 보면서 생각을 고쳐먹게 되었다네! 언젠가는 로페드로 이 녀석도 열심히 해서 팀 라벤의 팀원들처럼 당당하게 공학원에 들어갈 것이라고 나와 약속을 했거든!"

부자의 밝은 얼굴을 보며 뮤스는 미소 지었다.

"잘되었군요. 집에는 언제 돌아가십니까?"

뮤스의 물음에 호탕하게 떠들던 길버트는 무슨 이유에서인지 인상을 찌푸렸다.

"흠, 사실 이곳에서 축제 분위기를 더 즐기고 싶은 생각이 절실하지만, 우리는 오늘 밤에는 출발을 해야 한다네. 집사람을 혼자 두고 와서 사실 걱정이 되거든. 하핫! 비록 우리가 이곳에 집사람 모르게 왔지만,

나는 혼날 각오를 하고서라도 오늘 이야기를 해줄 생각이네. 정말 혼자 알고 있기는 아깝거든.”

“아… 그러시군요. 괜찮으시다면 식사라도 대접해 드리고 싶습니다만…….”

길버트는 무슨 말이냐는 듯이 고개를 저으며 사양했다.

“마음은 고맙지만 괜찮네. 나도 눈치가 없지는 않거든. 아가씨와 둘이서 좋은 시간을 가지게나. 허헛! 그럼 자네에게 행운이 가득하기를 바라겠네.”

“네. 길버트 씨도 조심해서 돌아가십시오.”

뮤스의 어깨를 가볍게 두드린 길버트는 따뜻한 미소를 지으며 몸을 돌렸고, 그의 아들인 로페드로 역시 손을 흔들어 뮤스에게 작별 인사를 했다.

뮤스와 점점 멀어지는 것을 느낀 길버트는 무등을 타고 있는 아들의 다리를 두들기며 입을 열었다.

“로페드로, 뮤스 형의 얼굴을 잘 기억했지?”

길버트의 머리카락을 매만지고 있던 로페드로는 고개를 끄덕였다.

“당연하죠! 그런데 왜요?”

“후훗! 뮤스 형이 바로 공학원의 원장님이란다. 네가 들어가고 싶어하는 공학원을 만든 사람이지.”

“네?! 정말요?”

로페드로는 아버지의 말이 믿기지 않는 듯한 얼굴로 고개를 돌려 뮤스의 모습을 바라보았고, 귓가에서는 길버트의 목소리가 이어졌다.

“너도 꼭 저 뮤스 형처럼 훌륭한 사람이 되거라. 높은 위치에 있더라도 힘없는 사람들을 업신여기지 않는 따뜻한 사람으로…….”

로페드로는 뮤스의 모습이 보이지 않을 때까지 시선을 떼지 못하고 있었다.

루이센 공학원으로 돌아온 뮤스는 연회복으로 갈아입으라는 크라이츠의 성화를 이기지 못하고 소파 위에 놓여진 상자를 뒤적이고 있었다. 뮤스의 귀환을 축하하고 전뇌거 경주를 기념하기 위한 연회가 곧 열리기 때문이었는데, 예나 지금이나 그러한 자리를 좋아하지 않는 뮤스는 그리 달가운 표정이 아니었다. 하지만 다른 이도 아닌 크라이츠의 말이었기에 따를 수밖에 없었다. 그만큼 크라이츠의 존재는 뮤스에게 큰 부분을 차지했던 것이다.

진한 밤색의 목제 상자 안에는 한 벌의 연회복과 그에 어울리는 장식품들이 자리하고 있었는데, 그나마 다행인 것은 크라이츠가 뮤스의 취향을 잘 알고 있었기에 크게 화려하지는 않다는 것이었다. 보기만 해도 목을 조여올 것 같은 흰색의 셔츠를 꺼내 든 뮤스는 작은 각오를 해야만 했다. 그리고 능숙한 손놀림으로 복잡하기만 한 연회복을 하나씩 걸치기 시작했는데, 이것저것 대충 끼워 입던 과거와는 크게 다른 모습이었다. 전신 거울 앞에서 자신의 모습을 비춰본 뮤스는 옷매무새를 하나씩 정리해 보면서 마무리를 했다.

"이렇게 하면 된 건가? 재단선 하나까지 맞춰야 하다니… 차라리 모르는 편이 훨씬 좋을 뻔했군."

쓴웃음을 지으며 혼잣말을 하던 뮤스의 눈은 치렁한 머리에 닿아 있었다. 손으로 몇 번 쓰다듬어 보아도 정리가 될 기미가 보이지 않자 주변을 둘러본 뮤스는 상자를 포장했었던 끈을 주워 들어 머리를 묶기 시작했다. 이것으로 연회에 참석할 준비를 마친 그는 가방을 어깨에 메며 방을 나섰다.

공학원의 전시관은 연회장으로 변해 있었다. 전시품들을 올려놓았던 선반들은 어느새 연회장 테이블로서의 역할을 충실히 수행 중이었고, 전시품들을 비춰주던 천장의 조명들은 음식들을 비추며 맛깔스러운 색깔을 연출하고 있었다.

장내를 한번 둘러본 뮤스는 사람들에게 둘러싸여 있는 크라이츠와 카타리나를 쉽게 찾을 수 있었다. 음식이 마련되어 있는 테이블 주변에서는 켈트가 자신의 식탐을 과시하는 중이었다. 그다지 배가 고픔을 느끼지 못했던 뮤스는 음식은 거들떠보지도 않은 채 손님들과 대화를 나누고 있는 크라이츠에게 다가갔다.

마침 뮤스를 발견한 크라이츠는 잠시 양해를 구하며 하던 이야기를 멈추었고, 뮤스를 가리키며 입을 열었다.

"저기 원장님께서 나오시는군요. 여러분들께 공학원의 원장님을 소개시켜 드리겠습니다."

크라이츠가 말을 마치자마자 그녀를 둘러싸고 있던 사람들은 한쪽을 터주며 뮤스에게 시선을 모았다. 어차피 연회란 사람들 간의 사교를 위한 시간이라는 사실을 익히 알고 있었던 뮤스는 싫은 기색을 감춘 채 가볍게 자기소개를 했다.

"뮤스 드라켄이라고 합니다. 이렇게 만나뵙게 되어서 기쁩니다. 저희 공학원에 큰 관심을 가져 주시는 것에 대해 늘 감사한 마음을 가지고 있으며, 앞으로도 좋은 관계를 가졌으면 합니다."

상대를 함께 존중하는 그의 인사말과 반듯해 보이는 모습이 마음에 들었는지 초대되어 온 사람들은 호감 어린 표정을 지으며 각자 자신의 소개를 하기 시작했다.

"저는 루이센의 시장인 바르커드 폰 아빌란이라고 합니다. 추방 소식을 들었는데, 이렇게 건강한 모습으로 돌아오셨으니 참으로 다행입니다."

"처음 뵙겠습니다. 구드라엔 폰 뷰라티어 남작이라고 합니다. 오늘 전뇌거 경주를 감명 깊게 지켜보았습니다. 앞으로도 사람들에게 감동을 주는 행사가 되었으면 하는군요."

한 명, 한 명의 소개를 들을 때마다 뮤스는 그라프에게서 들었던 제국의 신분 계층에 대해 떠올렸고, 덕분에 지금 소개를 하고 있는 이가 어느 정도의 위치에 있는 인물인지, 또 무엇을 하는 인물인지 쉽게 이해할 수 있었다.

그런 뮤스를 바라보고 있던 크라이츠는 능숙하게 사람들과의 만남에 대처하는 뮤스를 향해 흐뭇한 미소를 날렸고, 다시 한 번 자신이 한 일에 대해 만족해하고 있었다.

뮤스는 루이센 시의 귀족들 사이에서 대화를 이끌고 있었다. 귀족의 가치는 이름만 남았을 뿐이지만, 능력적으로도 경제적으로나 사회적으로나 인정을 받는 이들이었기에 상당한 지식을 가진 이들이라 할 수 있었다. 하지만 그들은 오히려 뮤스의 폭넓은 지식에 감탄을 해야만 했는데 예술, 종교, 역사에서부터 경제, 정치까지 그의 지식에 한계가 보이지 않았던 것이었다.

"글쎄요… 그 당시 대륙 전체를 통일했었던 바르카두 제국은 식민지 개척의 필요성을 느끼지 못하고 있었던 것입니다. 세상의 중심이 바르카두 제국이라 생각했을 뿐만 아니라 인구가 많지 않았기에 대륙에서 생산되는 자원들만으로도 충분했기 때문이죠. 그러나 현대에 들어 대부분의 오이랍 대륙 국가들이 봉건 제도에서 자치 제도로 옮겨감으로 인해 국민들의 인권 향상, 인구 증가, 생활 수준 향상이라는 결과를 낳았습니다. 이에 따라 각 국가는 필요한 자원들이 늘어만 갔고, 오이랍 대륙에서 생산되는 물량으로는 한계를 느끼게 된 것이죠. 그렇기에 대륙의 국가들은 서로 동맹을 맺음으로써 본토의 안정을 꾀하고, 밖으로는 식민지 개척의 기반을 다질 수 있게 된 것입니다. 그러니… 음?"

뮤스가 자신의 말을 정리하려 할 때, 입구에서는 사람들 간에 실랑이가 벌어지는지 목청을 높이고 있었다. 그가 말을 마치지 못하고 고개를 돌려보니 그곳에는 세 명의 남녀가 안내원들과 말다툼을 하고 있었는데, 라벤과 동료들임을 쉽게 알 수 있었다. 이를 보며 순간적으로 초청장 문제라는 것을 알게 된 뮤스는 함께 대화를 나누고 있던 귀족들에게 양해를 구해 자리를 옮겼다.

동료들에게 다가가니, 아니나 다를까, 초청장에 대한 이야기가 오가고 있었다.

"아니! 글쎄 안 된다니까요! 댁들이 팀 라벤의 사람들이라는 것은 알지만, 초청장을 가지지 못한 사람은 안으로 들여보낼 수가 없습니다!"

"그럼 뮤스를 불러달란 말입니다! 우리를 여기로 초청한 사람이 바로 뮤스니까요!"

"원장님은 지금 귀빈 분들 접대에 바쁘십니다!"

고집스럽게 들여보내 주지 않는 안내원의 행동에 짜증을 느낀 클라렌은 팔을 걷어 올리며 연회장을 향해 외치기 시작했다.

"뮤스! 뮤스 나와라!!"

"손님! 이러시면 곤란합니다!"

그녀의 외침 덕분에 연회장의 모든 시선은 입구 쪽으로 돌아갔고, 한발 늦게 도착한 뮤스는 안내원을 붙들며 말했다.

"이들은 내가 초청한 것이 맞으니 들여보내도 좋네."

원장인 그가 직접 나와 사실을 밝히자 안내원은 적지 않게 당황한 듯 황급히 고개를 숙였다.

"죄, 죄송합니다. 제가 실수를 한 모양이군요."

"아닙니다. 당신은 자신이 해야 할 일을 제대로 했을 뿐이죠. 이 친구들은 제가 안내할 테니 하던 일을 계속 하도록 하세요."

"알겠습니다, 원장님."

짤막하게 대답한 안내원은 라벤 일행에게 가볍게 사과의 말을 전하고 다시 입구 밖으로 발걸음을 옮겼다. 실랑이를 하느라 구겨진 옷을 매만진 라벤은 불만스러운 표정으로 입을 열었다.

"뭐가 이렇게 빡빡한 거냐? 까짓 초청장이 뭐라고."

팔러 역시 그의 말을 도왔다.

"우리 동네에서 파티를 열면 초청장이 없어도 얼마든지 들러서 즐기고 갈 수 있다구! 파티는 모든 사람들이 함께 즐겨야 하는 거야!"

동료들의 추궁에 뮤스는 미안한 표정으로 머리를 긁적였다.

"하하… 정말 미안해. 너희들 말처럼 했으면 좋겠지만, 이것도 사업에 관련된 행사인만큼 나는 전혀 상관을 하지 않거든."

그들이 연회장 내부를 둘러보며 고개를 끄덕이자 대충 화가 풀렸다고 생각한 뮤스는 안으로 안내를 했다.

안으로 들어온 라벤과 동료들은 난생처음 경험하는 분위기에 적응이 안 되는지 딱딱한 표정을 하고 있었다. 나름대로 잘 차려입었다는 생각에 당당하기만 하던 기분은 생각지도 못한 연회장의 분위기에 짓눌려 버린 것이었다.

"우… 이런 게 바로 상류 사회라는 것인가? 이 가구들만 해도 북부의 고급 목제에 일류장인들이 만든 것들이군."

"저기 있는 고기들도 보통이 아니야. 지방질과 연한 살이 절묘하게 어울려서 입에 들어가면 기가 막힌 육질을 느끼게 되지."

"게다가 빵들은 모두 듀들란 식이군. 통밀을 그대로 갈아서 빵을 만든다는 것은 상당히 까다롭기 때문에 실력이 없는 사람이 만들면 도저히 먹지도 못하게 되는데. 저 빵들은 정말 군침 돌게 생겼다."

자연스럽게 각자의 직업대로 관찰의 초점을 맞추었고, 그들의 심정을 충분히 이해할 수 있었던 뮤스는 동료들의 등을 두드려 주며 말했다.

"그렇게 주눅 들 건 없어. 저것들이 아무리 고급이라 하더라도 사람들을 만족시키기 위해 존재하는 것이라고 할 수 있지. 그러니 그것을 사용하는 사람이 불편함을 느낀다면 오히려 길거리 싸구려보다 못한 것이나 다름없어."

뮤스의 말이 위안이 되었는지 조금 긴장을 풀어낸 동료들은 그의 안내를 받으며 연회에 초청된 상류 귀빈들과 인사를 나누기도 했고, 갖가지의 요리를 즐기며 그럭저럭 즐거운 시간을 보낼 수 있게 되었다.

연회장의 분위기는 도이첸 제국 유사 이래 최고라 할 만큼 활기 차게 변해 있었고, 그 중심에는 잔뜩 취한 라벤과 동료들이 있었다. 취기가 오르자 기분이 무르익은 클라렌이 치마를 걷어붙이고서 테이블 위로 올라 노래를 뽑기 시작한 것이 시발점이 되었다. 축제의 날인만큼 연회장에는 독한 술을 준비되어 있었고, 이를 마시고 쉽게 취한 귀족들과 상류층의 인사들 역시 체면을 아랑곳하지 않은 채 분위기에 휩쓸려 버린 것이다. 카타리나와 함께 그 모습을 보며 즐기던 뮤스는 연회장에서의 버릇인지 답답함을 느꼈고, 카타리나와 함께 밖으로 자리를 옮겼다.

발코니에 기댄 뮤스와 카타리나는 화려하게 불이 밝혀진 거리를 둘러보았다. 연회장뿐만 아니라 거리 역시 비슷한 분위기로 술렁이고 있었다. 술에 취하고, 흥에 취한 사람들이 이따금씩 뮤스와 카타리나를 향해 손을 흔들어주었다. 그들을 보며 피식 웃은 뮤스는 숨을 한번 크게 들이쉬며 독백처럼 입을 열었다.

"후아! 이제야 돌아온 게 실감이 나는군. 그동안 사람들의 떠들썩한 모습들이 얼마나 그리웠는지 몰라. 또 밤을 밝히는 가로등도 그리웠었고, 먼 지평선을 가리며 서 있는 건물들도 그리웠지. 후훗! 사람 사는 세상의 모든 것이 그리웠었어."

그의 말을 들으며 잠시 감상에 빠져 있던 카타리나는 그간의 일들이 다시 떠오르는지 굳은 표정으로 말했다.

"그저 지난 이야기일 뿐이야. 이제는 무슨 일이 있더라도 절대 헤어지지 않을 거야. 네가 가는 곳이라면 어디든 따라갈 테니까."

뮤스는 고개를 끄덕이며 카타리나와 눈을 맞추었다.

"그래, 이제는 헤어지지 말자. 무슨 일이 있더라도……."

둘의 사이에 때 아닌 무거운 공기가 흐르기 시작하자 뮤스는 분위기라도 바꿀 겸 말을 돌렸다.

"그러고 보니 처음 전뇌거 경주가 있었던 것도 4년 전이었군. 후훗! 그때만 해도 다들 처음 운전해 보는 전뇌거에 굉장히 신기해했었는데. 지금은 직접 전뇌거를 제작하고 있다니, 정말 세월 빠른걸?"

카타리나 역시 그때의 기억이 되살아나는지 밝은 표정을 되찾으며 말했다.

"풋! 정말 네가 나타나기 전만 해도 모두들 평범한 삶을 살고 있었지. 만약에 네가 우리 앞에 나타나지 않았더라면 지금쯤 각자 흩어져

서 각자의 길을 가고 있었을 거야."

"후훗, 그런가?"

"그럼! 우리 모두 많이 변했지. 그런데 변하지 않은 건 너밖에 없어. 예나 지금이나 사람 걱정이나 시키고 말이야. 그때도 전뇌거 사고 때문에 우리가 얼마나 걱정했는 줄 알아? 드베인 숲으로 흘러갔을 거라는 말을 들었을 때는 기절하는 줄 알았다고!"

말을 하고 있는 그녀는 당시의 상황이 생생하게 기억되는 듯 얼굴이 천천히 상기되고 있었다. 뮤스는 얼굴로 흘러내린 그녀의 머리카락을 귀 뒤로 넘겨주며 말했다.

"그래서 약속하는 거야. 이제 다시는 너와 떨어지지 않겠다고… 사랑해, 카타리나."

"그 약속 꼭 지켜주길 바래…….

말끝을 흐린 카타리나는 뮤스의 품속으로 뛰어들었고, 뮤스는 그녀의 등을 감싸 안으며 토닥였다.

감흥이 사라지기도 전에 발코니의 문이 열리는 소리와 함께 크라이츠의 목소리가 들려왔다.

"호오! 역시 젊은 남녀의 모습은 언제나 아름답구나."

그 소리에 화들짝 놀란 뮤스와 카타리나는 큰 잘못을 저지르다가 탄로난 아이마냥 깜짝 놀라며 멀찌감치 떨어졌다. 순진한 행동에 피식 웃은 크라이츠는 장난기 섞인 얼굴로 고개를 저으며 다가왔다.

"쯔쯧… 젊은 녀석들이 고작 포옹하다가 들킨 걸 가지고 그렇게 수줍어하긴. 아무튼 너희들은 너무 순진한게 큰 탈이라니까. 뮤스, 너도 조금 더 사내다워졌다고 생각했는데, 그런 것도 아닌 모양이구나?"

신색을 바로잡은 뮤스는 헛기침을 하며 대답했다.

"흠흠… 사내다운 것과는 아무런 상관이 없잖아요."

"어머나! 왜 상관이 없니? 진정한 사내라면 좋아하는 감정 정도는 누구 앞에서든 당당하게 드러내야 하는 거란다! 호호홋!'

예전의 뮤스였다면 이쯤에서 한숨을 내쉬며 더 이상 대화하기를 포기했겠지만 지난 3년은 그를 변화시키기에 충분한 시간이었다.

"인간이란 사회적 동물입니다. 자신이 하고자 하는 행동을 실천하기에 앞서 타인에 대한 예의에 대해서 생각해야 하는 것이죠. 그럼으로 이러한 행동들을……."

뮤스의 이야기가 길어질 듯하자 더 이상 듣기 귀찮아진 크라이츠는 품에서 봉투 하나를 꺼내어 뮤스를 향해 던졌다.

"녀석, 이제는 머리가 제법 굵어졌다고 이 누님께 말대답을 하는구나. 잔소리 말고 그거나 읽어보렴. 추방 기간 동안 네 앞으로 도착한 편지란다. 그 편지를 남기고 간 녀석의 이야기를 들어보니 듀들란 제국에서 온 편지 같은데 무슨 일인지 모르겠구나."

말을 하다 말고 편지를 재빠르게 잡아챈 뮤스는 짚이는 것이 있었기에 안색을 굳히며 되물었다.

"지금 듀들란 제국이라고 했습니까?"

그새 카타리나의 옆으로 다가온 크라이츠는 고개를 끄덕이며 대답했다.

"그렇단다. 뭔가 짚이는 것이라도 있니?"

모든 것을 알고 있으면서도 시치미를 떼고 있는 크라이츠는 뮤스의 반응을 살폈고, 곧 카타리나의 팔을 이끌며 말했다.

"카타리나 양, 우리는 잠시 자리를 비켜주도록 하죠. 뮤스의 표정을 보니 잠시 혼자만의 시간을 줘야 할 것 같군요."

"네, 알겠습니다."

카타리나는 무슨 일인지 알고 싶었지만 크라이츠와 뮤스 사이의 분위기를 눈치 채지 못할 만큼 둔하지는 않았기에 순순히 크라이츠를 따라나섰다.

혼자 남게 된 뮤스는 떨리는 눈으로 편지 봉투를 바라보고 있었다. 눈에 익은 듀들란 제국의 인장이 진하게 찍힌 편지 봉투는 제법 두툼했기에 꽤나 긴 내용의 편지임을 쉽게 알 수 있었다.

"후우……."

나직한 한숨으로 마음을 진정시킨 뮤스는 밀랍으로 된 인장을 뜯어내며 편지 봉투를 열었다. 그리고 조심스럽게 편지를 꺼내어 펼쳐 보았는데, 오른쪽에서부터 반듯하게 세로쓰기가 되어 있는 편지의 앞부분을 간단하게 읽어낸 뮤스는 가슴으로부터 전해오는 격정을 애써 누르며 입을 열었다.

"며, 명신……."

자신의 실명을 나직하게 내뱉은 뮤스는 살아 꿈틀대는 듯 유려한 모양의 한자로 쓰여진 편지를 읽어 내려가기 시작했다.

명신 전.

먼저 네 신변이 가장 궁금하구나. 어렵게 너의 행적을 알게 되었건만 나의 상황이 여의치 않아 지체하는 사이 네게 좋지 않은 일이 생겨 버리다니 정녕 답답하기만 하단다. 부디 네가 건강한 몸으로 돌아와 이 글을 읽어주길 천지신명께 빌고 있단다.

나는 지금 피치 못할 사정으로 인해 듀들란 제국이라는 곳에 귀속되어 일정 기간 동안 이들을 돕고 있는 중이란다. 이들은 너의 추방 소식을 듣고 자신들 쪽으로 끌어들이려 하는 모양이다만, 나는 네가 그들의 기계에 넘어가지 않았으면 한단다. 짧은 편지상으로 자세한 내용을 설명하기는 힘들다만, 이들은 약속 기한을 넘긴다 하더라도 십중팔구 나를 놓아주지 않을 것이기 때문이지. 내 몸 하나는 어찌할 수 있겠지만, 너마저 듀들란 제국에 귀속된다면 더욱 빠져나가기 힘들어진다는 결론을 내렸단다. 그러니 네가 속해 있는 도이첸 제국이란 곳에서 내가 찾아갈 때까지 기다려다오.

……중략…….

나는 이곳에 머무는 것이 마음 편하진 않지만 값진 경험이라고 생각한단다. 조선에서 이론으로만 설명하던 모든 것들을 하나씩 내 손으로 이루어내고 있으니 이보다 좋은 실험의 장은 없기 때문이지. 그러니 너 역시 남은 시간 동안 그곳에서 너의 모든 가능성을 시험해 보도록 하거라. 이것이 언젠가는 새로운 조선 건설에 큰 도움이 되리라 믿고 있단다.

……중략…….

너는 두 어깨에 조선의 미래라는 막중한 짐을 짊어지고 있단다. 단군에서 시작된 3,000년 우리 민족 역사의 번영이 네 손에 달린 것이지. 부디 어디에 있든, 무엇을 하든 이 사실만은 네가 잊지 않았으면 한다. 네게 하고 싶은 말은 많다만 중요한 이야기는 모두 한 듯하니 이만 줄이도록 하마. 다시 만날 때까지 몸 건강히 잘 지내거라.

장영실의 긴 편지는 이렇게 끝을 맺었지만, 뮤스의 기쁨과 갈등이 섞인 눈은 아직도 편지 위를 서성이는 중이었는데, 오랜 시간 동안 기다렸던 장영실의 소식을 듣게 된 기쁨과 언젠가는 다가올 이별이라는 막연한 갈등을 동시에 느꼈기 때문이다.

북경 자금성, 진농의 먹을 뿌려놓은 듯 어둑한 공간에는 나직한 호흡의 떨림만이 느껴지고 있었다. 외부와 완전히 차단된 공간이었기에 공기가 유난히 무거웠고, 이곳에 모인 몇몇 사람들은 옆 사람의 작은 기척까지 느낄 수 있을 만큼 예민해져 있었다.

그들의 눈과 귀는 허공을 향해 있었다. 눈으로 볼 수도 없었고, 귀에 들리지도 않았지만 확실한 존재감으로 그들을 짓누르는 기운이 느껴지는 곳을 향해 있는 것이었다. 그러던 중 어디선가로부터 한 노년인의 딱딱한 목소리가 흘러들어 그들의 귓전에서 맴돌기 시작했다.

"태위… 이제 말해 보시구려. 대체 무슨 큰 변이 일어났기에 이리 야심한 밤에 짐에게 자리를 청한 것이오? 북의 오랑캐가 국경을 넘어 내려오기라도 했단 말이오!"

역정을 내며 물음을 던지고 있는 노년인은 심기가 상한 듯 말끝이

야릇하게 말려 올라갔고, 질책을 받은 자는 노년인의 이러한 반응에 크게 두려움을 느꼈는지 재빨리 고개를 굽신거리며 대답하기 시작했다.

"황제 폐하, 늦은 밤 심기를 어지럽게 해드려 황공하오나, 조선으로부터 심상치 않은 소식을 전해 듣게 되어 늦은 밤 염치 불구하고 만나 뵙기를 청하였사옵니다."

태위라는 직위를 가진 인물은 어둠 속의 노년인을 향해 황제라는 칭호를 사용하고 있었는데, 놀랍게도 노년인이 바로 당대 천하의 주인이라 불리우는 대명나라의 황제였던 것이다. 급박해 보이는 태위의 목소리를 들으며 화를 조금 수그러뜨린 황제는 나직한 목소리로 되물었다.

"흠… 대체 조선이 어쨌다는 말이오?"

황제가 노여움을 거두어들이는 듯하자 내심 안도의 한숨을 내쉰 태위는 본론으로 들어가기 시작했다.

"폐하께서도 조선이 수대에 걸쳐 조공의 명목으로 수백 종의 공학 기술을 본 명나라에 이전해 준 사실을 익히 알고 계실 것이옵니다."

"흐음… 그것은 짐도 알고 있소. 선대의 황제들께서 대륙의 동쪽 끝에 있는 오랑캐인 조선을 명의 속국으로 인정해 주니 이에 보답하기 위해 매년 조공을 바치는 것이 아니오? 그런 보잘것없는 작은 나라에서 본국보다 높은 기술을 보유하고 있는 것이 천하의 중심인 본국의 입장에서는 매우 껄끄러운 일이오만, 그래도 형의 나라라 떠들며 받들고 있으니 대인의 풍모로서 감싸주었던 것이었소."

황제가 말 한마디 내뱉을 때마다 고개를 조아리며 예를 취하던 태위는 계속해서 입을 열었다.

"그렇사옵니다. 사실 조선으로부터 비단이나 가축, 특산물 등 수많은 물품들이 조공의 명목으로 들어오고 있사오나, 이 모든 것을 합한다

하더라도 실질적으로는 공학 기술의 유용함에 비할 바가 아니었습지요."

"그러한 사실쯤은 짐도 잘 알고 있는 바이오. 한데, 그것이 뭐가 문제란 말이오?!"

황제의 성격이 불 같음을 뻔히 알고 있던 태위는 황제가 다시금 역정을 내려 하자 긴장감을 느끼며 말을 이어갔다.

"한데… 몇 해 전부터 대홍로를 포함한 조공 담당 관리들은 조선에서 본국으로 이전되는 공학 기술의 수준이 과거에 비해 현저히 낮아졌다는 사실을 알게 되었사옵니다. 처음에야 그들도 이를 대수롭지 않게 여겼기에 별다른 대처를 하지 않았지만, 해가 지날수록 이런 현상이 심해지게 되자 대홍로는 조선의 움직임이 심상치 않다고 판단해 소신에게 사태를 알려오게 되었던 것이옵니다. 그날로 소신은 조선에 거주하고 있는 명인들을 통해 밀정을 섭외하기에 이르렀고, 여러 경로를 통해 놀라운 사실들을 밝혀내게 되었사옵니다."

"놀라운 사실?"

황제의 되물음에 천천히 고개를 끄덕인 태위는 자신이 알고 있는 사실들을 모두 털어놓기 시작했다.

"밀정에 의하면 몇 해 전 조선의 공학원은 조선 왕의 명으로 두 개로 나뉘어졌다고 하옵니다. 그중 하나는 본국의 이목을 속이기 위한 껍데기에 불과한 곳이라 했고, 주요 공학 기술을 가진 또 하나의 공학원은 경복궁의 비밀스러운 곳으로 옮겨졌다고 했사옵니다. 그 이후 비밀 공학원에서는 그간 축적된 모든 공학 기술을 집대성하는 동시에 효율적인 체계를 구축하여 공학 기술 개발에 박차를 가하고 있다 하옵니다."

태위의 성명을 귀 기울여 듣고 있던 황제는 의문이 생겼는지 그의 말을 가로막으며 물었다.

"허… 그들의 행동이 본국을 능멸한 행위라 볼 수 있으나 그것이 이 밤중에 짐을 불러낼 만큼의 큰일이라 생각되진 않는구려. 조선처럼 작은 나라의 일개 기관의 움직임이 뭐가 그리 중요하단 말이오?"

황제와 태위의 대화를 듣고 있던 한 중년인이 입을 열었다.

"폐하! 외람되오나 신이 한마디 올리겠사옵니다. 조선의 공학 기술은 그리 만만히 볼 것이 아니옵니다. 선황들께서는 조선 공학의 저력을 익히 알고 계셨기에 그 발전을 막기 위해 유교 사상까지 전파하는 수고를 보이셨사옵니다. 즉 공학 기술을 잡다한 것으로 여기도록 만들어 그 발전을 저해한 것이지요. 또 그런 이유로 말 잘 듣는 양 떼로 변한 조선은 자신의 쓸개를 빼주듯 가진 공학 기술들을 본국으로 순순히 넘겨주었던 것이옵니다. 하나, 당대의 조선 왕은 유교의 폐해를 이미 인지하고, 공학 기술의 중요성을 누구보다 잘 알고 있기에 최대한 공학 기술 개발을 장려하고 있는 중이옵니다. 더욱 중요한 사실은 이러한 공학 기술이 무기 제조에도 사용될 수 있다는 것이고, 밀정의 말에 따르면 공학원에서 이미 십여 종의 가공할 만한 신무기들이 개발, 시험하고 있다고 하옵니다. 비록 지금은 조선이 국토가 좁고 자원이 부족한 이유로 그들이 가진 공학 기술의 역량을 모두 발휘하지 못하고 있으나, 이러한 문제의 해결책을 찾아내게 된다면 결코 무시할 수 없는 세력으로 등장할 것이옵니다."

중년인의 목소리가 끊어지자 나직하게 숨을 가다듬어 본 태위는 힘을 얻은 목소리로 입을 열었다.

"폐하! 들으셨다시피 공학 기술을 등에 업게 된 조선은 머지않아 명나라의 존망을 위협하는 세력으로 떠오를 것이 불 보듯 하옵니다! 위험한 독초는 잎이 더 자라나기 전에 뿌리를 잘라내야 하듯이 조선을 이대로 두어서는 결코 아니되옵니다! 부디 명을 내려주시옵소서!"

태위의 상소를 마지막으로 장내는 쥐 죽은 듯이 조용해지게 되었고, 심상치 않은 기운만이 어두운 공간에 감돌기 시작했다. 숨소리조차 들리지 않는 고요함이 잠시 동안 태위의 가슴을 태우고 있을 때, 옷자락이 스치는 소리와 함께 황제의 딱딱한 목소리가 흘러나왔다.

"대명나라에 위협이 된다면 보고만 있을 수는 없는 일이오. 하나, 공들도 본국의 조정 역시 당쟁으로 어지러워 조선과의 전쟁을 치를 여건이 되지 않는다는 것을 잘 알고 있을 것이오. 게다가 이렇다 할 대의명분 또한 없으니 이번 일은 겉으로 드러나는 것보다 비밀리에 처리하도록 하는 것이 좋을 것 같구려. 공학원의 일에 대한 모든 권한은 태위에게 위임할 터이니 짐을 실망시키지 마시오."

황제의 명이 떨어지자 어둠이 가득 찬 허공을 바라보던 인물들은 황제가 있는 곳을 향하여 오체투지하기 시작했고, 황제는 나직한 발걸음 소리를 내며 자리를 옮기고 있었다.

휘이이잉!

듣는 이의 가슴을 베기라도 할 듯 매서운 바람 소리가 모든 변화의 전부인 이곳. 날카로운 산의 봉오리들은 수천 년간 회색의 하늘에 닿고싶어 머리를 치켜든 모습이었고, 차가운 바람의 매서움에 경직된 듯 얼어버린 눈 더미는 산 중턱의 기암괴석을 덮고 있었다.

산줄기가 겹겹으로 맞물린 모양으로 자연의 병풍을 이루며 험한 산세를 자랑하고 있는 이곳은 오래전부터 사람의 발걸음을 거부하고 있는 듯했다. 하지만 놀랍게도 이런 외진 곳에 인공의 흔적이 보이고 있었다. 천 길의 낭떠러지를 바라보는 절벽의 면으로 사람이 오갈 수 있는 다리가 바로 그것이었다. 비록 다리라는 이름조차 무색할 정도로 열악하여 단단한 나무토막을 밧줄로 엮어 사람이 밟을 수 있도록 만들어놓은 것이었지만, 이런 험한 벼랑 끝에서는 그마저도 대단해 보일 뿐이었다.

삐걱… 삐걱…….

바람이 불어올 때마다 격렬히 흔들리는 나무토막을 밟고 움직이는 세 명의 인물들이 있었다. 그들은 추위에 대한 준비를 철저히 했는지 얼굴을 완전히 뒤덮는 방한용 복면을 쓰고 있었고, 솜을 넣어 여러 겹으로 누빈 옷을 껴입고 있었다. 이들이 발걸음을 옮길 때마다 나무토막을 묶은 밧줄들이 삐걱이며 비명을 질렀다. 하지만 이들의 간담도 보통이 아닌지 아무런 동요 없이 앞으로 전진하고 있었기에 발 아래의 천 길 낭떠러지가 한탄할 지경이었다.

잠시 후, 이들은 절벽의 중심에 나 있는 동굴의 입구에 당도할 수 있었고, 세차게 몰아치는 눈보라를 뒤로하며 동굴로 들어섰다. 동굴은 상당히 넓었기에 장정 세 명 정도는 나란히 걸을 수 있을 정도였다. 벽으로는 누군가가 밝혀놓은 듯한 횃불이 새어 들어오는 바람에 나부끼며 내부를 밝히고 있었다.

동굴 내부로 들어갈수록 차가운 바람이 잦아들자 답답함을 느낀 인물들은 각자 덮어쓰고 있는 방한용 복면을 벗었다. 그러자 횃불에 비춰지며 얼굴이 드러나게 되었는데, 귀품이 흐르는 백발노인의 모습이 먼저 보였고, 거칠고 검붉어진 얼굴을 가진 두 명의 장한들이 그 뒤를 이었다. 백발노인은 문득 바깥을 되돌아보며 고개를 내저었다.

"과연 천외지옥이라 불릴 만한 곳이군. 그가 이런 곳에서 생을 보내고 있단 말인가……."

혼잣말을 중얼거린 노인은 시립해 있는 두 명의 장한들을 향해 말했다.

"허헛… 이런 곳에서 죄수들을 돌보는 것이 쉬운 일은 아닐 텐데, 자네들이 이곳에서 일한 몇 해 동안 많은 고생을 했겠군. 내 황궁으로 돌아가면 자네들의 자리를 선처해 주겠네."

그의 말에 뒤에 서 있던 방한들은 크게 고개를 숙이며 대답했다.

"아무리 힘들더라도 저희들의 임무일 뿐입니다. 보잘것없는 임무에 대해 태위 나으리께서 그리 말씀해 주시니 몸 둘 바를 모르겠습니다."

그들의 대화에서 알 수 있듯이 백발노인이 바로 명나라의 중요 직책인 삼공 중 한 명인 태위로서 명나라의 군사를 담당하는 인물이었다. 하얀 입김을 내쉰 태위는 뒷짐을 지며 말했다.

"자, 이제 나를 별부사마… 흠… 아니지… 이제 그저 일개 죄인일 뿐이니… 종려진에게 안내해 주게."

태위의 명령에 깍듯하게 고개를 숙인 장한들은 앞장을 서며 동굴 속으로 발걸음을 옮겼고, 태위는 느긋한 걸음으로 그들의 뒤를 따르기 시작했다.

상당한 시간 동안 이어지는 길을 걷고, 나무로 만들어진 조악한 계단을 몇 번 지난 태위는 벽을 따라 끝도 없이 나열되어 있는 철문들을 발견하고는 발걸음을 멈추었다. 비록 철문에 가로막혀 그 내부를 볼 수는 없었지만 여기저기에서 흘러나오는 가래 끓는 소리와 기침 소리만 듣고서도 내부의 상황을 충분히 짐작할 만했고, 코를 마비시킬 것만 같은 악취는 자연스레 태위의 이맛살을 찌푸리게 만들었다. 소매를 들어 올려 코와 입을 가린 태위는 자신을 따라 멈춰 서 있는 장한들을 향해 계속 가라는 신호를 했다.

녹이 잔뜩 슬어 있어 삭막해 보이는 수십 개의 철문을 지나자 유난히 작은 철문이 하나 보이고 있었다. 다른 문들에 비해 절반의 높이밖에 안 되는 문이었기에 태위는 이상하게 생각했지만, 질문을 던지기도 전에 그 이유를 알 수 있었다. 문 앞에서 발걸음을 멈춘 장한들이 등에 메고 있던 손 삽을 이용하여 문 아래의 흙을 파내기 시작하자 점차 땅에 묻혀 있었던 철문의 나머지 부분이 모습을 드러냈기 때문이다.

흙을 모두 파낸 장한들은 열쇠 꾸러미에서 세 개의 열쇠를 찾아내 철문의 자물통을 하나씩 열었고, 그제야 모든 일을 끝낸 중년인은 벽에 걸린 횃불을 하나 들며 말했다.

"바로 이곳이 종려진을 수감되어 있는 방입니다, 태위 나으리. 함께 드시지요."

하지만 태위는 고개를 내저었고, 손을 내밀며 입을 열었다.

"아니네. 그와 단둘이 조용히 해야 할 이야기가 있으니 나에게 횃불을 주게나. 혼자 들어가도록 하겠네."

태위의 행동에 서로의 얼굴을 바라본 장한들은 고개를 끄덕이며 횃불을 건네주었다.

"수감자들은 모두 쇠사슬에 결박당한 상태이니 크게 위험하지는 않을 것입니다. 하지만 무슨 일이 일어날지도 모르니 부디 조심하십시오."

"후훗! 내 조심하도록 하겠네."

가볍게 고개를 끄덕이며 대답한 태위는 두 장한들 사이를 지나 철문 안으로 발걸음을 옮겼다.

옥으로 들어간 태위는 횃불을 비춰보며 내부를 둘러보았다. 불빛이 닿는 곳마다 이름조차 모를 곤충들이 기어 다니고 있었고, 어디선가 새어 나와 군데군데 고인 물 웅덩이는 인간의 분비물과 섞이며 악취를 풍겨냈다.

"정녕 사람이 지낼 곳이 아니로군……."

이에 못마땅한 듯 인상을 찌푸린 태위는 횃불의 불빛이 닿지 않는 곳을 보기 위해 안력을 돋우며 고개를 움직였다. 눈이 어둠에 익숙해지자 태위는 방의 한구석에 움츠리고 있는 괴인을 볼 수 있었다. 그는 한여름에도 입지 못할 만큼 얇은 수의를 입고 있었으며, 산발한 머리카락은 윤기를 잃은 지 오래였다. 또 사지에 묶여 있는 손가락 굵기만한 쇠사슬은 최소한의 활동 영역만을 남겨놓은 채 그를 구속하고 있는 것이었다. 이를 보며 괴인을 향해 천천히 다가간 태위는 몸을 굽히며 떨리는 목소리로 물었다.

"자네… 진정 종려진 맞는가?"

태위의 목소리에 가슴팍까지 숙여져 있던 괴인의 고개가 천천히 들려지고 있었다. 그리고 종려진이라는 이름으로 불려진 괴인은 말라붙어 버린 듯한 입술을 힘겹게 떼며 목소리를 흘렸다.

"누… 누구시오? 크르륵……."

괴인의 상태를 살피던 태위는 그가 자신이 찾던 자임을 확신하게 되었고, 가래 끓는 목소리와 모습에 안타까움을 느끼며 혀를 찼다.

"쯔쯧… 철석만큼이나 강한 자네의 고집이 자네를 이렇게 옭아매고 있구먼. 대명 최고의 명장이라 불리던 화려한 과거는 어디 가고 이 꼴이 다 무언가?"

"콜록! 태… 태위셨군요……. 올해로 5년 만입니까? 크큭… 이런 곳에 있다 보니 세월이 어떻게 흘러가는지 알 길이 없어서……."

태위는 종려진이 자신을 알아보자 그나마 안도를 하며 고개를 끄덕였다.

"그래. 날세, 이 사람아. 올해로 6년째일세. 내 정녕 자네 아버지와의 깊은 친분을 생각해 자네를 보호해 주고 싶었으나 알다시피 나의 힘을 벗어난 일이었네. 그에 대해서는 자네도 충분히 날 이해해 줄 것이라 생각하네."

종려진은 태위의 말을 들으며 나직한 웃음을 흘렸다.

"크큭… 태위께서 저를 감싸주셨다 하더라도 저는 마다했을 것입니다. 그 썩어버린 천하를 보고 사느니 이곳에서 조용히 생을 마감하는 편이 훨씬 나을 테니까요. 후훗! 누추해 보이지만 그럭저럭 살 만하답니다."

체념 어린 그의 말을 듣던 태위는 탄식을 터뜨렸다.

"허… 그간의 세월도 자네의 고집을 어찌할 수는 없었나 보군."

들고 있던 것이 힘이 들었는지 다시금 고개를 떨어뜨린 종려진은 말을 계속 하기도 힘이 드는지 답답한 숨을 몰아쉬었다.

"크으… 그나저나 태위께서 이런 곳에 어쩐 일이십니까? 황제의 허가가 없다면 그 누구도 이곳에 들어올 수 없다고 알고 있습니다만……."

힘이 들어 억양이 확실치도 않은 물음을 들은 태위는 종려진의 까칠한 수염으로 뒤덮인 볼을 매만지며 이야기를 꺼냈다.

"자네의 귀에는 어찌 들릴지 모르겠으나, 내가 이곳에 온 이유는 다름이 아니라 황제 폐하의 명을 받들고 온 것일세. 비록 자네가 황명을 어겨 황제 폐하의 심기를 상하게 했던 것은 사실이나 이미 과거의 일

이고, 자네만큼 명에 대한 충정을 가진 인물이 없다고 여겨 황제 폐하
께서는 다시 한 번 자네에게 기회를 주려고 하는 것이지. 물론 황제 폐
하를 설득하기 위해 적지 않은 수고를 해야만 했다네."

그렇지 않아도 힘들어 보이는 얼굴을 하고 있던 종려진은 더욱 얼굴
을 일그러뜨렸고, 곧 그의 입으로부터 매말랐지만 또박또박한 목소리
가 흘러나오기 시작했다.

"큭! 그렇다면 태위께서 괜한 수고를 하셨습니다. 제가 비록 명을
위해 목숨을 버리기로 마음먹었던 것은 사실입니다만, 당대의 황제라
는 자에게 고개를 굽힐 생각은 없습니다! 그런 말씀을 하시려거든 돌
아가도록 하십시오."

태위는 이미 그의 성품을 알고 있었고, 이러한 반응 또한 예상하고
있었기에 담담하게 받아들이고 있었다.

"자네는 6년 전이나 지금이나 달라진 것이 하나도 없군. 그러나 이
번 일은 황제를 위한 일이라기보다 명나라, 우리 한족을 위한 일이라고
할 수 있으니 자네가 내 제안을 받아들일 것이라고 확신한다네. 이야
기가 길어질 테니 이만 자리를 옮기도록 하지. 자네는 지금 너무나 쇠
약해져 있어……."

말끝을 흐린 태위는 더 이상은 종려진의 의사와는 상관없다는 듯 옥
의 문을 열고 나갔다. 그리곤 문 옆에 서서 자신이 나오기를 기다리고
있던 두 명의 장한들을 향해 나직하게 말했다.

"종려진을 이송할 테니 준비를 해주게. 중요한 인물이니 더 이상은
거칠게 다루지 말게나."

"예! 태위 나으리!"

태위의 명령에 짧게 대답한 장한들은 태위에게서 횃불을 받아 들며

종려진이 수감되어 있는 옥으로 움직였고, 그 모습을 잠시 바라보던 태위는 눈이 쌓인 듯한 백발을 쓸어 넘기며 천천히 자리를 옮겼다.

밤새 찾아온 차가운 기운이 작은 연못에 살얼음을 만들어냈다. 그 주변으로 서리 맞은 초록의 식물들이 잎을 늘어뜨렸고, 다양한 겨울 꽃들이 여름내 숨죽이며 기다리던 날씨를 반기며 활짝 펴 싱그러움을 드러내고 있었다.

막 떠오른 태양이 연못의 얼음을 빛내고 있을 아침 무렵 종려진은 눈을 떴다. 짙은 남색으로 칠해진 천장을 침상에 누워 올려다본 종려진은 그것을 신기한 듯 바라보고 있었고, 손은 부드러운 금침을 매만지며 그 감촉을 음미하고 있었다. 아무것도 아닌 것 같은 일상이 그에게 주는 감회란 남다른 것이었기 때문이다.

"으음, 정신을 잃었었나 보군. 그새 나를 이곳으로 옮긴 것인가… 다시 세상으로 돌아올 줄은 꿈에도 생각지 못했건만……."

혼잣말을 중얼거린 종려진은 천천히 몸을 일으켰다. 두꺼운 금침이 흘러내리리며 그의 상체가 드러났는데, 여기저기 짓무르고 곪은 상처에 갈색의 약이 발라져 있었지만, 고루 발달되어 있는 탄탄한 근육이 그의 몸 상태를 대신 말해 주고 있었다.

침상에서 일어나 실내를 둘러보니 오랜만에 보는 가구들이 여기저기 놓여 있었고, 방 한가운데에 놓인 탁자 위에 그를 위해 마련한 것 같은 옷가지들이 놓여 있었다. 그것들을 대충 몸에 걸친 종려진은 흐트러져 있던 머리를 묶으며 거울에 자신의 모습을 비쳐 보았다.

종려진은 결코 흔치 않은 8척 장신의 몸이었으며, 황소에 버금갈 정도의 떡 벌어진 어깨를 지닌 모습이었다. 게다가 너른 이마는 그의 호방함을 말해 주는 듯했고, 짙은 눈썹은 그의 굳은 심지를 나타내는 듯했다. 그가 한동안 자신의 모습을 멍하니 바라보고 있을 때 문밖으로부터 기척이 들려왔다.

"별부사마 나으리, 기침하셨습니까?"

그 소리가 여종의 목소리라는 것을 짐작할 수 있었던 종려진은 옷매듭을 마저 매며 무뚝뚝한 목소리로 대답했다.

"들어오거라."

허락이 떨어지자 문이 양쪽으로 열리며 초록색의 복장을 한 여종이 조심스러운 발걸음으로 방 안으로 들어왔다. 그녀는 손에 들고 있던 세숫물과 수건을 탁자 위에 올려놓으며 예의 바르게 말했다.

"초진이라 하옵니다. 오늘부터 별부사마 나으리의 시중을 들게 되었으니 불편한 점이 있으시면 언제라도 소녀에게 하명해 주시지요."

그녀의 말을 들으며 얼굴을 딱딱하게 굳힌 종려진은 눈을 얇게 뜨며 물었다.

"나는 별부사마의 직을 박탈당한 지 오래인데, 너는 어찌하여 나를 별부사마라 부르느냐? 그리고 이곳은 대체 어디지?"

물음을 받은 초진은 조금 당황한 표정을 지으며 고개를 숙였다.

"소녀가 미천한지라 잘은 모르겠사오나, 태위 어르신께서 나으리를 그리 칭하라 이르셨습니다. 또 이곳은 태위 어르신의 별가이옵니다."

"지금 태위께서도 이곳에 머물고 계신다는 말이냐?"

"태위 어르신은 지금 처소에 계시옵니다."

"그렇다면 태위께 지금 당장 달려가 내가 뵙기를 청한다고 여쭙거라!"

날카로운 목소리로 명하는 종려진의 기세에 눌린 듯 얼굴이 하얗게 변한 초진은 뒷걸음질치며 말을 더듬거렸다.

"그, 그렇지 않아도 채비가 되는 대로 태위 어르신께서 별부사마 나으리를 만나뵙겠다고 하셨습니다."

그제야 공포에 떠는 초진의 모습을 발견한 종려진은 즉시 무형의 기세를 거두어들였다. 그리고 잠시 초진의 안색을 살피던 종려진은 아무런 말 없이 그녀가 가지고 온 세숫물에 손을 담그며 채비를 하기 시작했다.

채비를 모두 마친 종려진은 초진과 함께 방을 나섰다. 진남색의 기와가 얹어진 화려한 전각과 화려하게 꾸며진 정원을 둘러보던 그는 낯익은 풍경에 새로운 감회를 느꼈고, 곧 초진의 안내를 받으며 태위의 거처로 자리를 옮기기 시작했다.

초진의 발걸음이 멈춘 것은 비슷하게 생긴 몇 채의 전각을 지나고, 나무로 만든 조그마한 다리를 건넌 후였다. 지금까지 봐온 전각들에 비해 작은 규모의 건물 문 앞에 선 그녀는 다소곳한 목소리로 아뢰었다.

"태위 어르신, 별부사마 나으리를 모시고 왔사옵니다."

그러자 문 안에서 태위의 목소리가 들려왔다.

"그를 안으로 들게 하고, 너는 물러가거라."

"네, 어르신."

태위의 목소리에 짧게 대답한 초진은 문고리를 잡아당기며 옆으로 물러나 섰고, 종려진은 성큼 걸음으로 안으로 들었다.

그가 들어선 방 안은 고아한 분위기가 흐르는 곳이었다. 벽으로는 각종 서화가 걸려 있었고, 초록의 분재들이 겨울의 한파를 피하고 있었는데, 군사를 담당하는 태위의 직책과는 조금 이질적인 면모였다. 하지만 방 안으로 들어온 종려진은 마음이 급했는지 내부를 둘러볼 생각도 하지 않고 태위의 앞으로 다가서며 입을 열었다.

"대체 태위께서 저를 이곳으로 데리고 온 이유가 무엇입니까? 제가 현 황제를 받들지 않을 것임을 누구보다 잘 아실 분께서 어찌 이러시는 것입니까?"

하지만 태위는 종려진의 항의를 들으며 느긋하게 의자에 앉아 탁자 위의 난을 손질하고 있었다. 난의 잎을 짤막하게 잘라내는 것으로 하던 일을 마무리한 태위는 단도를 내려놓으며 입을 열었다.

"허헛… 자네 말대로 누구보다 잘 알기 때문에 자네를 그곳에서 데리고 온 것일세. 명에 대한 충정이 그 누구보다 뛰어나다는 것을 알기 때문이지."

잠시 말을 머뭇거린 종려진은 태위의 시선을 회피하며 말했다.

"물론 명에 대한 충정을 맹세한 것이 사실이나… 황제에게 충성을 맹세할 수는 없습니다."

종려진의 얼굴을 올려다보고 있던 태위는 나직한 목소리로 물었다.

"자네가 이리도 강경한 것은 황제께서 자네 부친의 참수를 명했기 때문인가?"

태위의 말에 종려진은 아무런 대답도 하지 않았고, 그의 단단해 보이던 턱은 조금씩 떨리고 있었다. 태위의 말이 이어졌다.

"자네와 자네 부친은 너무나도 닮았네. 그 곧은 성품이나 그른 것에 타협하지 않는 신념까지… 나 역시 자네 부친의 그런 점이 너무나 좋았다네. 내가 가지지 못한 점을 자네 부친을 통해서 볼 수 있었으니 말일세. 하지만 결국 자네 부친은 그러한 성격 때문에 황제의 노여움을 사 변을 당한 것일세."

잠시 괴로운 듯한 표정으로 옛일을 회상하던 태위는 찻잔에 차를 따르며 말했다.

"나는 자네만이라도 그러한 전철을 밟지 않았으면 했기에 이번 일을 통해 천외지옥에서 자네를 데리고 나왔던 것이지. 또 앞서 말했던 것과 같이 자네가 맡아주어야 할 일은 황제를 위한 일이라기보다 명나라과 한족을 위한 일이니 한번 들어보게나."

따뜻한 차를 마시며 입 안을 데운 태위는 얇은 서책 한 권을 꺼내 보이며 입을 열었다.

"이번 일은 조선과 관련된 일일세. 자네 역시 관직에 몸담았던 만큼 조선에 대해서는 잘 알고 있을 것이니 자세한 설명은 생략하기로 하고, 이 책은 조선의 공학원이라는 기관에 대한 보고서이니 참조하길 바라네."

"……."

아무런 소리 없이 서 있던 종려진은 태위가 내민 책을 들어 훑어보기 시작했다. 그리고 그의 행동을 잠시 지켜보던 태위는 탁자의 한쪽에 있는 나무 상자를 종려진의 앞쪽으로 들이밀었다.

"상자 안에 있는 물건을 한번 보도록 하게. 별부사마를 지냈던 자네라면 충분히 알아볼 수 있을 터이니."

서책을 잠시 접은 종려진이 나무 상자의 뚜껑을 열자 붉은색의 천 위에 올려져 있는 금속 물건을 볼 수 있었다. 잠시 기억을 떠올려 보던 종려진은 자신이 알고 있던 물건과 비슷한 모양을 하고 있다는 사실을 깨달았다.

"대략 10년 전이었던가요? 제가 막 별부사마 직을 맡았을 무렵 조선으로부터 들여왔다는 무기와 비슷하게 생겼군요. 아마도 그 이름이 지자충통이라 했지요. 하지만 몇 가지의 문제점으로 인해 저의 군에서는 쓰지 않았던 것으로 기억합니다."

고개를 끄덕인 태위는 입을 축이던 찻잔을 내려놓으며 상자 속의 물건을 꺼내었다.

"자네가 봤던 것은 이미 조선에서 50여 년 전에 개발되었던 초기의 지자충통이었다네. 그 당시 본국으로 건너왔던 조선의 지자충통은 도검에 비해 그 유효 거리가 멀고, 파괴력 또한 높은 것으로 평가받긴 했지만 연사 능력이 현저하게 떨어졌기에 실제 전투에서는 큰 위협이 되지 못했던 것이 사실일세. 하나, 자네가 지금 보고 있는 이 방산형 지자충통은 초기 지자충통의 단점을 크게 개선한 무기이지. 지자충통처럼 심지에 불을 붙여 발화시킬 필요 없이 방아쇠를 당기는 단순한 동작으로도 탄환을 쏘아낼 수 있을 뿐만 아니라, 화약과 탄환을 자체에 내장하고 있어 연사 기능을 극대화했다네. 게다가 방산형 지자충통의 탄환은 총구를 지나는 순간 여러 개로 분리되어 발사되기 때문에 동시에 대량 살상을 가능케 하지."

잠시 말을 멈추며 숨을 들이쉰 태위는 방산형 지자충통을 종려진에게 건네주며 몸을 일으켰다.

"비록 우리가 입수한 것은 방산형 지자충통뿐이지만 조선의 공학원에서는 그 외에도 8종의 중, 대형 화기를 개발하고 있다고 하네. 훗날 이러한 신무기로 무장한 조선의 군대는 그 수가 적다 하더라도 충분히 본국의 대군을 상대할 세력을 가지게 될 것일세. 이런 사실을 뒤늦게서야 알게 되었던 나는 조정의 몇몇 대신들과 뜻을 모아 조선이 위협을 가해오기 전에 군사를 일으켜야 한다고 주장했지만, 결국은 치열한 당쟁에 휘말려 무마되기 일쑤였다네."

방산형 지자총통을 자세히 살펴보며 그간의 상황을 듣고 있던 종려진은 사태의 심각함을 대충이나마 이해할 수 있었기에 침중한 얼굴로 되물었다.

"그렇다면 황제의 생각은 어떠했습니까? 당쟁이 제아무리 심하다 한들 황제의 입김을 무시하지는 못했을 텐데요."

종려진의 물음에 쓴웃음을 지은 태위는 손질을 해놓은 난을 매만지며 대답했다.

"내 비록 황제 폐하를 보필하는 신분이지만 솔직히 말하자면 황제 폐하는 이미 노쇠해 젊었을 적의 호전적인 기상은 온데간데없으신 상태라네. 이번 일도 마찬가지로 조용하게 처리하라고 명하시더군."

말끝을 흐린 태위는 종려진의 얼굴로 시선을 돌렸다.

"이렇게 불안한 시기에 조선의 거센 침략을 받는다면 대명나라는 무너질 것이고, 힘없는 백성들은 전란에 휘말려 더욱 고통을 받을 것일세. 부디 명나라과 백성을 생각해서라도 자네가 이번 일을 맡아주었으면 하는 바람일세."

자신이 이곳으로 오게 된 내막을 모두 들은 종려진은 신중한 표정으로 생각에 잠기기 시작했고, 잠시 생각할 시간을 주기로 한 태위는 다시금 반 이상 잘린 난초의 잎을 쓰다듬으며 조용한 목소리로 말했다.

"냉해를 입은 초란을 다시금 살리기 위해서는 그 소중한 잎을 짧게 잘라줘야 한다네. 물론 잎을 잘라낼 때는 소중한 것을 잃는다는 사실에 슬픔을 느낄 수도 있겠지만, 추위가 지나고 봄이 오면 자신의 아름다움을 발산할 수 있는 기회를 얻는 것이지. 자네는 세상을 짧은 안목으로 보지 말게나. 황제의 자리는 세월이 흐름과 함께 변하는 것이니 그때가 되면 자네도 자신의 뜻을 펼칠 수 있을 것일세."

잠잠히 있던 종려진은 큰 결심이라도 한 듯 주먹을 쥐며 입을 열었다.

"그렇다면 제가 해야 할 일은 무엇입니까?"

종려진의 긍정적인 반응에 미소를 지은 태위는 그의 어깨를 두드려 주었다.

"역시 자네는 나를 실망시키지 않는구먼."

"명나라과 백성들을 위한 일이라고 생각했기 때문입니다."

"자네의 뜻은 말하지 않아도 충분히 알고 있네. 후훗… 지금부터 우리가 계획해 놓은 바를 말해 주도록 하지."

태위는 흡족한 모습으로 종려진에게 앞으로의 일에 대한 설명을 해 나가기 시작했고 이야기는 그 중요성만큼이나 길어지고 있었는데, 이것이 훗날 조선에 어떠한 영향을 끼칠지에 대해서는 아무도 알 수 없었다.

87장 갈등의 연속

　뮤스가 라이델베르크로 돌아온 지 보름이라는 시간이 흘렀다. 뮤스와 오래간만에 재회한 친구들은 마치 가족이라도 돌아온 듯 진정으로 반겨주었고, 다시금 원장을 맞이한 공학원은 더욱 의욕적으로 움직이고 있었다. 또 뮤스를 만나보기 위한 발걸음 역시 끊이지 않았기에 그가 이곳을 떠나 있는 사이 유명세가 얼마나 부풀려졌는지 쉽게 알 수 있었다. 모든 것이 완벽해 보일 뿐이었다.

　무더운 여름의 어느 날, 뮤스의 친구들은 잎이 무성한 아름드리 나무의 그늘 아래 모여 있었다. 하나같이 백색의 실험복을 입고 있는 그들은 공학원에서의 생활이 익숙한 듯 아주 자연스러워 보였다. 지난 몇 년간 이곳을 집으로 삼은 채 연구를 거듭해 온 것을 생각한다면 지극히 당연한 일이었다.

　하지만 평소라면 유쾌한 농담이 오가고 있을 시간, 무슨 이유에서인지 그들의 얼굴에는 무거운 근심의 기색이 떠올라 있었다. 나무에 등을 기댄 자세로 턱을 매만지고 있던 히안은 안경을 들쳐 올리며 먼저 입을 열었다.

"카타리나, 대체 무슨 일이 있었던 거야? 저 녀석 무슨 큰 충격이라도 받은 것 같은데 혹시 네가 다른 남자랑 눈이 맞기라도 한 거야?"

그 말에 한심하다는 듯이 콧방귀를 낀 폴린이 그의 허리를 꼬집어 비틀었다.

"히안! 무슨 말을 그렇게 하니? 그런 말은 3년이나 눈물 콧물 짜면서 기다린 카타리나한테 모욕이라고!"

히안은 폴린의 응징이 너무나 고통스러웠는지 눈물까지 머금고 있었다.

"아얏! 그렇다고 이렇게 세게 꼬집을 것까지는 없잖아? 나도 답답해서 그런다고! 그리고 너는 총무 보좌이면서 왜 실험복을 입고 난리냐?"

"호홋! 공학원에서는 실험복을 입는 게 더 훨씬 멋지잖니."

허리에 손을 얹은 채 즐겁게 웃고 있는 폴린을 보며 히안은 혼잣말로 궁시렁거렸다.

"그래 봤자 공학원 사람들은 네가 공학자가 아닌 걸 다 알고 있다고."

"뭐얏!"

"아, 아무것도 아니야. 폴린, 실험복이 멋지구나!"

폴린이 눈에 불을 켜자 금세 그녀의 보복이 두려웠던 히안은 본능적으로 허리춤을 가리며 말을 돌리고 있었다. 폴린과 히안의 옆에서 둘의 행동에 손을 내저은 벌쿤은 나직한 한숨을 내쉬었다.

"정말 도움이 안 되는 사람들이네. 이 두 사람은 빼고 이야기하자고.

뮤스 형이 누나랑 처음 만났을 때도 저랬었어?"

벌쿤의 물음에 친구들의 눈길이 모두 카타리나에게 집중되자 그녀는 고개를 흔들었다.

"아니. 뮤스를 처음 만났을 때는 예전과 다를 바가 없었어. 웃음도 많았고, 그곳에서 만난 사람들과 대화도 잘했고……."

"그럼 언제부터 저렇게 된 거야?"

"글쎄… 내 생각에는 전뇌거 경주 기념 연회장에서부터였던 것 같아. 그때 크라이츠님께서 뮤스에게 어떤 편지를 전해주고 난 다음부터 이상해졌으니까."

카타리나의 말에 고개를 갸웃거린 세이즈가 되물었다.

"편지? 누구한테서 온 편지인데?"

"그것까지는 잘 모르겠어. 얼핏 듣기로는 듀들란 제국에서 온 편지라고 하던걸?"

듀들란이라는 말이 카타리나의 입에서 나오기가 무섭게 친구들은 경악하며 입을 모아 외쳤다.

"뭐어! 듀들란 제국이라고?!"

특히 바르키엘은 그 이름만 들어도 분통이 터지는 듯 흥분한 기분을 주체하지 못하고 있었다.

"혹시 뮤스가 듀들란 제국으로부터 제의를 받은 게 아닐까? 도이첸 제국을 버리고 자국으로 오라고 말이야! 그래서 뮤스는 어떤 결정을 내릴지 고민하고 있는 거라고! 사실 뮤스는 다른 대륙의 핏줄이니 어느 국가에 속하더라도 아무런 상관이 없는 일이잖아?"

그의 행동을 보고 있던 세이즈가 나직하게 말했다.

"그럴 리는 없을 거야. 이곳에 크라이츠님과 드워프 아저씨들도 계신걸? 설마 그분들을 외면하고 듀드란 제국으로 갈까?"

"물론 네 말이 맞긴 하지만, 그러니 뮤스가 더욱 고민하고 있는 거라고! 공학원 식구를 버리자니 듀들란의 대접이 너무나 좋고, 듀들란으로 가자니 공학원 식구들이 걱정되고. 뭐, 이런 거지."

잠시 잠자코 있던 벌쿤은 어깨를 으쓱거리며 대화에 끼어들었다.

"뮤스 형은 그렇게 의리없는 사람이 아니라고! 그런 제의가 들어왔다면 단번에 거절했을걸?"

"글쎄… 원래가 사람 속은 아무도 모르는 일이니."

의견을 나누던 분위기가 서서히 말다툼으로 번져 가고 있을 때, 이를 보고만 있던 헤밀턴이 한심하다는 표정을 지으며 나섰다.

"쯔쯧! 선배들도 괜히 똑똑한 척만 했지 생각이 정말 짧군요?"

그 덕에 말다툼을 하던 뮤스의 친구들은 입을 다물며 헤밀턴을 바라보았고, 벌쿤은 겨우 자신의 허리 높이보다 조금 큰 헤밀턴에게 얼굴을 들이밀었는데, 남들보다 유난히 키가 큰 그였기에 한참이나 내려가야만 했다.

"이봐, 헤밀턴! 네 선배들이 전하고 싶어하는 말을 내가 대신해 주도록 하지. 너, 요즘 들어서 선배들에게 너무 막 대하는 것 아니냐?"

모두들 켈트에게 잘했다는 듯 고개를 끄덕여 주고 있었다. 하지만 헤밀턴에게는 아무런 자극도 되지 못했는지 여전히 당당한 얼굴이었다.

"나참, 그러니까 이 후배가 우러러볼 수 있도록 행동해 보시라니까요. 간단한 문제 가지고 매일 다투는 걸 보고 있는 후배가 뭘 배우겠어요?"

허리에 손을 얹곤 쏘듯이 말하고 있는 헤밀턴을 내려다본 벌쿤이 팔짱을 끼며 물었다.

"그럼 너는 이 일을 해결할 방법이 있다는 거냐?"

그의 물음에 헤밀턴은 엄지손가락을 치켜들었다.

"그야 간단하죠! 그 문제의 편지를 훔쳐보면 뮤스 선배가 왜 그러는지 알 거 아니에요!"

헤밀턴의 간단하고 확실한 해결책에 벌쿤은 무릎을 쳤다.

"아하! 그런 방법이 있었군!"

모든 문제가 해결되었다 싶을 때, 카타리나가 친구들을 말리듯 끼어들었다.

"하지만… 남의 편지를 보는 건 예의가 아니잖아. 우리… 뮤스가 직접 이야기할 때까지 기다려 보는 건 어떻겠니?"

"안 돼!"

카타리나의 의견에 친구들은 약속이라도 한 듯 외쳤고, 폴린이 나서며 카타리나의 어깨를 붙들었다.

"생각해 보렴, 카타리나! 우리는 뮤스에게 피해를 입히자는 게 아니라 뮤스의 걱정을 덜어주기 위해서 이러는 것 아니겠니? 만약 어느 날 뮤스가 네게 듀들란 제국으로 간다고 말을 해봐! 네가 기절할지도 모르는 일이라고! 그러니까 헤밀턴의 생각대로 하자. 응?"

"그, 그건……."

카타리나는 망설이며 아무런 대답도 하지 못했다. 그러나 친구들은 그녀의 의견과는 상관없이 이미 결정을 봤는지 뮤스의 방을 향해 자리를 옮기기 시작했고, 카타리나 역시 어쩔 수 없이 그들의 뒤를 따를 수밖에 없었다.

같은 시간, 켈트는 자신의 주먹만한 크기의 금속 원석을 들고서 연구실 밀집 구역으로 발걸음을 재촉하고 있었는데, 다른 사람들의 것보다 훨씬 짧은 실험복을 입고 있었기에 걷는 모습이 우스꽝스러웠다. 켈트 역시 실험복에 대해 불만이 많았지만, 안전에 대비하여 특수 원단으로 제작된 것이기에 입지 않을 수도 없는 일이었다.

흰색의 도료로 칠해진 복도에 들어서자 소규모의 연구실이 죽 늘어서 있었다. 각 문마다 그 연구실을 쓰는 공학자의 이름이 걸려 있었지만, 아직 주인이 없는 이유로 아무런 이름도 걸려 있지 않은 연구실이 상당수였는데 장기적인 안목을 가지고 준비해 놓은 장소였다.

켈트의 발걸음은 복도의 가장 끝에 위치한 연구실 앞에서 멈춰졌다. 명패에는 '뮤스 드라켄' 이라 적혀 있었는데, 공학원의 원장이지만 다른 공학자들과 차별을 두지 않기 위해 이곳에 자신의 연구실을 잡은 것이었다.

잠시 노크하려고 손을 올렸던 켈트는 생각을 접으며 그냥 문을 열었다.

"뮤스 있냐?"

좁게 열린 문틈으로 고개를 들이밀어 보자 흰색의 실험복을 입은 뮤스의 등이 보였다. 그는 켈트의 목소리를 듣지도 못한 듯 실험에 열중하고 있었는데, 켈트는 이런 상황을 여러 번 겪어봤기에 개의치 않고 연구실 안으로 들어갔다. 손에 들고 있던 금속 원석을 한쪽 실험대에 올려놓은 켈트는 뮤스의 등을 두드렸다.

"이 녀석아, 좀 쉬었다 하거라! 연구도 좋지만 이렇게 강행하다가는 몸이 먼저 축나겠다!"

그제야 켈트가 왔음을 안 뮤스는 안구 보호경을 벗으며 고개를 돌렸는데 푸석한 얼굴을 보아 며칠째 잠을 자지 않고 있음을 눈치 챌 수 있었다.

"아! 켈트 아저씨 오셨군요."

"쯔쯧. 어제도 밤을 샌 모양이군. 요즘 연구실에만 틀어박혀 나오질 않으니, 네 친구들이 얼마나 걱정을 하고 있는지 알긴 하는 거냐?"

쓴웃음을 지은 뮤스는 시선을 피하며 대답했다.

"흠… 친구들에겐 미안하지만 요즘 복잡한 생각 때문에 마음이 편치 않습니다. 연구에라도 매달리지 않는다면 도저히 견딜 수가 없겠더군요. 최소한 이곳에서 연구를 할 때만은 다른 생각이 떠오르지 않으니까요."

그의 말을 이해하는지 고개를 끄덕인 켈트는 턱을 매만지며 물었다.

"그 일에 대해서는 크라이즈님께 들었다. 장영실이라는 자를 이제 찾게 되었으니 네가 돌아갈 날도 얼마 남지 않았다는 건가? 세월 한번 정말 빠르군. 그를 찾기 위해서 이 공학원을 세운 것이 엊그제 같은데 벌써 몇 년이나 지나 버렸다니……."

뮤스 역시 켈트의 말을 들으며 과거의 기억들이 하나둘씩 떠오르게 되자 답답한 한숨을 내쉴 수밖에 없었다.

"후우~ 네. 지금 머리 속이 혼돈스럽기 그지없습니다. 지금까지 장영실 아저씨를 찾기 위해 이렇게 고생해 온 것이지만, 막상 그날이 다가올 것을 생각하니 차마 조선으로 돌아갈 엄두가 나질 않는군요. 특히 카타리나는 제가 처해 있는 상황을 알지 못하니 더욱 걱정입니다."

"역시… 그런 것이었군. 허헛! 언제나 그 정이라는 것이 큰 문제가 되는군. 하지만 아직도 많은 시간이 남았고, 세상의 일은 어찌 될지 모르는 일이니 차근히 생각하는 편이 주변 사람들이나 너를 위해서도 좋을 것 같군."

켈트의 위로에 애써 미소 지은 뮤스는 고개를 끄덕였다.

"켈트 아저씨의 말씀이 맞아요. 하지만 머리로 생각하는 것과 가슴으로 느끼는 것이 다르니 힘이 들 수밖에 없군요."

"쩝. 별다른 도움을 줄 수 없어서 미안하군. 솔직히 나 역시 너와 헤어질 생각을 하니 슬픈 게 사실이야."

금세 시무룩해진 켈트의 표정을 바라보던 뮤스는 분위기를 바꿔야겠다는 생각에 말을 돌렸다.

"그건 그렇고, 제 연구실까지는 어쩐 일이시죠?"

뮤스의 물음을 듣고서야 자신이 이곳에 온 이유를 떠올린 켈트는 자신의 머리를 두들기며 대답했다

"아! 내 정신 좀 보게. 이것을 네게 보여주려고 가지고 왔어."

켈트는 손을 뻗어 실험대에 올려놓았던 금속 원석을 집으며 말을 이었다.

"이것을 기억하고 있는지 모르겠군. 바로 드워프 마을에 떨어졌던 운석 조각이야. 얼마 전 금속의 강도에 대한 연구를 하다가 혹시나 하는 생각에 마을에 돌아가 원석의 일부를 가지고 왔지."

그것을 받아 든 뮤스는 광물을 가늠해 보며 대답했다.

"물론 기억하고 있죠. 당시만 해도 운석을 부술 방법이 없어서 힘을 모아 끌어냈었으니까요."

"그렇지. 그 당시만 해도 엄청난 경도 때문에 운석을 분해할 방법이 없었는데, 역시 '광자 절단기'를 사용하니 절단되더군."

"그럼요. 광자 절단기의 초고온을 견딜 물체는 존재하지 않다고 봐도 무방하죠."

"그래서 말인데 이 운석을 새로운 금속 재료로 사용해 보면 어떨까? 아무래도 철판은 너무 무겁고, 가볍다 싶으면 너무나 무르니 이 단점들을 보완한 새로운 금속이 필요한 참이야. 합금을 만드는 것도 좋겠군 그래."

대충 운석을 돌려가며 살펴보던 뮤스는 가볍게 웃으며 말했다.

"훗. 말씀하시는 모양새를 보아하니 저에게 그 일을 맡길 생각이시군요?"

"허헛! 그야 당연하지. 내 능력 밖의 일이라는 것은 네가 더 잘 알 텐데?"

미소와 함께 어깨를 으쓱거린 뮤스는 금속 원석을 실험대 위에 올려놓았고 지금 당장 시작하려는 듯 책상 위에 올려져 있던 여러 가지 기구들을 가까운 곳으로 당겼다.

"그럼 며칠 정도 기다리셔야 할 것 같은걸요? 저도 잘 모르는 금속이니만큼 시간이 좀 걸리니까요."

"고맙군. 흠… 그런데 지금 당장 시작할 생각이냐?"

실험대 쪽으로 반쯤 몸을 돌리고 있던 뮤스는 의아한 표정으로 되물었다.

"네, 그런데요? 무슨 문제라도 있습니까?"

굳은 표정으로 뮤스의 행색을 아래위로 살펴보던 켈트는 그의 팔을 억척스럽게 잡아끌며 말했다.

"문제? 물론 문제가 있고말고! 그 금속의 원소 해명은 천천히 해도 되니까 일단은 네 방으로 가서 좀 쉬거라. 이 상태로 더 있다간 네가 마음의 결정을 내리기도 전에 먼저 죽을 것이 틀림없다고!"

켈트에게 붙잡힌 뮤스는 그의 손에서 빠져나오려 애를 쓰고 있었다.

"저는 괜찮다니까요."

"내가 보기엔 절대 괜찮지 않다. 그러니 내 말을 듣도록 해!"

결국 억센 켈트의 손에 잡힌 뮤스는 어쩔 수 없이 연구실 밖으로 끌려갈 수밖에 없었고, 3일 만에 처음으로 자신의 방으로 돌아가야만 했다.

딸깍! 끼이익.

간단한 가구 몇 점만이 자리 잡고 있는 조용한 방. 누군가가 잠겨 있던 문고리를 따고 있는지 귀에 거슬리는 소리가 나기 시작했고, 이내 진한 밤색의 두꺼운 문이 조심스럽게 열렸다.

잠시 후 그 틈 사이로 눈동자가 한 쌍씩 들어차기 시작하며 조심스러운 목소리가 흘러들었다.

"벌쿤, 안에 누구 있어?"

"아니, 없는 것 같아. 형이 방에 안 들어온 지 벌써 3일째야. 매일 연구실에만 틀어박혀 있는데 있을 리가 없지."

"그럼 왜 이렇게 도둑고양이마냥 있는 거야? 그냥 들어가자!"

"아차, 그렇군. 그냥 몰래 들어간다는 사실에 긴장을 해서 그만……."

어수룩한 벌쿤의 대답 소리와 함께 문의 틈이 벌어졌고, 문 앞에서 서성이던 뮤스의 친구들이 우르르 쏟아져 들어왔다. 그중 가장 앞에 서 있던 벌쿤은 뮤스의 방을 둘러보며 말했다.

"형의 물건은 대부분 책상 서랍에 있을 거야. 아니면 침대 밑의 상자나."

그가 가리킨 곳을 뒤지기 위해 친구들이 움직이고 있을 때 뒤에 서 있던 히안은 벌쿤의 어깨에 손을 걸치며 말했다.

"너 같으면 그렇게 비밀스러운 편지를 아무 데나 던져 놓겠냐? 분명 어딘가에 숨겨놨을 거야. 잘 생각해 봐."

하지만 벌쿤은 전혀 감이 잡히지 않는 듯 머리를 긁적였다.

"글쎄… 모르겠는데? 지금까지 뮤스 형이 뭔가 숨기는 걸 본 적이 없으니까 말이야."

"그럼 숨기는 걸 보여주면 그게 숨기는 거냐?"

히안이 벌쿤을 나무랄 때, 책상 서랍을 뒤지고 있던 폴린이 말했다.

"뮤스가 너 같은 줄 아니? 비상금 숨기기 따위는 너나 하는 짓이라고! 그것도 어정쩡하게 숨겨서 매일 어머니께 들키기나 하고."

하지만 이번에는 히안도 할 말이 있는지 피식 웃으며 대답했다.

"쿠쿡! 그러는 너는 비상금 안 숨기냐? 불과 두 달 전만 해도 어디다 숨겼는지 잊어버렸다고 울상이었으면서!"

그의 말이 사실이었는지 폴린은 입을 다물고 말았고, 히안은 오랜만의 승리에 득의해하고 있었다. 그때 침대 밑의 상자를 뒤적이고 있던 가이엔이 편지 봉투를 하나 흔들어 보이며 외쳤다.

"혹시 이거 아니니? 꽤나 두툼한걸?"

그녀의 손에 들린 편지 봉투를 확인한 카타리나는 망설이는 표정으로 고개를 끄덕였다.

"응… 그 편지였어."

카타리나의 감정(?)이 끝나자 친구들은 가이엔의 주변으로 몰려들었고, 가장 궁금증이 많았던 헤밀턴이 나서며 말했다.

"분명 듀들란 제국에서 온 편지라면 듀들란 어로 적혀 있을 것인데 선배들 중에서 듀들란 어를 아시는 분 있나요?"

헤밀턴의 물음을 받은 뮤스의 친구들은 서로의 모습만 살피고 있을 뿐 아무런 말도 하지 않고 있었다. 자신의 예상대로 돌아가자 미소를 지은 헤밀턴은 가이엔의 손에서 편지를 잡아당겼다.

"그럼 제가 읽을 수밖에 없군요. 저는 어렸을 때부터 듀들란 어를 공부했으니, 이 정도의 편지 하나 읽는 건 문제도 아니에요."

또다시 발견한 헤밀턴의 새로운 모습에 뮤스의 친구들은 감탄사를 터뜨렸다.

"오~ 정말 볼수록 대단한걸?"

"그러게 말이야. 함브리겐 대학에 수석으로 들어온 것도 놀라운데, 그런 재주도 있었던 거니?"

"그럼 어서 읽어봐, 어떤 내용인지."

"그래그래! 어서 읽어보라고. 궁금해 죽겠어."

미소를 지으며 어깨에 힘을 잔뜩 준 헤밀턴은 당당하게 편지를 펼쳤다. 그리고 그녀의 눈이 재빠르게 편지를 읽어 내려가기 시작하자 다시 한 번 감탄사를 내뱉은 히안이 얼굴을 들이밀며 물었다.

"벌써 다 읽었어? 뭐라는 말이야? 정말 듀들란 제국에서 뮤스를 영입하고 싶다는 내용이야?"

하지만 그토록 당당하던 헤밀턴은 히안의 물음에 아무런 말도 없었고, 오히려 울상을 짓고 있었다. 그리곤 편지를 잘 접은 그녀는 울먹이는 목소리로 입을 열었다.

"저… 선배들… 이 편지 못 읽겠어요. 이런 듀들란 어가 있는지 몰랐거든요. 더 공부하고 올게요."

이렇게 말을 마친 헤밀턴은 그 충격이 너무나 컸는지 편지를 히안에게 넘기며 방을 뛰쳐나갔고, 그녀의 모습을 보던 뮤스의 친구들은 얼떨떨한 표정을 지을 뿐이었다.

"저 녀석 어떻게 된 거지? 그렇게 자신있게 펼치더니……."

헤밀턴이 나가고 나자 편지를 들고 있던 히안이 그것을 펼쳐 보았다. 그 역시 학교에서 공부를 잘하는 축에 속했고, 교양 시간에 듀들란 어를 조금 배운 적이 있었기에 어느 정도는 알아볼 수 있을 것이라고 생각했다.

하지만 편지에 적혀 있는 구불구불한 글자는 처음 보는 글자들이었 기에 적지 않게 당황해야만 했는데, 아무리 기억을 더듬어봐도 낯선 모 양새였기 때문이다.

"혹시 이거 듀들란의 고대 언어 아니야? 난 이런 글자를 처음 보는 데?"

그와 함께 편지를 보고 있던 바르키엘이 고개를 저었다.

"그건 아닌 것 같은데? 설사 고대어가 있다고 하더라도 누가 그런 걸 써서 편지를 보내겠어? 뮤스도 못 읽을 텐데. 혹시 듀들란 제국의 사람들만 쓰는 필기체가 아닐까?"

이렇게 서로의 의견을 주고받고 있을 때 친구들의 등 뒤로부터 귀에 익숙한 목소리가 들려왔다.

"아니. 그건 듀들란 어가 아니라 조이센 대륙이라는 곳의 글자지. 그러니 당연히 못 알아볼 수밖에."

그 말에 곰곰이 생각해 보던 히안이 무릎을 치며 대답했다.

"아! 그랬던 것이군! 그러니 헤밀턴도 못 알아볼 수밖에 없었던 것이 군. 하핫! 그런데 너는 이게 조이센 대륙의 글자라는 것을 어떻게 알 수… 흐엑! 뮤스!"

히안의 말에 깜짝 놀란 친구들이 급히 뒤를 돌아보니 활짝 열린 문의 틀에 기대어 팔짱을 끼고 있는 뮤스를 볼 수 있었다.

친구들이 서로를 찌르며 어찌해야 할지 눈치를 주고받고 있을 때, 뮤스가 별 대수롭지 않다는 듯이 웃으며 말했다.

"훗. 뭘 그렇게 뻣뻣하게 서 있어?"

오히려 아무렇지도 않게 말하는 뮤스를 보니 더욱 미안해짐을 느낀 카타리나가 친구들을 대신해 입을 열었다.

"뮤, 뮤스, 미안해. 사실 몰래 편지를 볼 생각은 아니었는데……."

더듬거리며 사과하고 있는 카타리나의 앞까지 걸어온 뮤스는 그녀의 어깨를 잡아주었고, 궁금증이 가득 담겨 있는 친구들의 얼굴을 둘러보았다.

"후훗~ 다들 나 때문에 걱정 많이 하고 있다고 켈트 아저씨께 들었어. 그동안 너희들에게 걱정을 끼치게 되어 정말 미안하다. 혼란스러운 일이 있었는데 잠시 잊기로 했으니까 걱정하지 않아도 돼."

일이 대충 넘어가는 분위기로 흐르자 안도의 한숨을 내쉰 벌쿤이 뮤스를 향해 물었다.

"그럼 형은 듀들란 제국으로 가지 않기로 한 거야?"

그의 물음을 이해하지 못하고 있던 뮤스는 의아한 표정을 지었다.

"응? 듀들란 제국이라니, 그건 무슨 소리야?"

"카타리나 누나에게 들었어. 듀들란 제국에서 온 편지를 받은 다음부터 형이 갑자기 어두워졌다고. 그래서 우리는 그 편지를 확인하고 싶어서 이렇게 몰려온 거지."

"하하! 설령 듀들란 제국에서 그런 제의를 했다 하더라도 내가 듀들란 제국으로 왜 가겠어? 이곳에 공학원과 가족들, 그리고 너희들이 있는데."

뮤스의 확답을 듣자 히안의 얼굴에서 긴장이 풀리고 있었다.

"휴우… 그럼 그렇지. 뮤스가 이곳을 두고 어딜 가겠냐? 앞으로 공학원을 이끌어 나갈 사람인데. 애초부터 말도 안 되는 의심이었다고! 그렇지, 뮤스?"

히안의 물음에 뮤스는 잠시 얼굴을 굳혔지만 이내 평소의 모습으로 돌아왔다.

"그, 그럼… 내가 가긴 어딜 가겠어. 이제 막 돌아오는 참인데……."

친구들은 이제 모든 의심을 푼 듯 시원하게 웃으며 떠들기 시작했고 뮤스 역시 오랜만에 그들의 말 상대가 되어주었다. 하지만 카타리나는 친구들과 달리 알지 못할 불안함을 느끼며 뮤스의 얼굴을 바라보고 있었다.

오랜만에 뮤스와 시간을 가진 친구들은 그동안 쌓였던 이야기들을 나눌 수 있었고, 뮤스는 친구들 앞에서만큼은 최대한 밝은 표정을 지으려 노력하는 중이었다.

한동안 웃고 떠들던 친구들은 밤이 늦어지자 자리에서 일어났고, 히안은 뮤스와 카타리나를 번갈아 보며 입을 열었다.

"뮤스, 아무리 밀린 일 때문에 바쁘다고 그래도 카타리나에게 좀 잘해주라고. 우리는 이만 일어날 테니 둘이 이야기나 나눠."

히안의 배려에 뮤스는 쑥스러운 미소를 지으며 고개를 끄덕였고, 대충 분위기를 눈치 챈 친구들은 하나둘씩 자리에서 일어났다. 금세 친구들이 뮤스와 카타리나에게 인사를 건네며 방에서 빠져나가 버리자 친구들의 목소리로 가득 찼었던 방은 아무도 없는 것처럼 조용해졌다.

"뮤스… 아까부터 얼굴을 보니 고민이 있는 것 같은데 혹시 남들에게 말 못할 일이라도 있는 거니?"

순간적으로 카타리나의 걱정스러운 목소리가 들려오자 뮤스는 무슨 비밀이라도 탄로난 것처럼 그녀의 시선을 마주 보지 못한 채 아무런 말도 하지 못하고 있었다.

"그건……."

뮤스의 태도에 답답함을 느낀 카타리나는 뮤스의 가까이로 다가가 앉으며 물었다.

"나에게까지 비밀로 해야 할 일이니? 네가 친구들 앞에서는 아무 일도 아니라고 했지만 뭔가 불안한 게 사실이야. 네 얼굴과 네 행동이 그렇게 말하고 있잖아."

다시 한 번 뮤스의 표정을 살핀 카타리나는 몸을 움츠리며 말을 이었다.

"나… 또다시 무슨 일이 벌어지지 않을까 하는 생각 때문에 한시라도 마음이 편하지 않아. 금방이라도 네가 어디론가 사라질 것 같은 두려움 때문에 잠을 자다가도 몇 번씩이나 깨어나는걸."

그녀의 목소리는 금방이라도 눈물을 터뜨릴 듯 떨리고 있었고, 뮤스는 그런 카타리나의 모습에 가슴의 깊은 곳에서부터 아픔이 치미는 것을 느꼈다. 이에 큰 결심이라도 하듯 숨을 한번 깊게 들이마신 뮤스는 카타리나의 머리를 매만지며 조용한 목소리로 입을 열었다.

"카타리나… 비록 여러 가지 이유로 네게 자세한 이야기는 해줄 수 없는 상황이지만 무슨 일이 있더라도 앞으로 너와 헤어지는 일은 없을 거라고 약속했었잖아? 꼭 너와 평생을 하겠다고……."

"응… 고마워, 뮤스."

다시 한 번 뮤스의 확답을 받고서야 조금 안심이 된 카타리나는 뮤스의 품을 파고들며 깊이 안겼고, 뮤스 역시 미소를 지으며 그녀의 어깨를 따뜻하게 끌어안아 주고 있었다. 비록 그의 머리 속은 더욱 복잡해지게 되었고, 어떠한 우위도 정할 수 없는 가치들 사이에서 갈등하고 있었지만 카타리나와 친구들을 더 이상 걱정시킬 수는 없었기에 잠시 생각을 미루기로 한 것이었다.

그렇게 밤은 깊어갔다.

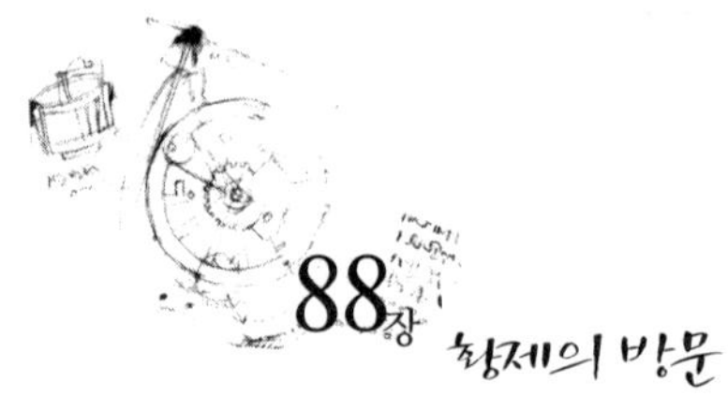

88장 황제의 방문

다음날, 뮤스는 평소대로 자신의 연구실에 들어앉아 연구를 거듭하고 있었다. 그래프를 통해 새롭게 알게 된 수많은 지식들을 하나씩 해명하고자 했고, 켈트가 부탁했었던 일도 있었기 때문이다.

그러던 중 노크 소리가 나면서 실험복을 차려입은 히안이 들어왔다.

"이봐, 뮤스! 손님이 찾아왔는데?"

히안이 부르는 소리에 몸을 돌린 뮤스는 손에 들고 있던 실험 기구들을 내려놓으며 되물었다.

"응? 또 손님이야?"

뮤스가 공학원으로 돌아온 이후부터 사람들의 방문이 유난히 잦았기에 수시로 연구 도중에 불려 나가게 되었는데, 이를 귀찮게 여기긴 했지만 그들과 만나는 것도 공학원 원장으로서의 일 중 하나라는 것을 알고 있는 뮤스였다.

"휴우… 정말 사람들은 바쁠 때만 찾아오는 것 같군. 하긴 그 사람들에게는 이곳에 찾아오는 것이 급한 일이겠지만 말이야."

뮤스의 불만을 듣고 있던 히안은 뭔가 잔뜩 불만스러운 표정을 짓고 있었다. 이를 발견한 뮤스는 의아한 얼굴로 물었다.

"그런데 네 표정이 왜 그래? 또 폴린과 무슨 일이 있었던 거야?"

입을 삐죽 내민 히안은 단단히 토라진 듯 냉랭한 목소리로 말했다.

"나도 몰라! 네게 찾아온 손님한테 폴린이 완전히 넋이 나가 있다고! 아무튼 폴린과 사귀고 난 뒤부터 싸우지 않는 날이 없다니까."

히안의 심정을 아는지 모르는지 뮤스는 피식 웃었다.

"풋! 사귀기 전부터 너희 둘은 항상 싸웠잖아? 원래 미운 정이 더 무서운 거라고들 하니까 조금만 참으라고."

히안에게 간단히 충고하며 실험복을 벗은 뮤스는 옷걸이에 걸어놓았다.

"그럼 나가보자고. 어디 한번 폴린이 넋을 놓고 바라보는 손님이 누구인지 볼까?"

여전히 불만스러운 얼굴을 하고 있던 히안이 어깨를 으쓱거리며 앞장서 연구실을 빠져나가자 뮤스도 미소 지으며 그 뒤를 따랐다.

연구실을 나온 뮤스와 히안은 간단한 몇 마디의 대화를 나누며 공학원 본관으로 건너가고 있었다. 이미 라이델베르크의 공학원은 그 규모가 전과 비교할 수도 없을 정도로 확대되었기에 여러 개의 건물이 들어서 있었는데, 이 건물들을 축조하기 위해 백여 명의 드워프들이 동원되었다고 했다. 그런 이유로 벨링의 황궁과 비슷한 구조를 가진 공학원은 건물 간의 이동 편의성을 고려하여 모두 연결되어 있었다.

본관 건물의 응접실 앞에 다다른 뮤스가 문을 열고 들어가려 하자 히안이 발을 멈추곤 말했다.

"후우… 나는 도저히 폴린을 못 봐주겠다. 그 매끈하게 생긴 녀석 앞에서 콧소리 흘리는 모습을 어떻게 보겠냐? 혼자 들어가."

하지만 그의 말을 듣지 않고 고개를 내저은 뮤스는 히안의 팔을 끌어당기며 말했다.

"그러지 말고 같이 들어가자. 누가 뭐래도 너는 폴린의 남자 친구고, 폴린이 마음에 들지 않는 행동을 한다면 못하게 할 권리도 있잖아?"

히안이 뮤스의 충고에도 우물쭈물하자 답답한 듯 머리를 짚으며 말을 이었다.

"너희 둘은 완전히 애들 같아. 사실 서로 좋아하면서도 항상 싸우기만 하지. 왜냐하면 자신의 감정을 솔직하게 표현할 용기가 없기 때문이야. 내가 옆에서 살펴보기엔 네가 하도 폴린에게 무관심한 척하니까 오히려 관심을 끌기 위해 저러는 거라고. 사랑은 솔직한 표현이라는 말도 있잖아?"

그 말에 귀가 솔깃해진 히안은 은근한 목소리로 물었다.

"정말 그럴까?"

"이래 봬도 대현자 라듀아보님께 여성 심리를 배운 사람이다. 한번 믿어보라고."

다시금 뮤스가 그의 팔을 끌어당겼지만 히안은 아직도 움직이지 않고 있었다.

"이번에는 또 왜 그래?"

"그럼 너는 카타리나에게 왜 그렇게 표현을 못하는데?"

순간적으로 말문이 막혀 버린 뮤스는 애써 외면하며 대답했다.

"원래 이론과 실제는 다른 거라고……."

말을 얼버무림으로써 상황 수습을 할 수 있었던 뮤스는 히안의 손을 잡아끌고 응접실로 들어갔다.

응접실 안에는 폴린과 한 청년, 그리고 중년인이 있었는데 히안이 말하던 청년의 얼굴은 폴린의 몸에 가려 보이지 않고 있었다.

뮤스가 들어오는 기척을 느낀 폴린은 가식적인 미소로 반기고 있었는데, 주로 입던 실험복은 어딘가 벗어 던졌는지 지금은 깔끔한 여성용 정장을 입고 있는 상태였다.

"어머! 원장님 오셨군요. 손님들께서 오랫동안 기다리셨어요. 호호호홋!"

생각했던 대로 콧소리를 내며 뮤스를 반기던 폴린은 옆에 서 있는 히안을 발견하곤 새침한 표정을 지었다.

"히안은 여기 어쩐 일이지? 네 손님도 아닐 텐데?"

냉랭하게 말하고 뒤돌아선 그녀는 소개를 하기 위해 손님들을 바라보았다.

"이쪽 분은 저희 공학원의 원장님이신 뮤스 드라켄이시고, 그 옆에 허름한 청년은 별 볼일 없는 공학자인 히안 크라리엔이라고 한답니다."

너무나 노골적인 소개에 히안의 얼굴은 일그러졌고, 그사이에 낀 뮤스가 폭발 일보 직전인 히안을 말릴 준비를 하고 있었다. 그때 뮤스를 찾아온 손님 중 젊은 청년의 목소리가 들리면서 모두의 이목은 그에게 모아지게 되었다.

"뮤스 군, 무사히 돌아오신 모습을 보니 정말 안심이군요."

귀에 익숙한 목소리를 들은 뮤스는 목소리의 주인이 누군인지 직감할 수 있었고, 미소를 지은 그는 폴린을 지나치며 청년을 향해 입을 열었다.

"예전보다 훨씬 건강해 보이시는군요, 황제 폐하."

황제 폐하라는 말에 눈을 크게 뜬 폴린과 히안은 자신의 귀를 의심하고 있었다. 그리곤 손을 내저으며 웃어버렸다.

"하… 하핫! 농담은 그만두라고, 뮤스."

"하긴 황제 폐하께서 왜 이런 곳에 몸소 찾아오시겠어? 그렇지, 히안?"

"그럼! 그럼! 그것도 이렇게 단출한 모습으로 말이야."

그러나 뮤스의 대답은 농담과는 상당히 거리가 있는 분위기였다.

"너희들도 다시 예를 갖추는 것이 좋을 것 같군. 믿기지는 않겠지만 이분이 바로 도이첸 제국의 황제이신 카로이트 4세이시지."

그제야 모든 상황이 실제라는 것을 깨달은 폴린과 히안은 급히 고개를 숙이며 황제에게 예를 올렸다.

"황제 폐하를 몰라뵈었습니다. 다시 인사드리겠습니다. 폴린 파이시언이라고 합니다."

"이렇게 뵙게 되어 영광입니다. 히안 크라리엔입니다."

폴린과 히안의 깍듯한 인사에 당황한 것은 오히려 황제 쪽이었다. 급히 손을 내저은 황제는 난감한 표정을 지으며 말했다.

"저를 너무 어렵게 생각하지 마시죠. 이런 격식을 원했다면 이런 모습으로 공학원에 찾아오지는 않았을 것입니다. 오늘은 그저 뮤스 군께 은혜를 입은 지인으로서 찾아온 것이니까요."

황제의 반응에 분위기를 살피던 폴린과 히안은 어찌해야 할지 감이 잡히지 않는 듯했는데, 뮤스는 그들의 심정을 충분히 헤아릴 수 있었다.

"황제 폐하의 말씀대로 하는 게 좋을 것 같아. 그러는 편이 황제 폐하도 편하실 테니까."

어정쩡한 자세로 서 있던 폴린과 히안은 뮤스의 말에 용기를 얻었는지 허리를 폈다.

"그, 그래도 될까요? 그래도 황제 폐하이신데……."

"이것 참, 내 평생 황제 폐하를 이렇게 알현할 수 있다니 믿겨지지가 않는군요."

잠시 어색해진 응접실의 분위기를 파악하던 폴린은 갑자기 떠올랐는지 하고 있던 찻잔 정리를 마쳤다. 그리곤 히안의 옷자락을 잡아끌며 황제와 뮤스를 향해 말했다.

"그럼 이야기들 나누세요. 저희는 이만 자리를 비켜 드리겠습니다."

이렇게 말을 마친 폴린은 불이라도 난 듯 급히 히안을 끌고 응접실을 빠져나왔고, 히안 역시 그런 자리가 부담스러웠던 참이었기에 순순히 그녀에게 이끌려 나왔다.

응접실에서 나온 폴린과 히안은 한숨을 내쉬며 벽에 등을 기대었는데, 특히 폴린은 십 년을 감수한 듯한 표정이었다.

"휴우… 정말 기절할 뻔했어. 설마 저 사람이 도이첸 제국의 황제 폐하일 줄 누가 알았겠니……."

그녀의 말에 킥킥대며 웃은 히안은 생각할수록 어이가 없는지 고개를 내저었다.

"쿠쿡… 네 표정 정말 가관이더라. 완전히 허옇게 질렸던걸? 천하의 폴린도 황제 폐하 앞에서는 어쩔 수 없구나."

히안의 말에 입을 삐죽 내민 폴린은 그를 흘겨보며 말했다.

"치! 너는 안 그랬는 줄 알아? 뻣뻣하게 굳어가지고 서 있는 모양은 정말 웃겼다고."

더 이상 말을 해봐야 말다툼으로 번지리라는 것을 체험을 통해 알고 있었던 히안은 손을 내저었다.

"이러다가 또 싸우겠군. 갑자기 긴장했다가 풀리니 배가 고픈데 그만 하고 점심이나 먹으러 갈까?"

"그래. 그러고 보니 나도 배가 고프다. 사실 이 치마가 작아서 졸라 매느라 힘들었거든. 이게 다 너 때문이야."

"내가 뭘 어쨌는데?"

히안의 되물음에 뭐라 말을 하려다가 입맛만 다신 폴린은 그의 팔짱을 끼며 말했다.

"그런 게 있네요! 나 비싼 거 먹을 테니까 돈은 네가 내라. 알겠지?"

"훗! 뭐 까짓… 기분이다. 아무거나 골라보라고!"

"어라, 웬일이야? 토 한번 달지 않고 선뜻 허락하다니?"

대답을 미룬 히안은 오랜만에 기분 좋은 듯한 미소를 지으며 팔에 매달린 폴린을 이끌었고, 뮤스의 짧은 충고를 속으로 되새기고 있었다.

'사랑은 솔직한 표현이라고? 한번 노력해 보는 것도 나쁘진 않겠군.'

투명한 김이 피어오르는 찻잔을 입에 가져간 뮤스는 구수한 향을 맡으며 한 모금 넘겼다. 그리고 맞은편에 앉아 함께 차를 마시고 있는 황제와 중년인을 바라보았다. 황제의 얼굴은 익히 알고 있었지만, 그 옆의 중년인은 낯설었기에 찻잔을 내려놓으며 물었다.

"폐하, 옆에 계신 분은 누구십니까? 이렇게 동석하신 것을 보아하니 보통 분은 아니신 것 같군요."

차를 마시고 있던 황제 역시 차를 한 모금 마시곤 탁자에 내려놓았다. 그리곤 미소를 지으며 입을 열었다.

"차 맛이 아주 좋군요. 그렇지 않아도 소개시켜 드리려고 하던 참입니다. 제 옆에 계신 분은 새로운 외교 대신을 맡게 되신 고듀트 루그시드 경이십니다. 애초 계획은 저 혼자 올 생각이었지만 뮤스 군을 꼭 만나고 싶다고 하셔서 이렇게 함께 오게 되었습니다."

황제의 소개가 끝나자 고듀트는 악수를 청하며 인사를 건넸다.

"황실에 들어가기 전부터 뮤스 원장님에 대한 소문은 익히 들었습니다. 그때부터 꼭 만나뵙고 싶었는데 오늘에서야 이렇게 만나뵙게 되니 기쁘기 한량없군요."

이에 담담한 미소를 지은 뮤스는 그의 손을 마주 잡으며 고개를 조금 숙였다.

"과찬의 말씀이십니다. 일국의 외교 대신이라는 높은 직책에 있으신 분께서 그리 말씀하시니 어찌할 바를 모르겠군요."

"허헛! 황제 폐하 앞에서 그런 말씀을 들으니 제가 더 부끄럽습니다."

가벼운 소개를 통해 분위기가 부드러워지자 뮤스가 먼저 대화를 트기 시작했다.

"폐하, 그동안 소문을 듣자 하니 과감한 개혁을 단행하셨더군요. 제 귀를 의심할 정도로 놀랐답니다. 그에 대해 조금 자세히 들을 수 있겠습니까?"

뮤스의 말에 쑥스러운 표정을 지은 황제는 찻잔을 매만지며 대답했다.

"뮤스 군이 떠날 때 제가 가비르 재상을 통해 약속드린 것을 기억하십니까? 저는 그때 뮤스 군이 돌아올 때까지 황실을 개혁할 것이라고 약속드렸습니다. 그것은 뮤스 군의 누명에 대한 사죄의 뜻이기도 했고, 이 제국이 오랜 역사에 걸쳐 가졌었던 병폐이기도 했었죠. 저는 그것을 바로잡았을 뿐입니다."

황제가 겸손하게 이야기하자 그를 대신하기라도 하듯이 고듀트가 미소 지으며 입을 열었다.

"허헛. 황제 폐하께서는 너무나 겸손하십니다. 사실 황실의 틀을 완전히 바꿔 버리는 일은 역대의 어느 황제께서도 할 수 없었던 일입니다."

그리고 뮤스를 바라본 고듀트는 그가 없는 동안 황제가 단행했던 일들을 하나씩 늘어놓기 시작했다.

"그중 가장 대단한 일은 누가 뭐라 하더라도 황실 귀족들의 체계 권한을 정리하고 제한한 것이었지요. 그들은 오랜 기간 동안 황실에 머물며 모자라는 능력임에도 불구하고 자신의 욕심을 위해 정사에 참여를 해왔었습니다. 그러한 귀족들로부터 황실 비리가 시작되어 왔던 것이죠. 물론 뮤스 원장님께서도 피해자 중 한 명이시니 더 이상의 설명이 없더라도 이해하실 것입니다. 아……."

말을 하던 고듀트는 괜한 이야기를 꺼낸 것이 아닌지 걱정하여 뮤스의 표정을 살폈는데, 그는 추방에 대한 감정을 애초부터 가지고 있지 않은 듯 담담하게 웃으며 그의 이야기를 듣고 있었다.

"흠… 어찌 되었든 매쉬라스 후작의 음모가 드러난 것을 시작으로 하여 황제 폐하는 가비르 재상님과 함께 그와 연관된 귀족들을 밝혀냈고, 그들의 권한을 박탈하게 된 것입니다. 이렇게 함으로써 자연스럽게 황권이 크게 신장되었고, 각 분야에서 뛰어난 능력을 가진 이들을 뽑아 황실의 요직에 앉히게 됨으로써 보다 원활한 정책 결정 체계를 가지게 되었습니다. 또한 세제를 개혁함으로써 국민들의 소득을 증진시키고, 지방 관료들의 비리를 원천 봉쇄했을 뿐만 아니라……."

고듀트는 마치 자신이 한 일이기라도 한 듯 침이 마르게 이야기를 이어갔고, 뮤스 역시 호기심 어린 눈으로 황실의 개혁 내용을 듣고 있었는데 그라프와 함께 지내는 동안 정치와 경제에 대한 흥미를 가졌기 때문이다.

그로부터 한 시간 정도가 지나서야 황실에 대한 이야기가 끝나게 되었다. 황제는 뮤스와 고듀트의 대화를 들으며 조금 불만스러운 표정을 지었다.

"훗… 이번에 온 것은 뮤스 군과 개인적으로 대화나 할까 하고 온 것인데 결국은 황실의 이야기로 흐르는군요. 사실 뮤스 군 앞에서 황실의 이야기를 꺼내는 것이 너무나 미안하답니다."

이에 미소로 대답한 뮤스는 고개를 내저으며 대답했다.

"후훗… 지난 일에 대해서 너무 크게 생각하지 않으셔도 됩니다. 그간에 저 역시 많은 것을 얻을 수 있었고, 오히려 지금에 와서는 그때 추방을 당하지 않았다면 정말 큰일이었다는 생각까지 하고 있답니다."

"그렇게 말씀해 주시니 저의 마음이 한결 가벼워지는군요. 사실 저를 원망하고 계시면 어쩌나 하는 걱정에 이곳에 오는 며칠 동안 잠도 잘 이루지 못했답니다."

가슴을 쓸어 내리며 안도하는 황제를 보며 찻잔을 비운 뮤스는 황제와 고듀트를 번갈아 보곤 입을 열었다.

"후훗. 이제 고듀트 경께서 저를 만나고자 하신 이유를 들어보고 싶습니다. 물론 황제 폐하께서도 그 이유를 대충 아시겠지만 아무래도 고듀트 경께 직접 듣는 것이 더욱 좋겠군요."

뮤스의 말에 황제와 고듀트는 생각을 들킨 듯 깜짝 놀라고 있었는데, 그의 말대로 고듀트가 황제를 따라나선 데는 다른 이유가 있었기 때문이다.

잠시 황제의 눈치를 살피던 고듀트는 나직한 목소리로 이야기를 털어놓기 시작했다.

"어찌 아셨는지는 모르겠지만 이렇게 되었으니 오히려 이야기를 꺼내기가 쉽군요. 사실 제가 황제 폐하를 따라나선 것은 듀들란 제국의 일 때문입니다."

고듀트의 이야기를 듣고 있던 뮤스는 미리 짐작이라도 한 듯 말을 받았다.

"이제 듀들란 제국의 공학원이 공식적으로 움직이기 시작한 모양이군요?"

"어찌 그러한 사실을 아셨습니까?"

"그렇지 않아도 이전부터 듀들란 제국에 공학원이 세워졌다는 것은 알고 있었습니다. 그리고 지금쯤 그 결실이 드러날 때가 되었다고 생각 중이었죠. 게다가 때마침 외교 대신께서도 오셨으니 모든 것이 맞아떨어지더군요."

고개를 끄덕이며 감탄의 표정을 지은 고듀트는 턱을 매만지며 말했다.

"흠… 역시 원장님은 제가 생각하던 이상이십니다. 지금 이야기 드릴 것은 원장님의 말씀대로 듀들란 제국의 공학원 때문입니다. 듀들란 제국은 4년 전부터 공학원을 중심으로 제국 개발 사업을 추진해 왔는데, 벌써 상당한 진척이 있었던 모양입니다. 그리고 내년 초 제국 개발

사업의 성과에 대한 발표회를 개최한다더군요. 그에 대한 초청장은 벌써 각국의 황실에 전달된 상태입니다."

이야기를 듣고 있던 뮤스는 도이첸 제국과 듀들란 제국 사이의 라이벌 의식을 익히 알고 있었기에 고듀트의 이야기를 쉽게 이해할 수 있었다.

"그렇다면 도이첸 제국으로서도 보고만 있을 수는 없는 것이겠군요. 황제 폐하의 생각은 어떠십니까?"

질문을 받은 황제는 머쓱한 표정을 지으며 자신의 생각을 솔직히 털어놓았다.

"저 역시 황제이기 이전에 도이첸 제국의 핏줄입니다. 그러니 듀들란 제국에게 밀린다는 것은 생각하기도 싫은 것이 제 솔직한 심정입니다."

뮤스의 표정을 살피던 황제는 손톱을 매만지며 하던 이야기를 계속해서 이었다.

"저의 부탁 때문에 고초를 겪은 뮤스 군께 또다시 어떠한 부탁을 드리는 것이 무리일 줄은 알지만, 염치없게도 다시 한 번 이번 일을 부탁드리고 싶습니다."

황제의 부탁에 뮤스는 조금 갈등하는 얼굴을 하고 있었는데, 쉽게 결정할 만한 문제가 아니었기 때문이다.

"흠… 솔직히 국가 수준의 지원을 받는 일이라면 저 혼자 결정해서 될 일이 아닌 것 같습니다. 시간적인 여유를 두고서 누님이나 드워프 분들과 상의를 해봐야 하니까요. 하지만 개인적으로 저는 그 일을 맡고 싶습니다."

그럭저럭 긍정적인 대답을 듣자 황제와 고듀트의 얼굴은 밝아지기 시작했고, 황제는 그의 손을 잡으며 말했다.

"뮤스 군께서 그리 말씀해 주시니 정말이지 기쁘군요. 아직 확실히 정해진 것은 아니지만, 뮤스 군의 마음에 감사드립니다."

대제국의 황제 지위에 오른 사람이라 볼 수 없을 정도로 순박한 그의 모습에 미소 지은 뮤스는 손을 내저으며 대답했다.

"별말씀을 다 하시는군요. 제게 명령을 내리실 수 있는 위치에 계신 분이 오히려 몸소 찾아오셔서 부탁을 하시니 어찌 제가 거절을 할 수 있겠습니까?"

"하핫! 저를 황제의 위치에 오르게 해주신 분이 바로 뮤스 군입니다. 그런 분께 힘을 휘두른다는 것은 가당치 않는 일이죠."

이로써 공적인 일에 대한 대화를 마치게 되자, 고듀트는 두 사람을 위해서 자리를 피해주었다.

그리고 뮤스와 황제는 그동안 나누지 못했던 이야기를 주고받기 시작했는데, 대화가 오가는 사이 뮤스는 황제의 당당하고 사려 깊어진 모습에 내심 감탄을 하게 되었고, 황제는 과거에 비해 한층 지혜로워진 뮤스의 이야기에 도취되어 시간 가는 줄도 모르고 있었다.

공학원 저택의 서재 내부는 작은 촛불 몇 개에 의지하고 있었다. 물론 전뇌력 공급이 안 되는 것도 아니었고, 전뇌등이 없는 것도 아니었지만 드워프들과 함께 의논을 할 때에는 정신 집중이 안 된다는 성화에 따라 항상 촛불만을 켜놓곤 했던 것이었다.

흔들리는 촛불에 크라이츠, 드워프 형제들, 그리고 뮤스의 얼굴이 비춰지고 있었다. 모두들 손으로 턱을 괴며 골똘히 생각 중이었지만 뮤스는 이미 마음을 정한 듯 크라이츠와 드워프들을 살펴보며 대답을 기다리고 있었다. 수염을 한번 쓸어 내린 레딘이 가볍게 손을 치켜들며 물었다.

"그나저나 뮤스 군에게 질문이 하나 있네. 자네는 왜 도이첸 제국을 도우려고 하는가? 그 젊은 황제 때문에 그 험한 고생을 했지 않나? 실크로스 교인가 뭔가를 만들지만 않았어도 그런 고생을 하지는 않았을 텐데 말이야."

이해할 수 없다는 듯한 레딘의 질문을 받은 뮤스는 이곳에 모인 이들을 둘러보며 대답했다.

"글쎄요. 물론 실크로스 교에 관련된 일이 물론 황실에서 일어나긴 했지만 꼭 황제 폐하의 잘못이라고 할 수도 없는 것입니다. 매쉬라스 후작의 간계를 아무런 눈치도 채지 못하고 당한 것도 저의 모자람이라 할 수 있으니까 말이죠. 게다가 황제 폐하는 제게 사죄의 뜻을 표하기 위해 황실의 개혁을 과감히 단행했고, 매쉬라스 후작 역시 그에 대한 대가를 치르게 되었으니 남아 있는 감정은 없습니다. 오히려 생각지도 못한 소득이 있었으니 어찌 보면 제가 감사해야 하겠죠."

그것이 그라프와의 만남을 이야기한다는 것을 쉽게 눈치 챌 수 있었던 켈트는 그 뒷배경에 얽힌 이야기를 알고 있었기에 찜찜함을 느꼈고, 눈은 자연스럽게 크라이츠를 향해 돌아갔다. 마침 크라이츠 역시 뮤스에게 질문을 던지고 있었다.

"음… 황제를 원망하는 감정을 가지고 있지 않다는 것은 충분히 알겠지만, 꼭 그를 도와줘야 할 이유도 없는 것 같구나. 엄밀히 말해 너는 도이첸 제국의 국민이 아니니 그를 황제로 인정하지 않아도 무관한 것이고, 황제 역시 네가 이번 일을 거절한다 해도 그의 곧은 성품으로 봐서 네게 강압적인 태도를 보이지는 않을 것 같은데……."

뮤스는 크라이츠의 말에 충분히 수긍하고 있었다. 하지만 그에 대한 대답도 이미 생각해 두었는지 입을 여는 데 어떠한 거리낌도 없었다.

"물론 누님의 말씀도 맞습니다. 제가 꼭 황제를 도와야 할 이유는 없는 것이죠. 하지만 저는 이번 기회를 통해 제 능력이 닿는 모든 일을 이곳에서 해보고 싶습니다. 개인적인 이해관계를 떠나 더욱 발전된 사회를 위해 연구하는 것이 공학도가 걸어야 할 길이니까요. 그것은 장영실 아저씨께서 제게 부탁한 일이기도 하고, 저도 역시 해보고 싶었던 일입니다."

이번에는 뮤스의 이야기를 들으며 고개를 끄덕이고 있던 블뤼안이 뮤스를 향해 조용히 입을 열었다.

"듀들란 제국이 제국 개발 사업을 시작한 지 4년이나 되었다고 했는데 과연 지금부터 시작한다고 해서 그들을 따라갈 수 있을까? 듀들란 제국의 발표회까지는 겨우 다섯 달밖에 남지 않았잖아?"

"물론 듀들란 제국이 황실의 지원을 바탕으로 급진적인 발전을 하고 있는 것은 틀림없는 사실이지만 오히려 공학원을 설립한 것이나 전뇌거나 그 외의 제품들을 양산하고 판매한 것은 우리 측이 훨씬 먼저였습니다. 그만큼 먼저 소비 시장을 확보했다는 뜻이 되고, 듀들란 제국에서 지금 당장 시제품을 양상하고 판매한다고 해도 이미 우리가 확보한 소비 시장이 있기에 그만큼 소비 시장 진입이 더뎌집니다. 이것은 듀들란 제국 내의 시장이라도 마찬가지입니다."

"그럼 우리가 우위를 점하고 있다고 생각해도 되는 것인가?"

블뤼안의 되물음에 뮤스는 어깨를 으쓱거리며 미소를 지었다.

"비록 우리가 먼저 소비 시장을 장악했다 해도 결코 유리한 상황은 아닙니다. 그들이 우리가 가지지 못한 이점을 가질 수 있으니까요."

"거참… 말이 점점 복잡해지는군. 그렇다면 그들이 가지는 이점은 무엇인가?"

"바로 우리가 만든 제품들의 단점을 그들은 유연하게 보완할 수 있다는 것입니다. 전뇌거를 예로 한번 들어보도록 하죠. 그동안 공학원에서 발매된 전뇌거는 뛰어난 성능을 인정받긴 했지만, 애초 구매자의 입장에서 설계를 한 것이 아니었기에 마나구나 자력통 등의 값비싼 부속을 쓸 수밖에 없었고, 자연스럽게 그 가격이 비싸지는 결과를 낳게 되었습니다. 하지만 이를 인지한 듀들란 제국의 공학원은 처음 설계 시점에서부터 이 점을 계산에 넣어 가격을 대폭 낮출 뿐만 아니라 효율 역시 높일 것이 틀림없습니다. 그렇게 된다면 자연스럽게 저가형 전뇌거를 찾는 소비자에게 큰 호응을 얻을 수 있는 것이죠."

"한마디로 그 어느 쪽도 결코 유리하다고 할 수 없다는 것인가?"

그의 물음에 뮤스는 정색을 하며 대답했다.

"딱히 말하자면 그렇습니다. 결국 어느 쪽이 더욱 나은 물건을 만드느냐 하는 것이 관건인 것입니다."

뮤스의 대답을 들으며 형제들의 표정을 살피던 블뤼안은 자신을 배를 한번 두들기며 입을 열었다.

"좋아! 나는 찬성일세. 왠지 경쟁한다는 느낌이 나를 설레게 만드는걸?"

그의 뒤를 이어 켈트 역시 찬성하고 나섰다.

"나도 블뤼안과 비슷한 생각이야. 비록 우리 드워프들이 인간 국가 간의 세력 싸움에는 관심이 없지만 이런 일이라면 또 다르지. 나도 찬성이야."

그리고 브라이덴과 레딘 역시 찬성하고 나서게 됨으로써 드워프들은 모두 의견을 모으게 되었다. 이제 뮤스와 드워프들은 마지막 남은 크라이츠에게 시선을 고정시키고 있었는데, 그녀는 자신의 비밀 장부를 꺼내어 뭔가를 열심히 계산하더니 이내 장부를 덮으며 입을 열었다.

"원래 장사는 모험이지. 게다가 그에 대한 지원은 모두 황실에서 해줄 테니 내 돈이 들어가는 일은 없을 테고, 오히려 일정 수준의 소득이 우리에게 돌아오니 나야 마다할 이유가 없단다. 호홋! 내가 일을 해야 하는 것도 아닌데 어찌 되든 무슨 상관이니?"

어느 정도 예상은 하고 있었지만 막상 물질 만능주의의 전형인 크라이츠의 성격이 또 한 번 드러나게 되자 드워프들과 뮤스는 어이없음에 식은땀을 흘려야만 했다.

그 과정이야 어찌 되었든 라이델베르크의 공학원은 도이첸 제국의 국가사업을 맡기로 의견이 모아지자 그 다음날부터 국가사업 계획을 작성하는 등의 기초 준비에 들어가게 되었고, 뮤스는 다시금 눈코 뜰 새 없는 나날을 보내게 되었다.

다음날, 초조하게 결과를 기다리던 황제와 고듀트는 공학원에서 그들의 제의를 받아들였다는 소식을 접하고 크게 기뻐했으며 한 달 후 공학원에서 사업 설명회를 개최하기로 약속을 잡은 뒤 공학원의 지원 예산을 짜기 위해 황궁으로 급히 돌아가게 되었다.

그리고 생각지도 못한 소식을 전해 들은 공학원의 식구들은 정신없는 아침을 맞이해야만 했는데 각자 맡은 분야의 현황 보고서를 며칠 후까지 제출하라는 통보를 받았기 때문이다. 이에 다급해진 공학원의 공학자들은 하던 일을 잠시 접고선 보고서 작성에 매달리기 시작했고, 연구원들은 그들을 보조하며 바쁜 하루를 보내고 있었다.

　이것은 뮤스의 친구들이라고 해서 예외가 아니었다. 오히려 그만큼 잘 아는 관계였기에 더욱 분발해야만 했는데 최소한 친구들 앞에서 창피당하는 일은 없어야 한다는 생각이었기 때문이다.

　오후 무렵이 되자 연구실을 다섯 개쯤 합해놓은 크기의 회의실 안으로 뮤스의 친구들이 한 명씩 들어오고 있었는데 하나같이 높이 쌓인 서류 더미를 안고 있었다. 그것들은 각 도시의 공학원에서부터 올라온 부품 수급 현황이나 자원 수급 현황, 개발비 내역, 인건비 내역 등 수십 종에 이르는 서류 뭉치가 섞여 있는 것이었는데, 평소 서류의 중요성을 못 느낀 나머지 정리조차 하지 않던 차에 이런 일이 벌어지게 되자 눈에 보이는 모든 서류들을 모두 쓸어 모아 온 것이었다.

　손에 든 서류 더미를 힘겹게 내려놓은 바르키엘은 손을 털며 불만스러운 얼굴로 말했다.

　"갑자기 이게 무슨 날벼락이야?! 지금까지 한 번도 안 했던 현황 보고서를 모레까지 제출하라니… 뮤스도 너무하는 거 아냐?"

　그의 말에 동의라도 하듯이 고개를 끄덕인 가이엔 역시 불만스러운 표정이었다.

　"그러게… 서류들을 이럴 때 쓸 거라고 말이라도 해줬으면 이 정도까지 쌓이기 전에 정리를 했을 텐데. 이 많은 걸 언제 다 정리하지?"

　이번 일에는 착실하기로 이름난 세이즈 역시 어쩔 도리가 없었는지 난색을 표하고 있었다.

　"아무래도 오늘은 밤을 새서라도 작업해야 할 것 같아. 그런데 벌쿤과 히안은 아직 안 왔니?"

　회의실 안을 두리번거리며 묻자 자신의 서류를 몇 개로 분리하던 카타리나가 대답했다.

"히안은 아까 연구실에서 나오는 걸 봤으니 금방 올 거야. 그리고 벌쿤은 잘 모르겠는걸?"

카타리나의 말이 끝나기가 무섭게 히안의 목소리가 들려왔다.

"이봐들! 나 좀 도와줘!"

이에 시선을 돌린 친구들은 문 앞에서 비틀거리며 머리 위까지 쌓인 서류 뭉치들을 안고 있는 히안을 볼 수 있었는데, 바싹 마른 체구에 다른 친구들보다 두 배 정도나 많아 보이는 서류 뭉치를 싸 들고 오는 그의 모습이 안쓰러워 보이고 있었다.

"쯔쯧! 내가 좀 도와줄게."

짧게 혀를 찬 바르키엘은 그가 안고 있는 서류의 반을 덜어줬고, 그제야 서류에 가려져 있던 히안의 얼굴이 나타나게 되었다. 더운 날씨까지 더해져 땀을 비 오듯이 흘리던 그는 신경질적으로 서류를 내려놓으며 투덜거렸다.

"뮤스, 이 녀석, 나타나기만 해봐. 내가 가만히 안 놔둘 테니까!"

히안이 허리에 손을 올리며 씩씩거리고 있을 때, 그의 등을 밀치며 벌쿤이 들어왔다. 그는 다른 친구들과는 대조적으로 고작 몇 뭉치의 서류들만 가지고 오는 중이었는데 오히려 표정은 더욱 울상이었다. 그 모습을 보며 의아해진 세이즈가 물었다.

"벌쿤, 너는 정리할 게 겨우 그것밖에 없어?"

카타리나 역시 놀랍다는 듯이 눈을 크게 뜨며 말했다.

"그러게! 벌쿤이 가사 일을 잘하는 만큼 정리도 잘하는 모양이구나?"

그러나 무슨 일인지 벌쿤은 고개를 저었고, 힘없이 의자에 주저앉으며 무겁디무거운 한숨을 내쉬었다.

"후우… 그랬으면 얼마나 좋겠어… 그동안 내 앞으로 도착한 보고서는 전부 다 연습장으로 쓰든지, 연구실이 비좁아 보여서 폐기 처분을 했더니 남은 건 이거밖에 없어. 나는 어떻게 하면 좋지? 분명 보고서를 모두 폐기 처분한 사실을 형이 알면 엄청나게 화를 낼 텐데……."

울상을 짓고 있는 벌쿤을 바라보던 친구들은 자신들은 그나마 일할 거리가 있다는 점에 대해서 안도하며 일을 하기 시작했고, 남자 친구의 불행을 보고 있을 수만은 없었던 세이즈는 어깨를 두드려 주며 자신이 맡은 서류의 반 정도를 나눠 주곤 말했다.

"벌쿤, 이거라도 열심히 정리해 봐. 그럼 뮤스가 정상 참작 정도는 해줄지도 모르니까."

위로를 하는 것인지 화를 부축이는 것인지 모를 그녀의 말을 들은 벌쿤은 일말의 희망을 가지며 그녀의 서류를 받아 들었다.

회의실의 창을 통해 저녁의 붉은 햇살이 스며들어 올 무렵이 되자 회의실을 가득 어지럽히고 있던 서류 뭉치들도 조금씩 정리가 되어가기 시작했는데, 각자 바닥에 주저앉아 서류를 찾아 분류하던 뮤스의 친구들은 그만큼 많이 지친 표정이었다. 이마의 땀을 한번 훔친 카타리나는 정리해 놓은 서류를 책상 위에 올려놓으며 입을 열었다.

"휴우… 정리는 대충 되어가는데, 이걸 언제 검토하고 보고서를 만든담……."

그녀의 말에 은근하게 웃은 가이엔은 서류의 모서리를 맞추며 말했다.

"풋. 그렇게 힘들면 뮤스에게 일 좀 빼달라고 부탁해 보렴. 설마 여자 친구 부탁 하나 못 들어주겠니?"

이에 심통해진 카타리나는 고개를 내저었다.

"뮤스가 그렇게 융통성이 있었다면 얼마나 좋겠니? 뮤스가 좀 꽉 막힌 면이 있어서 내가 부탁해도 안 될 거야. 그리고 너희들이 고생하고 있는데 나 혼자 얌체같이 빠져나가는 것도 말이 안 되고."

똑똑!

카타리나의 이야기는 노크 소리에 멈춰지게 되었다. 그리고 고개를 돌려보니 뮤스의 모습이 보이고 있었는데, 하루 사이에 어떤 일이 있었는지 피곤이 그대로 묻어나는 얼굴을 하고 있었다.

"후우… 다들 열심히 하고 있구나? 갑작스럽게 이런 일을 시켜서 미안하다."

사실 공학뇌동심결의 효용으로 인하여 며칠 동안 수면을 하지 않더라도 육체적인 피로를 느끼지 못하는 그였지만, 밤새 상상을 초월할 정도의 정신적 피로가 쌓였던 것이다. 그 모습에 불만조차 잊은 히안은 안타까움에 혀를 차며 말했다.

"쯔쯧… 대체 뭘 했기에 하루 사이에 그렇게 늙었냐? 가서 눈이라도 좀 붙이지 그래?"

카타리나 역시 같은 생각이었는지 뮤스의 팔을 붙잡아 끌었다.

"그래, 히안의 말대로 하는 것이 좋을 것 같아."

그녀의 따뜻한 말에 고마움을 느낀 뮤스는 어깨를 감싸 안아주며 고개를 내저었다.

"훗! 나는 괜찮아. 오히려 너희들이 하루 종일 고생인 것 같다."

하던 일을 잠시 멈춘 바르키엘은 보란 듯이 서류를 가리키며 물었다.

"대체 밤새 무슨 일이 있었던 거지? 대충 국가적인 규모의 사업을 맡았다는 소리는 켈트 아저씨를 통해서 들었는데, 이 서류들 하며…

도무지 감이 잡히질 않아."

바르키엘의 질문을 받은 뮤스는 회의 탁자의 의자를 빼내며 대답했
다.

"그렇지 않아도 그에 대한 이야기를 너희들에게 해주기 위해서 찾아
온 거야. 잠시만 하던 일을 멈추고 이쪽으로 모여봐."

가볍게 말을 던진 뮤스는 자신이 가지고 온 문서들을 하나씩 나눠
주었고, 친구들은 그것을 받아 들며 각자의 자리에 앉고 있었다.

"너희들도 듀들란 제국에서 공학 개발 활동을 시작했다는 것은 소식
을 들어서 알고 있을 거야. 우리가 맡게 된 일도 그에 관계가 된 것인
데……."

뮤스는 친구들의 눈과 한 번씩 마주치며 준비했던 이야기를 꺼내기
시작했는데, 어제 황제와의 대화를 시작으로 하여 자신의 생각, 그리고
크라이츠와 드워프들 사이에 있었던 회의 내용까지 자세하게 설명하게
되었다.

"…이번 일은 공학원에서 진행하고 있는 모든 분야에 걸친 대규모
의 일인만큼 공학원의 현황에 대한 서류들이 필요했던 것이고, 그에 대
한 보고서 작성을 부탁했던 거야. 사실 내가 공학원에 없는 동안 너무
많이 변해서 아직도 공학원이 어떻게 돌아가고 있는지 생소하거든. 원
장으로서 정말 부끄러운 노릇이지. 후훗!"

뮤스의 엄살 섞인 말을 마지막으로 이야기가 끝나자 친구들은 하루
종일 자신들이 해왔던 일에 대해서 충분히 이해할 수 있었고, 듀들란
제국과의 라이벌 의식에 의해 없었던 의욕마저 두 눈에 흐르고 있었다.
그중 유난히 흥분하고 있던 벌쿤은 자신을 믿으라는 듯이 가슴을 두들
기며 말했다.

“듀들란 제국이 뭔지는 잘 모르겠지만 우리가 질 수는 없지! 나도 최선을 다해서 도와줄게!”

벌쿤이 당당하게 자신의 결심을 표하자 그에게 시선을 돌린 친구들의 눈빛은 냉랭하기만 했는데, 히안이 자신의 서류 더미를 두들기며 피식 웃었다.

“풋! 벌쿤, 그런 말은 네가 맡은 서류들을 찾아온 후에 하는 것이 어떨까? 그 중요한 서류들을 모두 폐기 처분해 버렸는데 무슨 일을 하겠다는 거냐?”

“그, 그건!”

순간적으로 말문이 막힌 벌쿤을 보며 친구들은 동정의 한숨을 내쉬었고, 영원한 자신의 편이라 믿고 있던 세이즈마저 그를 외면하자 결국 벌쿤은 모든 의욕을 한순간에 상실한 듯 그 자리에 주저앉고 말았다.

친구들의 대화를 듣고서 대충 상황을 짐작할 수 있었던 뮤스는 벌쿤에게 다가가 어깨를 두드려 주며 위로했다.

“후훗. 너무 기죽지 않아도 되니까 얼굴 펴라, 벌쿤. 사람이 살아가면서 원치 않는 실수를 하게 되었다면 그에 실망하기보다는 앞으로 같은 실수를 하지 않겠다는 신념을 가져야 하는 거야. 알겠어?”

“응, 형.”

자신의 위로에 벌쿤의 얼굴이 밝아지자 이번에는 시선을 친구들에게 옮기며 말을 이었다.

“너희들도 알다시피 공학원의 가장 대표적인 제품은 바로 전뇌거이고, 듀들란 제국의 공학원은 틀림없이 이에 대한 대응으로 더욱 발전된 전뇌거를 발표하게 될 거야. 그것이 어떠한 성능과 특징을 가지고 있는지 아직 알 수는 없지만, 분명 우리가 생산한 전뇌거보다 뛰어나면 뛰어났지 모자란다고는 생각지 않아. 그러니 앞으로는 전녀거의 개량 부분을 맡고 있는 너희들도 남다른 각오로 임해야 할 거야. 앞으로 힘든 일이 많겠지만 친구로서, 공학원의 원장으로서 자신의 일에 최선을 다해주기를 부탁한다."

뮤스의 이야기가 끝나자 친구들은 대답 대신 굳은 의지가 담긴 얼굴을 하고 있었는데, 뮤스는 이에 만족한 듯 미소를 지었고 책상을 한번 두들기며 마무리를 했다.

"그럼 남은 작업을 잘 마무리하고 다음 주에 구체적인 사업 계획에 대한 공학자 설명회가 있을 테니 꼭 참석하도록 해. 그럼 나는 다른 공학자들에게도 이 사실을 전하러 갈 테니 나중에 보자."

뮤스가 인사를 건네고 방을 나서자 짧은 시간을 통해 큰 의무감을 새롭게 가지게 된 친구들은 스스로 의욕을 부축이며 얼마 남지 않은 서류 정리를 마무리해 나가기 시작했다.

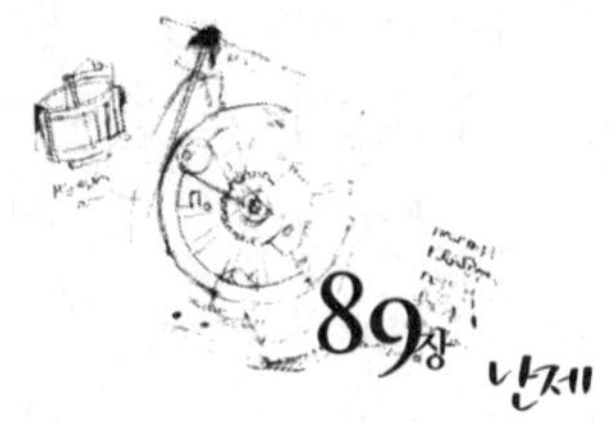

89장 난제

　태양이 가장 기승을 부릴 늦여름이 되자 살갗을 파고들듯 따가운 햇살이 듀들란 제국의 수도인 쟈트란 시내를 내리쬐고 있었다. 이에 여성들은 드레스가 치렁하게 달린 양산을 하나씩 가지고 다녔고, 남성들은 챙이 넓은 모자를 눌러쓴 채 느긋한 발걸음 옮기고 있었다.

　하지만 아이들은 이 정도의 햇살쯤은 아무것도 아니라는 듯 건강한 구릿빛의 그을린 얼굴로 해맑게 웃으며 뛰어다니고 있었는데, 대륙의 내륙에 위치한 쟈트란은 듀들란 제국의 도시들 중에서도 습도가 낮은 축에 드는 도시였기에 사람들은 불쾌감을 크게 느끼지 못했고, 그늘진 곳에서는 바람이 불어 약간의 땀마저 식혀주었기에 비교적 쾌적한 여름을 지낼 수 있는 도시였다.

　뜨거운 햇살로 인해 듀들란 제국 황궁의 건물들이 달아오르자 시녀들과 하인들은 황궁에 있는 모든 창문을 활짝 열어 시원한 바람을 맞이할 준비를 했고, 귀족들은 그늘진 곳에 모여 앉아 시원한 바람을 쐬며 정사에 대한 이야기를 나누고 있었다.

그러한 인물들 중에는 회색의 옷을 입고 있는 장영실과 마법사의 망토를 어깨에 걸치고 있는 루스티커의 모습도 보이고 있었는데, 계절에 상관없이 매한가지의 옷을 걸치고 있는 둘의 모습은 어디에서나 쉽게 눈에 띄고 있었다.

장영실은 며칠 동안 면도를 하지 못한 관계로 수염이 텁수룩해져 있었고, 얼굴에는 피로한 기색이 역력했지만, 그의 눈에는 뭔가를 해 나가고 있다는 성취감에 빛이 나는 듯했다. 나무로 만들어진 의자에 몸을 기대고 있던 장영실은 작은 탁자 위의 음료수로 입을 적시며 말했다.

"음… 이게 얼마 만의 휴식인지도 모르겠군요. 낮에 해를 본 지도 오래된 것 같고……."

그의 옆에 함께 앉아 있던 루스티커 역시 수염을 쓰다듬으며 손에 들고 있던 음료수를 마셨다.

"허헛! 그러게 말일세. 일에 시달리다 보니 공학원에서 보름 만에 나온 것이군. 그나저나 재상이 벌써 각국에 발표회 초청장을 발송했다고 하던데 시일을 맞출 수 있겠나?"

루스티커의 말에 손으로 얼굴을 쓸어 내린 장영실은 나직한 한숨을 쉬었다.

"후우… 이미 기관열차의 시범 구역 운행이 어제로 끝난 상태이고, 듀들란 식의 전뇌거도 모두 준비되어 있는 상태입니다. 이로써 최소한 도이첸 제국의 공학원에 비해 모자라지는 않는 상황이죠."

루스티커는 의외라는 표정을 지었다.

"음… 모자라지는 않는다니? 어투를 보아하니 우리가 우위를 점하고 있지 못하다는 말인 것 같은데…….."

"솔직히 말씀드리자면 그렇습니다. 우리 측의 전뇌거 제작 기술이 경제적인 면이나 효율적인 면에서 도이첸 제국의 전뇌거에 비해 뛰어나다고는 하지만, 정교함이나 객관적인 성능에 대해서는 아직도 모자라는 점이 많습니다. 특히 도이첸 제국 전뇌거의 주 동력원인 마나구라는 것은 정말 놀라운 것이어서 전뇌력을 충전해 쓰는 우리 쪽의 전뇌거보다 월등하지요. 그렇기에 경제적인 여유를 가지고 있는 소비자들에게는 도이첸 제국의 전뇌거가 더욱 구미에 당길 것입니다."

"흠! 그렇다면 기관열차는 어떤가? 아직 도이첸 제국에서는 기관열차라는 것을 만들어내지 못한 것으로 알고 있는데."

자랑스럽다는 듯한 루스티커의 말을 들으며 가볍게 웃은 장영실은 음료수를 한 모금 더 머금으며 대답했다.

"후훗! 도이첸 제국에서 못 만든 것이 아니라 아직 만들지 않은 것일 뿐입니다. 우리 측은 국가 규모의 사업을 벌이는 것인만큼 제국 전역을 연결하는 교통수단을 필요로 했던 것이고, 그에 따라 기관열차를 우선적으로 제작했던 것입니다. 반면 도이첸 제국의 공학원은 개인적인 성향을 띠기 때문에 소비의 대상이 될 수 없는 기관열차를 만들 필요가 없었던 것이죠. 만일 도이첸 제국의 황실 역시 우리 측의 움직임에 위기감을 느껴 공학원에 본격적인 지원을 하게 된다면 언제든지 우리를 쫓아올 수 있을 것입니다."

장영실의 설명에 이마를 찌푸린 루스티커는 고개를 내저었다.

"에잉… 이런 대답을 들을 줄 알았다면 듣지 않는 편이 더 좋았을 뻔했군. 오히려 기분만 더 불편해져 버렸네!"

허탈한 표정을 지으며 의자의 등받이에 몸을 던지는 루스티커를 바라보고 있던 장영실은 위로의 말투로 입을 열었다.

"그렇다고 해서 실망하실 것은 없습니다."

"음? 그것은 또 무슨 말인가?"

루스티커는 호기심이 이는지 몸을 일으키며 되물었고, 이번에는 장영실이 의자의 등받이에 몸을 기대며 대답했다.

"우리 측이 현 시점에서 도이첸 제국의 공학원에 비해 모자라는 점이 한 가지 있다면, 바로 그 문제의 마나구를 만들 수 없기에 전뇌력의 공급이 부족하다는 것입니다. 게다가 수력 발전소는 지형적인 문제 때문에 공급의 한계가 있는 것이죠."

"흠… 그야 그렇지. 나 역시 마나구를 만들어보려 했지만 실패하고 말았네. 여러 면에서 살펴본 결과 그것은 인간이 만들어낸 것이라고는 볼 수가 없겠더구먼. 아무리 대단한 마법사라도 인간인 이상 한계가 있는 법이니 말일세."

마법사로서 자존심이 상했던 루스티커가 고개를 내젓자 피식 웃은 장영실은 그제야 자신의 머리 속에 담아두었던 생각을 조금씩 꺼내기 시작했다.

"저는 지난 기간 동안 전뇌력 공급 문제에 대해 여러 방면으로 생각해 보게 되었습니다만, 그러던 중에도 계속해서 마나의 존재가 저의 머리에서 지워지지 않더군요. 제 몸에서 흐르고 있는 뇌공력이나 무공에 사용하는 내공의 힘과는 전혀 다른 성질을 가진 데다가 비록 보이지는 않지만 대기 중에는 항상 그 기운이 충만해 있다는 점이 저의 호기심을 자극했던 것입니다. 게다가 물이나 공기처럼 특정한 물체에 저장이 된다는 사실은 더 더욱 매력적인 요소였죠."

　그의 이야기를 듣고 있던 루스티커는 씁쓸한 모습으로 자신의 생각을 말했다.

　"자네의 말대로 마나는 대기 중에 항상 충만한 것이지만, 그것을 쓸 수 있는 사람은 이제 거의 없다네. 그리고 몇 세대를 넘기지 않아 우리 같은 마법사는 종적을 감춰 버리겠지… 그런 만큼 마나를 가지고 전뇌력을 만들어낸다는 것은 힘든 일일세."

　씁쓸해 보이는 루스티커의 표정을 한번 살핀 장영실은 한쪽에 놓여 있던 책을 펼쳐 들며 물었다.

　"하지만 이것은 어떻겠습니까? 제가 지금까지 도서관의 서적들을 섭렵하던 동안 흥미로운 내용을 읽게 되었습니다. 예전에 말씀하셨던 라듀아보라는 분께서 저술하신 책인데… 음, 이 부분이군요."

　장영실이 건네준 책을 받아 든 루스티커는 눈에 힘을 주며 그가 가리킨 부분을 읽어 내려갔다.

　"어디 보자… 이 세계에 존재하는 모든 것들 중 최고의 축복은 마나라 할 수 있다. 마나는 세상을 움직이는 원동력으로서의 역할을 하게 되는데, 모든 만물들은 마나의 움직임에 자신도 모르는 사이 민감하게 반응한다. 이것의 한 예로 마법사가 아닌 이상 직접적으로 느낄 수는 없지만 마나가 충만한 장소의 인간들은 항상 기운이 충만하여 자신의 일에 적극으로 임하는 경향이 나타나고, 그렇지 않은 장소의 인간들은 무기력함을 느끼는 동시에 정신이 나태해져 자신이 해야 하는 일을 미루거나 포기하는 경향을 보이는 것이 보통이다. 그렇다고 마나가 지역에 따라 불공평하게 분배되어 있는 것은 아니다. 마나는 항상 움직이는 성질을 가지고 있어 오늘 마나가 충만하다고 해서 내일도 그러리라는 보장은 없기 때문이다. 이 부분은 마나에 대한 정의를 말하고 있는 것이군."

책의 내용을 나름대로 해석하고 있는 루스티커를 바라본 장영실은 그 다음 구절을 짚으며 말했다.

"이 부분부터가 아주 중요합니다. 이 구절에 아주 중요한 열쇠가 들어 있으니까요."

그의 손을 따라 시선을 옮긴 루스티커는 대충 눈으로 그 내용을 훑어보며 목소리를 흘렸다.

"여기 말인가? 흠… 주신께서는 만물을 창조하시기에 앞서 그들이 살아갈 터전인 땅과 하늘과 바다를 만들어내셨다. 주신의 한 조각 살점은 흙이 되었고, 한 올의 머리카락은 하늘이 되었으며, 한 방울의 땀은 바다를 이루었던 것이다. 이렇게 터전이 마련되자 주신께서는 한 모금의 숨결을 세상에 불어넣어 주셨고, 그 숨결이 닿는 곳에서는 어김없이 생명의 기운이 일어나기 시작했는데, 주신의 숨결이 바로 모든 생명력의 원천이 되는 마나인 것이다. …(중략)……. 주신께서는 세상을 창조하신 이후에도 만물들의 생명력을 유지시키기 위해 고귀한 숨결을 불어넣어 주셨다. 그러나 그분의 숨결은 미물들이 직접 받아내기에 너무나 강력한 것이었기에 이를 중화하기 위한 존재가 필요하게 되었다. 바로 그러한 필요에 의해 탄생된 존재가 드래곤이다. 이후 주신께서는 드래곤들의 몸에 고귀한 숨결을 불어넣으셨고, 드래곤들은 이를 중화시켜 세상으로 흘리는 역할을 하게 된 것이다. 지상에 존재하는 만물들이 드래곤에게 공포감을 느끼게 되는 이유도 이러한 마나의 존재감을 느끼는 것이라 설명될 수 있는 것이다. …(중략)……. 드래곤이 발산하는 마나는 그들의 심장으로부터 공급된다. 심장이 인간이나 동물들에게 혈액을 공급하는 작용을 하듯이 드래곤들의 심장은 마나를 공급하는 역할을 하는 것이다. 고로 드래곤의 심장은 엄청난 마나의 저장고라 할 수 있는데, 드래곤이 죽은 이후에도 일부의 마나가 드래곤의 심장에 남게 된다. 물론 일부라 해도 상상치도 못할 만큼의 마나이기에 고대의 마법사들은 자연사한 드래곤의 심장을 찾아내기 위해 혈안되었던 적도 있었다.”

다음 단락까지 모두 읽어 내려간 루스티커는 뭔가 떠올랐기에 설마 하는 생각을 가지며 물었다.

“혹시! 자네 드래곤의 심장을 생각하고 있는 것인가?! 그것은……”

말을 마치기도 전에 그의 예감은 정확히 들어맞아 버렸고, 장영실은 고개를 끄덕이며 말했다.

“바로 맞추셨습니다. 이 책에서 말하는 드래곤의 심장이라는 것 역시 간단하게 따진다면 마나구와 같은 작용을 하는 것이니 전뇌기들의 동력원으로 쓸 수 있다고 생각됩니다.”

“드래곤의 심장으로 전뇌력을 만들 생각을 하다니……”

“후훗… 그것이 지금으로써는 최상의 방법이라고 생각을 했기 때문이죠. 이 책의 설명대로 그 드래곤의 심장이 엄청난 양의 마나를 가지고 있다면 말입니다.”

장영실의 말에 루스티커는 턱을 쓸며 대답했다.

“아마도 자네가 생각하는 이상일 것일세. 마나의 양을 수치로 표현할 수는 없는 일이지만, 애써 표현하자면 도이첸 제국의 전뇌거에 채용된 마나구의 적게는 수십만 배, 많게는 수백만 배에 이르는 양으로 추정되고 있다네.”

루스티커의 대답에 만족한 표정을 지은 장영실은 조용한 목소리로 말했다.

"그렇다면 제가 제대로 짚은 것이군요. 바로 도이첸 제국의 공학원보다 앞서 가기 위해서는 그 드래곤의 심장이 꼭 필요합니다!"

장영실이 흥분하기 시작하는 모습을 보고 있던 루스티커는 무슨 이유에서인지 실소를 터뜨렸다.

"헛! 세상일이 말처럼 쉽다면 좋겠지만 현실은 만만치 않다네. 그만큼 자네는 너무 이상적인 생각을 하고 있다는 것일세. 이 책에서 나와 있듯이 과거 수많은 마법사들이 드래곤의 심장을 손에 넣기 위해서 눈에 불을 켜고 찾아 나섰네. 하지만 어떠한 탐지 마법으로도 그 흔적을 찾아낼 수 없었기에 별 성과가 없이 세월만 흘러가게 되었고, 마법사들조차 드래곤의 심장을 찾는 일을 포기하기에 이르렀지. 결국 드래곤의 심장에 얽힌 이야기는 전설로만 남게 되었다네."

루스티커의 부정적인 견해에 인상을 찌푸린 장영실은 루스티커가 들고 있던 책을 짚으며 되물었다.

"그렇다면 라듀아보라는 대현자께서 쓰신 이 책의 내용이 사실과는 무관하다는 말씀이십니까?"

고개를 저은 루스티커는 먼 곳을 응시하며 대답했다.

"흠… 완전히 사실과 무관하다고는 말할 수도 없는 일일세. 말 그대로 과거의 마법사들이 드래곤의 심장을 찾지 못했을 뿐이지, 그것의 존재가 허구라는 것을 증명한 것은 아니니까……."

애매모호한 대답을 하며 말끝을 흐리자 장영실은 진지한 표정으로 루스티커의 의자 가까이로 몸을 움직였다.

"하면 루스티커님께서는 어떻게 생각하십니까? 루스티커님 역시 드래곤의 심장에 대한 이야기가 아주 불가능한 것이라고 생각하십니까?"

계속되는 장영실의 질문을 받으며 잠시 생각에 잠긴 듯 두 눈을 감은 루스티커는 나직한 한숨을 내쉬었다. 그리곤 근심스러운 얼굴을 하더니 이내 뭔가 결심이라도 한 듯 조용한 목소리로 입을 열었다.

"사실 나는 드래곤의 심장이 실제로 존재한다고 믿고 있는 몇 안 되는 마법사 중의 한 명일세. 게다가 그것이 어디 있는지도 대충 짐작을 하고 있지. 하지만 그것은 말 그대로 나의 추측일 뿐 확실한 것은 아무것도 없다네."

생각지도 못했던 루스티커의 대답에 장영실은 의외라는 표정을 지으며 말했다.

"추측이라도 좋으니 그 이야기를 자세히 듣고 싶습니다. 사실 이번 일을 떠나 드래곤의 심장이라는 것에 대한 개인적인 호기심이 너무나 강렬합니다. 직업 탓인지 이해가 되지 않는 일을 그냥 넘기지 못하는 버릇이 있어서……."

반짝이고 있는 장영실의 눈빛을 바라본 루스티커는 우려의 기색을 감추지 못하고 있었다.

"정 그렇다면 다른 생각 말고 듣기만 하게나. 만에 하나, 나의 추측이 틀리기라도 한다면 인간이 함부로 범접해서는 안 되는 곳이니 말일세."

"그럼 부탁드리겠습니다."

장영실이 숨죽이며 루스티커의 말에 귀를 기울이자 루스티커는 전해져 오는 이야기를 하나씩 꺼내며 자신이 추측하게 된 경위부터 차근차근 설명해 나가기 시작했다.

"약 2,000년 전 아직 듀들란 제국과 도이첸 제국, 그 외의 국가들이 성립되기 훨씬 이전의 일이라네. 대륙에는 한 마리의 드래곤이 오랜 수면기에서 깨어나 그 모습을 드러내게 되었지. 그 드래곤의 이름은 헬보네츠라고 전해져 오고 있지만, 그저 떠도는 소문에 의한 것이었기에 그것이 확실한 이름인지는 아무도 모른다네. 어쨌든 그 드래곤은 검은 비늘을 가지고 있는 블랙 드래곤이었고, 모든 종류의 드래곤을 통틀어 보더라도 몇 되지 않는 고룡 중의 한 마리였다네.”

흥미진진한 옛날이야기를 듣기라도 하듯이 눈을 반짝이면서 듣고 있던 장영실은 고개를 갸웃거리며 루스티커의 말을 잠시 중단시켰다.

“말씀하시는데 죄송합니다만, 듣자 하니 드래곤이 여러 종류로 나뉘어져 있는 듯합니다. 그에 대해서 좀 설명해 주시겠습니까?”

장영실의 질문을 받은 루스티커는 손가락을 하나씩 꼽으면서 드래곤에 대한 대략적인 설명을 해주었다.

“지금까지 알려진 바로는 총 다섯 종류의 드래곤이 있다네. 지금 이야기에 나오는 드래곤을 블랙 드래곤이라 부르는 것처럼 그 비늘의 색깔에 따라 드래곤의 종류를 나누게 되는데, 블랙 드래곤을 포함하여 레드 드래곤, 블루 드래곤, 화이트 드래곤, 그린 드래곤… 이 다섯 종류일세. 또 고대의 문서를 보면 골드 드래곤과 실버 드래곤이 존재했다고도 하지만 목격된 적은 없었지.”

“흠… 상당히 많은 종류의 드래곤이 있었군요.”

장영실이 어느 정도 이해한 듯하자 루스티커는 하던 이야기를 이어나갔다.

“게다가 드래곤은 그 종류에 따라 성향 역시 제각각이었는데, 그중 블랙 드래곤은 여러 드래곤들 중에서도 흉포하고, 독단적이었기에 다른 드래곤과 교류를 하지 않는 유일한 드래곤이라네. 그러한 드래곤이 본체의 모습으로 인간의 눈에 띄게 되었으니 자연스럽게 대륙의 전역은 공포에 휩싸이게 되었고, 당시 존재하던 국가의 왕들이 모두 모이는 역사에 전무후무한 대회까지 열리게 되었지.”

장영실은 의아한 표정을 지었는데, 그가 지금껏 생각하던 드래곤의 모습과는 다른 점이 있었기 때문이다.

“흠… 이곳에서는 용이 인간들에게 해를 입히기도 한다는 말씀이십니까? 제가 온 곳에서는 성스러운 동물이라 하여 용이 행운을 가지고 온다 믿고 있습니다.”

“물론 모든 드래곤들이 흉포한 것은 아닐세. 그중에서도 그린 드래곤은 아주 유순한 성격을 가지고 있기에 인간들에게 해를 입히는 경우가 없지.”

“그린 드래곤이라면 청룡… 그랬던 것이군요.”

그제야 장영실은 뭔가를 깨달은 듯 고개를 끄덕이고 있었다. 루스티커의 이야기는 계속되었다.

“그렇게 각국의 왕들이 모이게 되자 이를 알아챈 블랙 드래곤은 그 자리에 모습을 드러내게 되었다네. 그 때문에 대회장은 아수라장으로 변하게 되었고, 수많은 사람들이 드래곤의 브레스에 목숨을 잃었다고 하네. 이를 보다 못한 왕들은 블랙 드래곤의 기분을 맞추기 위해 노력하게 되었고, 마침내 블랙 드래곤은 자신의 요구 사항을 각국의 왕들에게 전달하게 되었지.”

“그 요구 사항은 어떤 것이었습니까?”

“바로 자신이 쉴 만한 장소를 찾고 있는 중이었고, 이 대륙에 자신의 보금자리를 틀겠으니 마땅한 장소와 황금들을 내놓으라는 것이었다네. 그 블랙 드래곤은 다른 대륙에서 자신의 새로운 보금자리를 찾아 이 오이랍 대륙으로 오게 된 것으로 추정되고 있지. 그리하여 각국의 왕들은 알맞은 자리를 모색하게 되었고, 결국 찾게 된 장소가 바로 구바닌 산맥에 둘러싸인 아름다운 호수였다네. 워낙 험했기에 각국의 왕들 역시 전혀 관심없는 땅이었고, 가장 가까운 도시가 200켈리 이상 떨어져 있었으니 인간들의 입장에서는 그만큼 적합한 곳이 없었던 것이지."

제국 개발 사업을 통해 장영실 역시 이곳의 지리에 대해 상당한 지식을 갖추고 있었기에 구바닌 산맥의 위치를 알고 있었다.

"구바닌 산맥이라면 도이첸 제국과 듀들란 제국을 나누고 있는 산맥이군요. 그리고 그곳에 있는 호수라면 혹시 현재 흑룡의 호수라고 불리우는 곳을 말씀하시는 것입니까?"

"그렇다네. 물론 드래곤 역시 왕들의 속셈을 모두 알고 있었지만 흑룡의 호수가 워낙 아름다웠기에 만족했고, 그곳에 레어를 틀게 되었다네. 그 당시의 상황이 어땠는지는 모르겠지만 그 아름답다는 곳을 드래곤에게 빼앗겼다는 것이 조금 아쉬울 뿐이네. 쩝… 어쨌든 그 이후로 흑룡의 호수는 대륙의 마역 중 한곳으로 불리게 되었고, 인간이나 그 외의 어떠한 종족도 그 주변에 얼씬거리지 못하게 되었다네."

그의 이야기에 대해 생각하며 까칠한 턱의 수염을 매만지던 장영실은 나직한 한숨을 내쉬었다.

"흠… 그렇다면 드래곤의 심장이 있는 곳이 아니라 드래곤이 사는 곳이군요."

장영실의 말을 들으며 자리에서 일어난 루스티커는 난간에 기대어 서며 조용한 목소리로 말했다.

"드래곤의 심장은 드래곤이 죽은 자리에 있는 법… 자연사한 드래곤의 모든 신체 부위는 공기 중으로 흩어져 사라지지만, 드래곤의 심장은 주먹만한 구형으로 그 자리에 남게 된다네."

"루스티커님의 말씀은… 그 블랙 드래곤이 죽었다는 것입니까?"

"먼저 말했듯이 확실한 것은 아니지만, 지금쯤 생명력을 잃었을 것으로 추측된다네. 아무리 오래 사는 드래곤이라도 그 생명력은 끝이 있는 법이니까."

장영실은 루스티커를 따라 몸을 일으켰다.

"블랙 드래곤이 죽었다고 생각하시는 이유라도 있습니까?"

"블랙 드래곤의 습성을 생각한다면 충분히 가능성이 있는 이야기라고 생각한다네."

"습성이라니요?"

"블랙 드래곤을 제외한 다른 드래곤들은 그 종이 다르더라도 가끔 교류를 한다네. 하지만 블랙 드래곤은 자신의 영역에 대한 욕심이 굉장한데, 심지어는 같은 드래곤이라도 자신의 영역을 다른 드래곤들이 침범한다면 가만히 있지 못하는 습성을 가지고 있는 것일세. 한데, 몇 백 년 전 흑룡의 호수로부터 얼마 떨어지지 않은 곳에서 또 다른 드래곤을 목격한 사람들이 나타나기 시작했네. 틀림없이 붉은 비늘을 가진 레드 드래곤이었다고 하는데, 그들의 말이 맞다면 블랙 드래곤은 이미 생명력을 잃은 것이 틀림없다는 것일세. 만일 블랙 드래곤이 아직 살아 있다면 그 레드 드래곤이 자신의 영역에서 움직이도록 가만히 있지는 않았을 테니 말일세."

"결국 문제는 하나군요. 그 레드 드래곤을 봤다는 이야기의 진위를 따져 보면 되는 것이지 않습니까?"

그의 말에 어깨를 으쓱거린 루스티커는 수염을 매만지며 대답했다.

"나 역시 그 목격자를 찾아 진위를 규명하기 위해 노력했던 적이 있었지만, 대부분이 수명을 다해 세상을 떠났거나 종적을 찾을 수가 없었다네. 그런 이유로 결국은 추측으로 머물게 될 수밖에 없었지.”

그렇지만 일말의 희망을 가지게 된 장영실은 루스티커의 어깨에 손을 올리며 말했다.

“루스티커님께서도 이번 일이 얼마나 중요한 것인지 아실 것입니다. 그러니 다시 한 번 그에 대해서 조사해 주십시오. 재상 각하께 말씀드리면 의외로 쉽게 알아낼 수 있지 않겠습니까?”

“후훗… 이제는 내 개인적인 호기심만이 아니게 되었으니 자네의 말대로 다시 한 번 그에 대해서 조사해 보도록 하겠네. 재상에게 협조를 요청해야 하니 또 그놈의 복잡한 서류를 꾸며야겠구먼.”

“그럼 수고스러우시겠지만 부탁드리겠습니다.”

“아무튼 이러다간 제 명에 죽지도 못할 게야… 에잉…… 그럼 서두르도록 하지.”

루스티커는 엄살스러운 말을 뱉으며 몸을 돌렸고, 장영실 역시 잠시 간의 휴식을 접으며 그의 뒤를 따라나서고 있었다.

*   *   *

며칠 후 라이델베르크 공학원.

넓은 실내에는 백여 명의 사람들이 단상 위에 서서 큰 목소리로 조리있게 이야기하고 있는 뮤스를 주시한 채 앉아 있었다. 오늘이 바로 뮤스가 공학원의 원장으로서 처음으로 공학자 설명회 날이었던 것이다.

단상을 제외한 곳은 전뇌등을 꺼둔 상태였기에 어두웠고, 뮤스가 서 있는 단상 부근에만 전뇌등이 켜져 있었는데 듣는 사람들이 집중하는데 효과적이었기 때문이다. 단상 위에서 걸음을 옮기며 청중들을 향해 설명을 하던 뮤스는 손에 들린 요약서를 한 장 넘기며 말을 이어가기 시작했다.

"…또 이번 국가사업을 맡는 데 있어 듀들란 제국에 비해 유리한 조건은 앞서 설명드렸던 시장 선점의 측면이나 다수의 제품군을 가졌다는 측면 외에도 공학원 형태의 유리함도 들 수 있습니다. 듀들란 제국의 공학원에 비해 우리 측의 공학원은 제국 전역에 걸쳐 퍼져 있습니다. 그 덕에 폭넓은 시장을 구축할 수 있었고, 현지로부터 값싸고 질 좋은 자재를 직접 조달하고 있을 뿐만 아니라 효율까지 계산한 부품 조립 공정 시설을 제국의 전역에 구축하고 있기에 제품의 대량 생산에 가장 이상적인 모형을 가지게 된 것입니다."

이곳에 모이기 이전부터 미리 나눠 준 설명문을 읽어보았던 청중들은 그가 말하고 있는 내용을 충분히 이해할 수 있었기에 감탄성을 터뜨리고 있었다.

잠시 후 술렁임이 그치고 실내가 조용해지자 장내를 한번 둘러본 뮤스는 요약서를 말아 쥐며 다시 입을 열었다.

"하지만 이러한 공학원의 형태에도 치명적인 단점이 있습니다. 그것은 바로 각 도시의 공학원들이 너무나 먼 거리에 떨어져 있기에 공학원들 사이의 의사 소통이 원활하지 못하다는 것입니다. 이러한 문제점은 며칠 전 보고서 작성 때 충분히 느꼈으리라 생각합니다. 각 공학원에서부터 모여든 정보들은 기록으로서의 가치밖에 지니지 못하기 때문에 현재의 업무에는 거의 활용을 못하는 실정이 되어버린 것이죠. 게다가 이곳 본원으로부터 발송된 지시 사항이 각 공학원에까지 도달하는 시간은 짧아도 3일… 앞으로 급박하게 돌아갈 상황들을 생각한다면 큰 문제점을 안고 있습니다."

여기까지 들은 청중들은 뮤스의 의견에 진심으로 동의하고 있었는데, 지난 며칠간 산더미처럼 쌓인 서류들을 정리하면서 그 방식의 한계를 직접 체험했기 때문이다.

청중들의 반응을 살피며 잠시 말을 멈추었던 뮤스는 단상 한쪽에 서 있던 켈트와 드워프들을 향해 신호를 보냈고, 그들은 흰색 천이 뒤덮여 있는 탁자를 단상 한가운데로 들어 날라주었다. 이러한 움직임에 시선이 모이는 것을 느낀 뮤스는 손을 모아 쥐며 말했다.

"지금 여러분들께 보여 드릴 물건은 그러한 문제를 해결하기 위해 드워프 분들과 함께 제작한 것입니다."

뮤스는 말과 함께 탁자를 덮고 있던 흰색의 천을 잡아당겼다. 그러자 탁자 위에는 각기 다른 모양을 가진 세 개의 기기들이 모습을 드러냈다. 왼쪽부터 첫 번째 자리에 놓인 것은 수많은 전뇌선이 복잡하게 꽂혀 있는 가로, 세로 50셀리 크기의 검은색 기기였고, 두 번째 자리에 놓인 것 역시 그와 비슷한 크기에 몇 개의 버튼이 빛을 내고 있는 기기였다. 마지막 기기는 금속으로 된 관을 연상시키는 모양으로 그 끝이 뾰족했으며, 길이는 20셀리 안팎이었다. 손끝으로 세 종류의 기기들을 쓰다듬듯이 만지던 뮤스는 그 왼쪽에 서며 입을 열었다.

"지금 제 옆에 있는 기기들은 장거리 통신을 위해 고안된 것들입니다. 여러분들께서도 잘 알고 계시는 원거리 통신기를 장거리 통신과 다방향 통신에 알맞도록 개량한 것으로서 '광역통신기'라고 불리게 됩니다. 기기를 하나씩 설명해 드리자면, 가장 왼쪽의 기기는 '송수신 설정 장치'로서 송수신할 대상을 선택하는 역할을 하게 되며, 그 옆의 기기는 '단말 장치'로서 소리를 파장으로 변환해 주고, 또 반대로 전달되어 오는 파장을 소리로 변환해 주는 역할을 하게 됩니다."

대략적인 설명을 하던 뮤스는 가장 오른쪽에 올려져 있던 금속 막대를 집어 들었다.

"마지막으로 이 금속 막대가 가장 중요한 역할을 하게 됩니다. 공식적인 명칭은 '가변형 전파축'이지만 이를 줄여 전파축이라 하겠습니다. 전파축은 광역통신기의 핵심 기술로서 단말 장치에서 송출하는 전파의 한계 도달 거리를 연장시켜 주는 기능을 하게 됩니다. 이 전파축들은 땅속에 박아 넣는 간단한 작업만으로 설치가 가능하기 때문에 10일 이내에 모든 설치가 완료될 것이며, 30켈리 간격으로 공학원과 공학원의 사이를 이어주게 됩니다. 광역통신기에 대한 자세한 사항은 개별적으로 전달하겠습니다."

뮤스는 청중들이 놀라움을 모두 표시하기도 전에 다음 이야기로 넘어가야만 했다. 전달 사항은 많았고, 오늘 그에게 주어진 시간은 한계가 있었던 것이다. 그 이후에도 뮤스는 수많은 중요 사항을 직접 세밀히 제시하며 그에 대한 자세한 설명을 해야만 했는데, 아직까지 이곳에서 일하는 공학자들에게 직접 일을 맡기기에는 미흡한 점이 많았기 때문이다.

네 시간에 걸친 공학자 설명회가 끝나자 자리에서 일어난 사람들은 각자 이야기를 나누며 회의실에서 걸어나가고 있었다. 그들은 모두 피곤해 보이기는 했지만 스스로 좋아서 공학자로 지원한 만큼 앎의 기쁨을 느끼는 듯했는데, 회의 중에 하지 못한 이야기들을 나누고 있었다.

사람들이 거의 빠져나간 실내에는 뮤스가 몇몇 공학자들과 함께 대화를 나누고 있었다. 회의가 끝나자 뮤스에게 모여든 그들은 이해가 가지 않는 것들을 물어보는 중이었고, 뮤스 역시 성심성의껏 대답해 주고 있었다.

"원장님, 광역통신기에서 송출하는 전파는 원거리 통신기에서 송출하는 전파와 크게 다른 점이 있습니까?"

"물론 있습니다. 전파의 출력 자체를 높이기도 했고, 전파축이 땅속에 설치되는 특성을 살려 지각을 타고도 전파가 송출이 되도록 설계했습니다. 이것은 보안을 염두에 둔 것으로서 평소에는 안정적이고 속도가 빠른 공중의 전파를 이용하게 되고, 만에 하나 송수신 설정 장치가 지정한 장소 이외의 곳으로 전파가 빠져나가게 된다면 곧바로 공중의 전파는 송출을 멈추게 되고 그때부터 지각을 통해 전파가 송출되기 시작합니다. 지각을 통해 전해지는 전파는 비록 속도와 안정성은 공중의 전파보다 떨어지지만, 전파축의 장소를 정확히 찾아내지 못하는 한 도청이 불가능하다는 장점을 가지고 있죠."

"흠… 굉장히 복잡한 개념이군요."

설명을 듣고 있던 공학자들이 고개를 내젓자 미소를 띤 뮤스는 어깨를 으쓱거리며 말했다.

"너무 아쉬워하시지 않으셔도 됩니다. 곧 광역통신기의 원리에 대한 설명을 첨부한 서류들을 배포할 테니, 그것을 참조하도록 하시죠."

"아! 그럼 그때를 기다리도록 하겠습니다. 아무튼 바쁘실 텐데 답변 감사드립니다. 저희는 이만 연구실로 가보도록 하겠습니다."

비록 공학자들이 뮤스에 비해 나이가 많은 편이었지만, 나이를 뛰어넘어 그의 지식에 경외감을 가지고 있었기에 깍듯이 대해주고 있는 것이었다.

　이로써 첫 번째 전체 회의를 성공리에 마칠 수 있었던 뮤스는 오랜 시간에 걸친 연설로 말라 버린 목을 매만졌다.

　"흠… 정말 힘들군."

　뮤스가 뻐근해진 목을 두들기고 있을 때 설명회가 끝나기를 기다렸던 친구들이 다가왔고, 머리를 부여잡고 있던 벌쿤이 참담한 목소리로 말했다.

　"으윽. 형! 지금까지 들은 것들이 하나도 이해가 가지 않아. 어떻게 하면 좋지?"

　그를 바라보며 피식 웃은 뮤스는 어깨를 으쓱거렸다.

　"글쎄… 더 공부를 하는 수밖에 없겠지. 하지만 너무 걱정은 하지 마. 표정들을 보아하니 다들 이해를 할 수 없다는 표정이니까 말이야."

　뮤스의 말을 들은 벌쿤이 그의 말을 확인하기 위해 친구들의 얼굴을 살펴보니, 아니나 다를까, 모두 시선을 피하고 있자 벌쿤은 그제야 한시름 놓을 수 있었다. 뮤스의 목소리가 계속해서 들려왔다.

　"어차피 너희들이 오늘의 내용을 모두 이해하고 못하고는 상관없는 일이야. 너희들은 전파 공학 쪽으로는 전혀 공부한 적이 없으니까. 아! 그리고 너희들과 따로 이야기할 것이 있으니까 크라이츠 누님의 집무실로 함께 가도록 하자."

　히안이 머쓱한 기색을 지우며 되물었다.

　"응? 우리와 함께 따로 할 이야기란 게 뭔데?"

　"어차피 조금 있으면 알게 될 거야."

　각각 궁금한 표정으로 머리를 긁적인 친구들은 서로의 얼굴을 한 번씩 살피며 뮤스의 뒤를 따르기 시작했다.

투명한 유리잔의 떨림 소리가 일정한 속도로 조용한 방 안에서 흐르고 있었다. 정결하게 손질된 손가락 하나가 석류만큼이나 붉은 액체가 반쯤 담겨 있는 잔을 튕기는 것이었다. 그리고 잠시 움직임을 멈춘 그 손은 천천히 잔을 들어 그보다 더욱 붉게 보이는 입술로 가져가고 있었다. 입술을 타고 액체가 살짝 넘어가자 충분한 만족을 느낀 손은 다시금 잔을 내려놓았고, 혀는 입술에 남아 있는 액체를 감아 당겼다.

"음… 이제 대충 때가 된 듯도 한데, 생각보다 더뎌지는군… 과연 뮤스는 어떻게……."

진한 향기를 품은 듯 고혹스러우면서도, 그 어떤 여성도 감히 따르지 못할 품위가 흐르는 목소리였다. 혼자만의 말을 나직이 흘리고선 잠시 입술을 멈추었을 때, 그녀가 머물러 있는 방의 문으로부터 누군가의 기척이 들려왔다.

"크라이츠 누님, 들어가도 될까요?"

그 목소리는 크라이츠를 누님이라 부르는 유일한 사람인 뮤스의 것이었고, 고혹스러운 목소리의 주인공은 바로 크라이츠였다. 손에 들고 있던 잔을 내려놓은 크라이츠는 표정을 밝게 바꾸며 대답했다.

"호홋! 어서 들어오렴! 그렇지 않아도 기다리던 참이란다."

그녀의 허락과 동시에 방문이 열리는 소리가 났고, 뮤스를 시작으로 그의 친구들이 집무실로 들어오기 시작했다. 그들이 모두 들어오자 집무실은 자연스럽게 가득 차게 되었는데, 원래 크라이츠의 집무실이 그리 작은 크기는 아니었지만 벽에는 책장들이 들어차 있었고, 한가운데에는 소파와 탁자가 있었기에 비좁아 보이는 것이었다. 어쨌든 간에 그들을 맞기 위해 몸을 일으킨 크라이츠는 소파로 다가가며 말했다.

"조금 비좁겠지만 충분히 앉을 만할 거예요. 이런 분위기도 단란하고 좋을 것 같으니 모두들 앉도록 하죠."

그녀가 소파의 자리를 손으로 가리키며 자리를 지정하자 뮤스와 친구들은 각자 소파에 앉게 되었고, 크라이츠 역시 자신의 자리에 앉았다. 그리고 모인 사람들을 한번 훑어본 크라이츠는 고개를 갸웃거리며 뮤스를 향해 물었다.

"그런데 드워프 분들은 아직 안 오셨니? 그분들도 참석한다고 하셨는데……."

크라이츠의 말에 들고 들어온 서류를 정리하던 뮤스가 대답했다.

"아… 드워프 아저씨들은 준비할 것이 있어서 작업실로 가셨어요. 어차피 오늘 이야기할 내용을 다 알고 계신 데다가 작업할 시간이 그리 많지가 않거든요."

"흠… 그렇구나. 그나저나 오늘 할 이야기는 어떤 것이니? 국가사업을 돕기로 결정난 이후부터는 네가 하는 일에 대해서 통 모르겠더구나."

그녀의 말에 뮤스는 미안한 얼굴로 머리를 긁적였다.

"워낙 정신없이 일을 준비하느라 미처 누님께 말씀드릴 시간이 없었어요. 그래서 이렇게 모여달라고 한 것이죠."

미소로써 크라이츠에게 양해를 구한 뮤스는 이 자리에 모인 친구들의 얼굴을 둘러보며 입을 열었다.

"오늘 이 자리에 모여달라고 한 것은 내가 며칠 동안 고심한 끝에 중요한 결정을 내리게 되었기 때문이야. 아무래도 나와 드워프 아저씨들이 어디를 좀 다녀와야 할 것 같거든."

친구들은 의아한 얼굴로 뮤스의 말에 귀를 기울였는데, 그중 카타리나가 뭔가 심상치 않음을 느꼈는지 몸을 바짝 끌어당기며 긴장된 목소리로 물었다.

"중요한 결정이라니? 설마… 무슨 황당한 이야기를 하려는 것은 아니지?"

그녀의 물음에 조금 당황한 얼굴을 한 뮤스는 애써 그녀의 시선을 회피하며 대답했다.

"음… 꼭 황당하다고는 할 수 없는 이야기야. 듣기에 따라서는 말이지."

시원찮게 대답하고 있는 뮤스의 태도를 본 카타리나는 도끼눈을 치켜뜨며 따지듯이 되물었다.

"그런데 왜 그렇게 내 얼굴을 보지도 못하는 거니? 설마 나한테 뭔가를 속이는 것은 아니겠지?"

"카, 카타리나, 소, 속이긴… 있는 그대로 말할 거야."

카타리나가 강경하게 나오기 시작하면서 뮤스가 쩔쩔매기 시작하자 그 모습을 본 히안은 어이가 없어하며 혼잣말을 했다.

"모양을 보아하니 결국 뮤스 녀석도 카타리나한테 잡혀 살고 있군. 내가 저런 녀석의 말을 들어야 하나?"

그 이후로도 히안과는 상관없이 뮤스와 카타리나 사이의 기묘한 상황은 계속되고 있었는데, 그들 둘을 보다 못한 세이즈가 중재하기 위해 나섰다.

"카타리나, 일단 뮤스의 말을 듣고 난 후에 그에 대해 반대해도 되잖아? 그러니 조금만 참고 있어보렴."

그제야 뮤스를 닦달하던 카타리나는 마음을 조금 진정시킬 수 있었다.

"후우… 그래. 그럼 한번 이야기해 봐."

카타리나의 눈치를 살피며 조금 불편한 모습을 하고 있던 뮤스는 조심스럽게 이야기를 꺼내기 시작했다.

"너희들에게는 어떻게 들릴지 모르겠지만, 이번에 드워프 아저씨들과 나는 흑룡의 호수에 다녀올 생각이야."

흑룡의 호수라는 말이 나오자 친구들의 눈은 자연스레 부릅떠지게 되었고, 카타리나는 기가 막힌 기분에 말도 나오지 않고 있었는데 뮤스의 입에서 나온 흑룡의 호수가 어떤 곳이기 익히 알고 있기 때문이다. 하지만 벌쿤만은 친구들의 반응을 이해할 수 없었는데, 드베인 숲에서만 살았던 그로서는 흑룡의 호수가 어떤 곳인지 알 리가 없었기 때문이다.

"다들 왜 그래? 흑룡의 호수가 굉장한 곳이기라도 한 거야?"

분위기 파악을 하지 못하고 있는 벌쿤을 향해 바르키엘이 조용히 설명해 주었다.

"흑룡의 호수는 드베인 숲, 엘프의 숲과 함께 대륙 3대 마역이라 불리우며 사람들의 접근이 금지되어 있는데, 그곳에 뭐가 있는지는 모르겠지만, 3대 마역 중 한곳이라는 이유만으로 사람들은 그곳에 가기를 두려워하고 있지."

바르키엘의 설명을 듣자 더욱 이해를 할 수 없었던 벌쿤은 고개를 갸웃거리며 되물었다.

"뭐? 드베인 숲도 그 3대 마역이라는 데 속한다는 말이야? 하하핫! 그렇다면 걱정할 것 없잖아. 드베이 숲은 그다지 위험하지 않아. 그저 마물들이 수시로 출현해서 마을 사람들을 잡아먹는 점만 빼면 살 만한 곳이라고. 뭐… 늪 지대가 도처에 있어서 가끔 마을 사람들이 빠져 죽긴 했지만, 큰 문제점은 되지 않지. 아! 또 하나 더, 쉴드옥토퍼스 산란기에만 조금 조심하면 정말 아무런 걱정이 없지."

벌쿤의 이야기가 하나씩 나올 때마다 얼굴색이 점차 하얗게 변하는 카타리나를 바라본 히안은 급히 벌쿤의 입을 막았다.

"이런 눈치없는 녀석! 그 정도면 충분히 위험한 거라고! 그냥 조용히 있기나 해!"

억울하다는 눈빛으로 히안을 보고 있었지만, 그의 입은 히안의 손에 가로막혀 아무런 말도 할 수 없었다.

시간이 조금 지나서야 겨우 정신을 수습할 수 있었던 카타리나는 뮤스의 눈을 직시하며 말했다.

"대체 흑룡의 호수가 어떤 곳인지 알고 그러는 거니?"

잔뜩 흥분해 있는 그녀를 보며 가볍게 고개를 끄덕인 뮤스는 자못 진지한 얼굴을 한 채 자신의 생각을 말해 주기 시작했다.

"나 역시 흑룡의 호수에 대해서 충분히 알고 있지만 어쩔 수 없이 그곳에 가야만 하는 상황이야. 지금과 같은 상황이라면 공학원이 앞으로 큰 문제점을 가지게 된다고 판단했기 때문이지."

"큰 문제점이라니?"

"지난 며칠간 공학자들이 제출해 준 보고서를 살펴보니 앞으로 몇 개월 이내에 공학원의 전뇌력 수급에 문제가 생기게 될 것이라는 걸 알게 되었지."

친구들은 아직 그의 이야기를 이해하지 못하는 듯했고, 히안이 벌쿤을 놓아주며 물었다.

"지금까지 수력 발전소에서 충분한 전뇌력을 공급받고 있는 데다가 마나구의 수도 상당하잖아. 그런데 더 이상의 전뇌력이 필요하다는 말이야?"

"물론 마나구의 수가 상당한 것도 사실이고 지금의 수준에서는 린 강의 수력 발전소만으로도 전뇌력을 충분히 충당할 수 있는 것도 사실이지. 하지만 문제는 앞으로의 일이야. 이제 도이첸 제국은 황실의 주도로 큰 개혁이 일어나게 될 거야. 대충 예를 들자면 제국 내의 모든 집에서는 촛불 대신 마나등으로 불을 밝히게 될 것이고, 광역통신기와 같은 통신 수단도 급속하게 발달되어 보급될 것이지. 게다가 전뇌거 역시 그 동력원을 마나구가 아닌 다른 방식으로 교체해야 할 필요성이 있는데 이러한 것들까지 생각해 본다면, 마나구로 모든 전뇌력을 충당하기에는 불가능에 가깝다고 할 수 있어. 게다가 수력 발전소는 강이 없는 곳에는 세울 수 없다는 지형적인 한계점이 있어. 그렇지 못한 곳에 화력이나 풍력을 이용한 발전소를 만들 수도 있겠지만, 원료로 쓰일 자원이 필요하거나 효율이 좋지 않다는 문제점을 가지지. 이러한 현실을 비추어볼 때, 전혀 다른 형태의 전뇌력 공급 장치가 필요하다는 결론에 도달하게 되었지. 바로… '마나 융합 발전소'."

"마나 융합 발전소라……."

히안의 나직이 되새기고 있을 때 뮤스의 말이 계속되었다.

"지금까지 우리가 사용해 온 마나구는 보통의 마나구와 같은 것이 아니라는 것은 너희들도 알고 있을 거야. 그저 마나구에 마나를 저장하는 원리를 빌려 그와 같은 방식으로 전뇌력을 압축하여 마나구에 저장해 왔던 것이지. 그러나 마나 융합 발전소는 말 그대로 마나 자체를 전뇌력으로 바꾸어주는 곳이지. 마나의 불안정한 움직임을 제어하여 전뇌력으로 변환시킬 수 있고, 이렇게 생성된 전뇌력은 전뇌선을 타고 제국 전역으로 퍼지게 되는 것이지. 한마디로 전뇌선이 설치되는 곳이라면 제국 어디든 전뇌력을 사용할 수 있어."

그의 설명을 듣던 친구들은 그 중요성을 이해했는지 고개를 끄덕이고 있었다. 하지만 카타리나만은 딱딱한 표정으로 아무런 말 없이 뮤스를 바라보고 있었는데, 두 사람 사이에 심상치 않은 분위기가 흐르고 있었다.

잠시 동안 침묵을 지키고 있던 카타리나는 기분을 억누르며 뮤스를 향해 물었다.

"그럼 흑룡의 호수는 마나 융합 발전소와 어떤 관계가 있는 거니?"

그녀의 얼굴을 살피고 있던 뮤스는 갈등하는 표정을 지으며 대답했다.

"흑룡의 호수에 마나 융합 발전소에서 쓰일 마나를 공급해 줄 물체가 있어. 그저 그것을 드워프 아저씨들과 함께 가지고 오려는 것이니 아주 간단한 일이지."

뮤스는 카타리나를 안심시키기 위해 자세한 이야기는 언급하지 않는 중이었다. 하지만 카타리나 역시 눈치가 없는 것은 아니었기에 미심쩍은 눈초리로 뮤스를 바라보며 되물었다.

"그럼 내 생각만큼 크게 위험하지 않다는 거니?"

"응. 그저 잠깐 다녀오는 일일 뿐이야. 게다가 혼자 가는 것도 아니니까 네가 걱정할 만한 일이 아니지."

뮤스가 자신의 안전에 대한 확신을 심어주려 노력하고 있을 때, 그 이야기를 듣고 있던 카타리나는 어떠한 결심이라도 한 듯 미소를 지으며 말했다.

"네 말대로 위험하지 않다면 나도 따라가겠어. 그래도 상관없겠지?"

"으응? 네가 우리를 따라가겠다고?"

"응. 말 그대로야. 나는 이제 무슨 일이 있더라도 너와 떨어져 있기가 싫고, 네가 확신하는 대로 흑룡의 호수가 위험하지 않다면 조금 힘이 들더라도 너를 따라 그곳으로 가겠다는 것이지!"

생각지도 못한 카타리나의 말에 뮤스가 당혹스러워하고 있을 때, 카타리나는 쐐기를 박듯 몸을 일으켰다.

"그럼 그렇게 결정난 걸로 알고 있으면 되지? 나도 짐을 좀 챙겨야 하니 먼저 일어날게. 너희들은 한동안 뮤스와 못 볼 테니 이야기나 더 나누도록 하렴."

이렇게 말한 그녀는 경직된 분위기에 한줄기 바람을 일으키며 몸을 돌렸고, 방문 닫히는 소리와 함께 뮤스의 시야에서 사라져 갔다.

조용히 돌아가는 상황을 지켜보고 있던 크라이츠는 은근한 미소를 지으며 뮤스에게 말했다.

"아무래도 네가 카타리나 양에게 멋지게 한 방 먹은 듯하구나. 이제는 어떻게 할 생각이지? 저렇게까지 네가 그곳에 가는 것을 반대하고 있는데."

뮤스의 친구들 역시 대답이 궁금한지 뮤스를 바라보며 대답을 기다리고 있었다. 나직한 한숨을 내쉰 뮤스는 이마를 손으로 짚으며 대답했다.

"후우… 카타리나가 반대할 것은 예상했지만, 설마 따라가겠다고 말할 줄은 몰랐군요. 비록 카타리나의 마음은 이해하지만 함께 갈 수는 없어요. 아무래도 새벽에 몰래 떠나거나 해야겠죠."

"글쎄… 아무래도 카타리나 양이 이번만큼은 그리 호락호락하게 넘어갈 것 같지는 않구나."

"흠… 나중에 카타리나를 달래보든지 해야죠 뭐."

크라이츠의 말대로 뮤스는 난감함을 느끼고 있었지만, 어쨌든 하던 이야기는 마무리해야 했기에 잠시 생각을 접으며 흑룡의 호수에 대한 이야기를 계속해 나가기 시작했다. 하지만 그저 이동 경로나 걸리는 시일 정도만 언급했을 뿐, 친구들마저 걱정할 것을 우려하여 흑룡의 호수에 대한 자세한 이야기는 언급을 피하고 있었다.

90장 동행

비좁게만 보이던 서재는 어느새 원래의 공간을 유지하고 있었다. 뮤스와 함께 찾아온 친구들이 모두 서재를 나섰기 때문이다.

뮤스는 크라이츠와 이야기를 나누기 위해 남아 있는 상태였다.

소파에 편안한 자세로 기대어 있던 크라이츠는 맞은편에 앉아 있던 뮤스를 향해 나직한 목소리로 입을 열었다.

"뮤스, 너는 그곳이 왜 흑룡의 호수라고 불리게 되었는지 내막을 충분히 알고 있겠지?"

한번 떠보려는 듯한 그녀의 물음에 고개를 끄덕인 뮤스는 가볍게 웃으며 대답했다.

"훗. 바로 블랙 드래곤이 그곳에 살고 있다고 알려졌기 때문에 흑룡의 호수라고 불리는 것이죠. 그 블랙 드래곤의 이름은 헬보네츠… 약 2,000년 전 모습을 감춘 뒤 지금까지 목격한 사람이 없죠."

그의 대답에 고개를 끄덕인 크라이츠는 눈을 가늘게 뜨며 다시 입을 열었다.

"헬보네츠는 성격이 아주 나쁜 드래곤이란다. 다른 드래곤들은 레어 주변에 마물들을 키워 귀찮은 존재들이 근접하는 것을 막기도 하지만, 헬보네츠는 그마저도 불쾌히 여겨 자신의 영역에는 그 어떤 생명체도 접근하지 못하도록 하지. 심지어는 같은 드래곤이라 하더라도 말이야. 그런데 네가 어떻게 흑룡의 호수로 가겠다는 것이니?"

크라이츠의 물음에 은근한 미소를 지은 뮤스는 담담한 목소리로 대답했다.

"물론 누님의 말씀대로 블랙 드래곤은 자신의 영역에 여타 생명체가 접근하는 것을 지독히 싫어하죠. 하지만 그것도 블랙 드래곤이 살아 있을 때의 이야기일 뿐, 지금은 아닙니다."

크라이츠는 눈에 이채를 띠었다.

"네 말투를 들어보니 그 블랙 드래곤이 생명력을 잃었다고 생각하는 모양이구나. 어떤 근거로 그렇게 자신할 수 있지?"

"그건 바로… 누님이 이곳에 있다는 사실이 바로 그 근거가 되는 것이죠. 흑룡의 호수는 누님의 레어로부터 겨우 200켈리 떨어진 곳에 있는데, 만약 그 헬보네츠라는 드래곤이 살아 있다면 누님의 영역과 그 블랙 드래곤의 영역이 겹치기 때문에 가만히 있을 리가 없겠죠."

그의 대답을 듣자 크라이츠는 돌연 큰 소리를 내며 웃기 시작했고, 잠시 숨을 가다듬은 그녀는 만면에 미소를 띠며 말했다.

"오호호홋! 설마 설마 했지만, 네가 우리 드래곤의 습성까지 파악할 수 있을 정도가 됐다니 정말 흐뭇하구나."

"그저 추측이었을 뿐이지 확신을 할 수는 없었어요. 그래서 누님께 여쭈어보고 싶었던 것이죠.”

“사실 헬보네츠가 생명력을 잃은 건 그 녀석이 흑룡의 호수에 정착하고 얼마 있지 않아서란다. 녀석은 다른 블랙 드래곤과 영역 싸움을 하게 되었는데, 결국 패해서 치명적인 상처를 입게 되자 이곳으로 도주해 온 것이지. 그런 이유로 레어조차 만들 힘이 없었던 헬보네츠는 자신의 상처를 숨긴 채 인간들을 위협하여 자신의 레어를 준비하도록 했던 것이란다.”

당시의 상황을 크라이츠를 통해 자세하게 듣고 있던 뮤스는 나직한 탄성을 질렀다.

“아! 그랬던 것이군요. 그렇다면 당시 누님은 헬보네츠의 출현을 모르고 계셨었나요?”

“호홋! 물론 나의 영역을 침범한 드래곤의 존재를 모를 리가 없었지. 게다가 사이가 좋지 않은 블랙 드래곤이라 내 영역에서 내쫓을 생각에 지금 흑룡의 호수라고 불리는 곳으로 찾아갔단다. 그런데 막상 그곳으로 찾아가 보니 헬보네츠는 이미 생명력을 잃은 뒤였고, 미처 정리하지도 못한 그의 황금들만이 주변에서 나뒹굴고 있더구나.”

크라이츠가 이야기를 하다 말고 황홀경에 빠지고 있자 뮤스가 의아한 표정을 지으며 물었다.

“누님의 표정을 보아하니 그때 좋은 일이 있으셨던 것 같은걸요?”

그의 물음에 고개를 끄덕인 크라이츠는 아이들마냥 들뜬 표정으로 대답했다.

“그게 있잖니… 헬보네츠는 그 더러운 성격을 앞세워 엄청난 황금을 긁어모았단다. 다른 드래곤들과 비교도 안 될 만큼의 집착이었지. 그런데 그렇게 죽고 나니 황금들은 가엾게도 주인을 잃었고, 내가 어쩔 수 없이 모든 황금들을 쓸어오게 되었단다. 호호홋! 한마디로 횡재한 것이지."

"하… 그랬군요."

허공을 응시하며 옛 생각에 잠겨 있던 크라이츠는 문득 시선을 거두며 조용한 목소리로 입을 열었다.

"네가 생각하는 그 물건이 혹시 헬보네츠의 심장이니?"

"아, 그것은……."

뮤스는 대답하려다 말고 잠시 머뭇거렸는데 인간의 입장에서 본다면 헬보네츠의 심장이라는 것은 하나의 물건에 지나지 않지만, 같은 종족인 크라이츠의 입장에서 본다면 동족의 장기라는 생각이 진하게 들었기 때문이다. 하지만 크라이츠는 뮤스의 입장을 모두 이해하고 있다는 듯이 손을 내저으며 말했다.

"그렇게 난처해하지 않아도 된단다. 드래곤의 심장은 인간이 생각하는 것과 같이 장기의 종류가 아니거든. 인간들 중에서는 드래곤의 심장을 본 자가 없기 때문에 그 모습을 장기의 모습으로 추측하고 있지만, 드래곤의 심장이란 드래곤의 체내에 존재하는 작은 구슬을 말하는 것이란다."

뮤스는 전혀 새로운 사실에 입을 벌리며 되물었다.

"에? 장기의 일종이 아니라 구슬이라고요? 그런데 왜 드래곤의 심장이라는 이름을……."

"드래곤의 체내에는 인간의 심장과 같이 실제로 피를 만들고 온몸으로 보내는 심장이 존재한단다. 하지만 네가 찾고 있는 드래곤의 심장은 그러한 심장을 말하는 것이 아니라 마나가 응축되어 있는 체내의 작은 구슬을 말하는 것인데, 드래곤이 생명력을 잃는다면 육체는 모두 자연으로 흩어지고 마나를 간직한 구슬만이 남게 되니 훗날 그 구슬을 발견한 인간들은 그것이 드래곤의 생명력을 유지시켜 주는 중요한 물건이라 생각하여 드래곤의 심장이라고 부르게 되었던 것이란다."

"정말 새로운 사실들을 많이 알게 되는군요. 그렇다면 누님께선 과거에 헬보네츠의 심장이 남아 있는 것을 보셨었나요?"

어깨를 으쓱인 크라이츠는 머리를 긁적였다.

"물론이지. 나 역시 그것을 보고 헬보네츠가 생명력을 잃었다는 것을 알게 되었으니까. 그런데……."

그녀가 말끝을 흐리자 고개를 갸웃거린 뮤스는 의아한 표정으로 물었다.

"뭐가 잘못된 것이라도 있나요?"

"그 당시 녀석의 행동이 너무나 괘씸한 나머지 분풀이를 한다고 그 구슬을 어디론가 던져 버린 기억이 있는데… 어딘지 기억이 나질 않는구나."

이에 잠시 난감한 표정을 짓던 뮤스는 나직한 한숨을 내쉬었다.

"뭐, 어차피 그곳에 접근한 인간들은 없을 테니 그 주변 어딘가에 있겠죠. 정 안 된다면 마나 탐지기라도 만들면 될 테니까요."

"그렇다면 다행이구나."

일이야 어찌 되었든 크라이츠와의 대화에서 큰 수확을 얻은 뮤스는 만족한 얼굴을 하고 있었다. 그리고 벽에 걸린 시계를 올려다보던 뮤스는 시간이 늦었음을 깨달으며 몸을 일으켰다.

"내일 아침 일찍 출발할 생각이니 떠날 준비를 하러 가볼게요. 아무튼 오늘 이야기 고마웠어요, 누님."

크라이츠는 미소로 대답을 했고, 뮤스는 방문을 향해 걸음을 옮겨

문고리를 잡아당겼다. 그러다가 문득 움직임을 멈추고 크라이츠를 향해 물었다.

"그런데 누님, 헬보네츠가 생명력을 잃었다는 것을 확인했으니 카타리나와 함께 가더라도 괜찮겠죠?"

그의 물음에 대해 생각해 보던 크라이츠는 이내 고개를 끄덕이며 대답해 주었다.

"흠… 그것도 괜찮을 것 같구나. 지형이 험난해서 여자의 체력으로 힘이 들긴 하겠지만 너와 드워프 분들이 있으니 별 무리가 안 될 테고. 이번 기회에 카타리나의 근심을 좀 덜어주렴."

"그렇게 하도록 할게요. 카타리나가 들으면 정말 좋아하겠는걸요? 그나저나 카타리나는 어디로 가야 찾을 수 있으려나……."

뮤스의 혼잣말을 들은 크라이츠는 생각할 것도 없다는 듯이 말했다.

"드워프 분들이 있는 곳으로 찾아가 보렴. 그곳에 카타리나 양이 있을 테니."

"네? 그곳에요?"

그의 되물음에 대답할 것도 없다는 듯이 크라이츠는 눈을 감으며 휴식을 취하기 시작했고, 뮤스는 고개를 갸웃거리며 서재 밖으로 자리를 옮겼다.

파츗!!

야심한 밤, 제2공학관에 위치한 '실험체 조립실'에서는 안구 보호경을 낀 드워프들이 각자 앞에 놓여 있는 설계도를 따라 무엇인가를 만들고 있었다. 설계도의 가장 윗부분에는 '소형 잠수정'이라는 이름이 적혀 있었고, 날렵하게 생긴 유선형의 기체는 1멜리 내외의 길이로 그리 큰 편은 아니었다.

드워프들이 들고 있는 용접기가 닿을 때마다 붉은색의 불똥이 튀면서 두 개의 금속판은 천천히 접합되어 가고 있었는데, 조금의 틈조차도 허용하지 않으려는 드워프들의 손놀림이 꼼꼼해 보였다.

오랜 시간 동안 용접을 하고 있던 드워프들은 잠시 쉬기라도 하려는 듯이 안구 보호경을 머리 위로 올리며 땀을 닦았고, 만들고 있던 기체에 기대어앉은 채 한쪽에 내려놓았던 물병을 돌려가며 마시고 있었다. 마지막으로 물병에서 입을 뗀 블뤼안은 가죽 장갑을 벗으며 말했다.

"이 정도면 기체 내부로 물이 유입되지는 않을 것 같수. 게다가 멜리늄 합금의 강도가 엄청나서 웬만한 충격에는 흠집도 나지 않을 거유."

멜라늄 합금은 드워프들의 마을에 떨어진 운석과 알루미늄을 혼합하여 만든 금속으로서 그들의 마을이 있는 멜 산과 알루미늄이라는 이름을 따서 지은 이름이었는데, 운석의 엄청난 강도와 알루미늄의 가벼움이 합해져 아주 유용한 합금이 만들어지게 되었던 것이다. 하지만 안타깝게도 운석의 양이 그리 많지 않다는 이유로 널리 보급할 수는 없었고, 한정적으로나마 공학원에서 필요한 기구를 만드는 데 사용하게 되었다.

멜라늄 합금의 장점을 누구보다 잘 알고 있었던 켈트는 고개를 끄덕이며 너털웃음을 터뜨렸다.

"정말이지 인생이 어떻게 돌아갈지는 아무도 모르는 것이야. 그놈의 운석이 마을에 떨어졌을 때만 해도 재앙이라 생각했건만, 지금에 와서는 그 재앙이 복으로 바뀌었으니 말이야."

형제들의 이야기를 듣고 있던 레딘은 자신의 뒤로부터 인기척을 느끼며 고개를 돌렸다. 그리고 그의 눈이 닿은 곳에 카타리나가 다가오고 있었는데, 우물쭈물하는 모습이 조금 낯설어 보이고 있었다. 의아함을 느낀 레딘은 몸을 일으키며 카타리나를 향해 물었다.

"어라! 카타리나 아니야? 그런데 이 밤중에 여기는 무슨 일이지?"

레딘의 말에 다른 드워프들 역시 시선을 돌렸고, 그들 역시 의아한 듯했다. 그리고 카타리나의 행동을 살펴보던 켈트는 그녀에게 다가가 물었다.

"네가 여기는 어쩐 일이냐? 지금쯤 뮤스에게 내일 일에 대한 이야기를 듣고 있어야 하는 것 아니냐?"

"저… 켈트 아저씨, 드릴 말씀이 있어요."

심상치 않은 카타리나의 목소리에 켈트는 문득 쑥스러운 듯이 머리를 긁적거리며 말했다.

"혹시… 내가 뮤스보다 좋아진 거냐? 허헛! 하지만 우리는 나이 차이가 너무 많은 것 같구나."

전혀 상황을 파악하지 못하고 있는 켈트의 장난에 한참이나 예민해져 있던 카타리나는 이마에 핏줄을 세웠다.

"누가 아저씨를 좋아한대요?! 드릴 부탁이 있어서 찾아온 거란 말이에요!"

카타리나가 자신의 가벼운 장난에 생각지도 않게 소리를 버럭 지르자 켈트는 급히 귀를 틀어막았고, 기체에 기대어앉아 있던 드워프들은 깜짝 놀라 뒤로 넘어질 지경이었다. 곁눈질로 카타리나의 표정을 살핀 켈트는 이제 그녀가 진정했음을 느끼며 귀를 막은 손을 떼어냈다.

"음… 무슨 일이 있었던 거냐? 평소와는 다른 모습이군."

"소리 질러서 죄송해요, 아저씨. 사실은……."

켈트에게 사과한 카타리나는 서재에서 있었던 일들을 모두 이야기해 주기 시작했는데 드워프들은 이미 알고 있던 사실이었기에 새로움은 없었지만 카타리나의 걱정스러움에는 고개를 끄덕여 주고 있었다.

팔짱을 낀 채 카타리나의 이야기를 들어주던 켈트는 매끈하게 면도되어 있는 턱을 매만지며 물었다.

"흠… 그렇다면 우리에게 도움을 구하려고 온 것이구나. 그렇지?"

카타리나는 고개를 끄덕였고, 켈트는 아우들의 반응을 살피며 다시 한 번 물었다.

"그렇다면 우리가 어떻게 도와줬으면 좋겠냐? 뮤스를 흑룡의 호수로 가지 못하도록 말려주기라도 할까?"

하지만 이번에는 고개를 가로저었고, 나직한 목소리로 말했다.

"뮤스가 마음먹은 이상 아무리 말리더라도 소용없을 거예요. 게다가 공학원에 아주 중요한 일이니 말릴 수도 없고요. 그러니 저를 뮤스 몰래 함께 데려가 주세요! 제가 뮤스에게 함께 따라간다고 아무리 고집을 피우더라도 뮤스는 틀림없이 저를 데려가지 않을 거예요. 하지만 저는 이제 뮤스와 절대 떨어져 있기 싫어요! 그러니……."

드워프들은 그녀의 부탁에 난처한 표정을 짓고 있었고, 브라이덴은 고개를 내저으며 그녀를 설득하려 했다.

"다른 것은 몰라도 그것만은 해줄 수가 없겠구나. 네가 아무리 따라가고 싶어하더라도 흑룡의 호수는 굉장히 험난한 곳에 있단다. 구바닌 산맥에 도착을 하면 전뇌거를 타고 이동할 수도 없기 때문에 걸어야 하는데, 여자의 체력으로는 구바닌 산맥을 넘기가 힘들거든."

하지만 카타리나는 포기하기는커녕 더욱 애원하고 있었다.

"절대 아저씨들께 짐이 되지는 않을게요! 이번에 함께 가지 못하면 뮤스가 돌아올 때까지 잠도 자지 못하고 식사도 하지 못할 거예요!"

그러나 카타리나의 애원에도 불구하고 드워프들은 안 된다고 마음을 굳혔는지 그녀를 도와줄 기미를 보이지 않고 있었다. 켈트는 그녀의 어깨를 토닥거려 주며 말했다.

"흠… 네가 아무리 부탁을 하더라도 우리가 들어줄 수 있는 것과 그렇지 않은 것이 있단다. 이번 일은 전자에 해당한다고 할 수 있지. 우리도 가능하다면 너를 데려가고 싶지만……."

켈트의 말을 듣고 있던 카타리나는 불쑥 무엇인가를 켈트의 앞으로 내밀었고 그의 말꼬리를 자르며 말했다.

"자! 제 부탁을 들어주신다면 이것을 드리겠어요! 저희 집 지하 창고에 보관되어 있던 120년산 포르코타예요! 지금 이 정도의 포르코타를 구하려면 얼마나 힘이 드는지는 드워프 아저씨들이 더 잘 아시겠죠?"

아찔한 현기증을 느끼며 카타리나의 손에 들린 술병에 시선을 빼앗긴 켈트는 입가로 흐르는 침조차 느끼지 못하는 듯했다.

"120년사~안! 포르코타! 신의 과실주라고 불리우는 그……!"

물론 켈트뿐만 아니라 다른 드워프들 역시 비슷한 반응이었는데, 그들의 다리는 저절로 움직여 카타리나에게로 다가왔고 그들의 오감은 저절로 반응하여 모든 신경이 카타리나의 손에 들린 술병에 집중되어 있었다.

"형님… 120년산 포르코타라면 지금 아무리 백만금을 준다고 하더라도 구할 수 없는 술이유!"

"저런 술 한 방울이라도 맛을 보고 죽으면 한이 없겠구먼!"

"나보고 카타리나를 업고 가라고 해도 아무 말 하지 않을 테니, 당장 카타리나의 제안을 받아들이슈!"

　동생들의 열화와 같은 반응을 살피던 켈트는 헛기침을 몇 번 하며 하던 이야기를 이었다.

　"흠흠! 우리도 가능하다면 너를 데려가고 싶지만… 생각해 보니 가능할 성싶어서 데려가도 될 것 같구나. 흠흠! 절대 그 포르코타에 눈이 멀어서 이런 결정을 내렸다고는 생각지 않았으면 좋겠구나."

　결국 드워프들의 승락을 받아낸 카타리나는 해맑게 웃으며 고개를 끄덕였고, 손에 든 술병을 켈트에게 넘겨주며 말했다.

　"호홋! 그럼요! 저는 처음부터 아저씨들이 허락해 주실 줄 알았는걸요! 이 포르코타는 제 성의니 맛있게 나눠 마시도록 하세요!"

　술병을 품에 안고 행복한 미소를 짓고 있던 켈트는 손을 내저으며 대답했다.

　"껄껄! 아무런 걱정 말고 오늘 푹 쉬거라! 내일 아침에 출발할 예정이니 새벽에 우리 숙소로 찾아오도록 하라고! 그때 전뇌거에 숨겨주도록 할 테니까!"

　"네! 고마워요!"

　활기 차게 대답한 카타리나는 드워프들을 향해 손을 흔들어주며 실험체 조립실을 떠났고, 드워프들은 사랑스러운 연인이라도 되는 양 술병을 한 번씩 품에 안아보며 행복감을 만끽하고 있었다.

　드워프들이 그러고 있는 사이 그들을 지켜보고 있는 그림자가 있었는데, 바로 서재에서 나와 이곳으로 온 뮤스였다.

　"정말 대단하군… 술 한 병에 생각을 바꾼 아저씨들도 그렇지만, 아저씨들의 약점을 정확하게 파악한 카타리나도 보통이 아니야. 후홋! 그래도 어차피 함께 가려고 했으니 나쁠 것은 없겠지."

　나직한 웃음을 지으며 입을 다문 뮤스는 내일을 위해 숙소로 자리를 옮기기 시작했다.

　다음날 아침, 해가 긴 여름이어서인지 이른 아침임에도 불구하고 벌써부터 산등성이 너머로 햇살이 뿜어지고 있었다. 일찌감치 하루를 시작하려는 사람들이 공학원으로 분주하게 모여들고 있을 시간, 한쪽에서는 공학원을 떠날 준비를 하는 이들이 있었다. 켈트를 비롯한 드워프들은 짐을 꾸리고 있었고, 뮤스는 타고 갈 전뇌거를 정비했으며, 벌쿤은 지난 새벽 뮤스를 찾아와 함께 가기를 청했기에 일행에 합류해 있었다. 그리고 크라이츠와 친구들은 이들을 배웅하기 위해 공학원 본관의 문 앞까지 나와 있는 상태였는데 갑작스럽게 따라나선다는 벌쿤의 이야기를 듣고선 걱정이 되는 표정이었다.

　자신의 상체만한 짐을 손쉽게 들어 올리며 전뇌거의 짐칸으로 올리는 벌쿤의 옆에 선 세이즈는 금방이라도 울 것 같은 표정을 지으며 말했다.

　"벌쿤! 꼭 따라가야만 하는 거니? 그곳은 상당히 위험한 곳이라고 하는데……."

　세이즈의 머리를 쓰다듬어 준 벌쿤은 힘을 과시하려는 듯 그녀의 허리를 가뿐하게 들어 올리며 말했다.

　"하핫! 걱정하지 않아도 괜찮아, 세이즈! 누가 감히 이 벌쿤님을 어떻게 하겠어? 설마 마물들이 나타난다고 해도 드워프 아저씨들께 전투 도끼 쓰는 법을 충분히 배웠으니 아무런 문제가 없다고! 게다가 뮤스 형을 내가 보호해 줘야 하니 따라가지 않을 수가 없어."

　짐을 모두 싣고 손의 먼지를 털며 그들의 옆을 지나던 켈트는 혀를 차고 있었다.

"쯔쯧… 이제 벌쿤 녀석의 도끼질도 제법이니 걱정하지 않아도 될 게다, 세이즈. 그러니 벌쿤 대신 내 걱정을 좀 해주면 안 되겠냐? 이거 야 원, 젊은 녀석들은 죄다 쌍쌍이 놀고 있으니 우리 같은 늙은이들이 서운해지는구먼."

켈트가 신세타령을 하고 있을 때 전뇌거 점검을 마친 뮤스가 작업용 장갑을 벗으며 말했다.

"아저씨들, 전뇌거 점검은 끝났어요! 어서 각자 전뇌거에 타세요. 그 리고 벌쿤 너도 세이즈와 그만 떨어져서 출발할 준비나 하라고!"

그의 말을 들은 드워프들은 두 대의 전뇌거에 각자 나누어 탔고, 벌 쿤은 세이즈를 내려놓으며 작별 인사를 건넸다.

"그럼 다녀올게, 세이즈. 그동안 너무 무리하지 말라고."

세이즈는 처음으로 벌쿤과 떨어져 있는 것이 슬펐는지 차마 대답을 하지 못했고, 그녀를 향해 담담한 미소를 지어 보인 벌쿤은 손을 흔들 어주며 뮤스에게로 다가갔다.

"그런데 형, 카타리나 누나는 안 보이네? 혹시 어제 일로 화가 나서 배웅도 안 해주는 것 아니야?"

"후훗… 아마 그럴 거야."

짧게 대답한 뮤스의 시선은 전뇌거의 짐칸 쪽으로 움직이고 있었는 데, 방수천을 덮어놓은 그곳은 어색하게 불룩해져 있었다. 그것을 보 며 피식 웃은 뮤스는 모른 척하면서 전뇌거에 올라탔고, 벌쿤과 켈트가 좌석에 앉는 것을 확인하며 전뇌거에 시동을 걸었다. 창을 열어 친구 들과 크라이츠를 바라본 벌쿤은 손을 흔들며 외치기 시작했는데, 소풍 가는 소년마냥 들뜬 듯했다.

"그럼 다녀올 때까지 잘 지내세요, 큰누님! 그리고 모두들 다녀와서 보자고!"

뮤스 역시 벌쿤만큼 요란하지는 않았지만, 마중에 대한 고마움이 담긴 가벼운 눈인사를 친구들에게 건네며 천천히 전뇌거를 몰아 나가기 시작했다.

전뇌거가 출발한 지 얼마 지나지 않아서 켈트는 피곤한 모습으로 하품을 하며 등받이에 깊숙이 몸을 기대었다. 그리곤 팔베개를 하며 노래를 흥얼거리기 시작했는데, 밤새 기분 좋은 일이 있었음을 그대로 나타내고 있었다. 뒷좌석에 앉아 켈트를 유심히 살펴보던 벌쿤은 턱을 괴며 물었다.

"흠… 켈트 아저씨, 어젯밤에 무슨 좋은 일이라도 있으셨어요?"

그의 물음에 누구에게든 자랑을 하고 싶어 입이 근질근질했던 켈트는 뒤를 돌아보며 입을 열었다.

"허헛! 우리가 말이다. 어제 그러니까… 아, 그렇지! 옛날 친구를 만났는데, 그 녀석이 무려 120년이나 묵은 포르코타를 선물로 주더구나! 그래서 기분 좋게 형제들끼리 한잔했는데, 과연 귀한 것이라서 그런지 별 숙취도 없고, 맛도 그만이더군!"

"포르코타라니요? 그것도 술 이름인가요?"

고개를 갸웃거리며 벌쿤이 물어오자 켈트가 대답하기도 전에 뮤스가 먼저 입을 열었다.

"포르코타란 남쪽에서 나는 포도로 만든 증류주의 일종인데, 그중에서 포도의 품질이 최고인 스윈 제국산이 고급에 속하지. 그리고 오래 숙성시킬수록 향이 진해지고 부드러워지기 때문에 오래된 포르코타일수록 가격이 엄청나게 올라가게 되는데, 120년 정도 숙성된 포르코타라면 대륙 전체를 통틀어도 100병 이내일 거야.”

벌쿤은 요리를 잘하는 만큼 술에 대한 관심도 많았기에 그 가치를 쉽게 알 수 있었다.

“우와! 엄청난 보물을 드셨군요. 그런 굉장한 것을 구하셨으면 저도 좀 불러주시지… 섭섭합니다!”

심드렁한 얼굴을 하고 있는 벌쿤을 바라보며 피식 웃은 뮤스는 은근한 말투로 켈트에게 물었다.

“그나저나 아저씨들은 어제 하루 종일 공학원에 계셨던 것으로 알고 있는데, 언제 그 친구 분을 만나셨죠? 그리고 그 친구 분도 120년 정도 되는 포르코타를 소지하고 다니실 정도라면 엄청난 위치에 있는 분이시겠군요? 최소한 후작 정도는 되어야…….”

뮤스의 정곡을 찌르는 물음에 가슴이 철렁 내려앉음을 느낀 켈트는 말을 더듬거리며 대답했다.

“그, 그게… 허헛! 당연히 그 친구가 공학원으로 찾아온 것이지! 그리고 선물로 가지고 온 포르코타를 어떻게 구했는지 꼬치꼬치 캐묻는 건 예의가 아니잖아?”

켈트가 대충 대답을 얼버무리자 뮤스는 나직한 웃음을 터뜨리며 말했다.

“하핫! 혹시 그 친구라는 사람이 제 또래의 여자는 아니겠죠? 어제 어떤 여자가 그 병을 들고 가는 것을 본 기억이 있어서요.”

이에 얼굴을 붉힌 켈트는 급히 고개를 내저으며 대답했다.

“네가 잘못 본 것이야! 이 나이에 젊은 여자를 알 턱이 있나…….”

말끝을 흐리며 켈트가 시선을 피하자 의미심장한 미소를 띤 뮤스는 거울을 통해 전뇌거 뒤의 짐칸으로 시선을 옮기며 말을 돌렸다.

"거참, 이상하네. 대충 필요한 짐은 다 확인하고 실었는데 저 방수천 아래에 들어 있는 짐은 뭐지? 켈트 아저씨의 짐이야 드워프 아저씨들 전뇌거에 있을 거고, 그럼 벌쿤 네 거야?"

그의 물음에 몸을 돌려 짐칸을 바라본 벌쿤은 자신도 모르겠다는 듯 고개를 저었다.

"아니. 내 건 방수천 안에 넣지 않았는걸? 어차피 방수 처리된 짐이라서 그 위에 실었어."

"음… 그럼 필요없는 짐이군. 어차피 갈 길이 먼데 필요없는 짐은 버리는 편이 좋을 것 같군. 벌쿤, 짐칸으로 가서 방수천 아래 있는 짐은 밖으로 던져 버려."

고개 갸웃거린 벌쿤은 조금 이상한 상황을 느끼며 되물었다.

"에? 정말 저걸 꺼내서 내버리란 말이야?"

벌쿤의 되물음에 미소를 지은 뮤스는 단호한 목소리로 말했다.

"응. 이럴 때 너의 그 대단한 힘을 사용하는 거라고! 저 정도 짐쯤은 아무렇지도 않게 던져 버릴 수 있지?"

띄워주는 뮤스의 말에 기분이 좋아진 벌쿤은 자신이 넘치는 표정으로 외쳤다.

"그럼, 당연하지! 저 정도쯤은 한 손으로도 던져 버릴 수 있다고!"

그리고 대답과 함께 짐칸으로 넘어간 벌쿤은 방수천을 뒤적이기 시작했다. 이때 그들의 행동을 보며 안절부절못하고 있던 켈트는 득의에 찬 뮤스의 옆얼굴을 보며 외쳤다.

"뮤스 이 녀석! 저 뒤에 카타리나가 숨어 있다는 것을 진작에 알고 있었구나! 그리고 우리가 카타리나에게 포르코타를 얻어 마셨다는 사실도 이미 알고 있었지?"

하지만 뮤스는 능청을 떨며 자못 놀라는 표정을 지었다.

"아니! 그런 일이 있었어요?! 그럼 저 방수천 아래에 있는 게 카타리나라는 말씀이세요? 에이, 설마……."

켈트의 인상은 휴지 조각처럼 구겨지고 있었는데, 뮤스가 뻔히 알고 있었으면서도 잡아떼며 자신을 놀리고 있으니 기분이 영 찜찜했던 것이었다.

"에잉, 이 녀석! 나를 데리고 놀려 하다니… 벌쿤 너는 거기서 카타리나나 꺼내주라고!"

"네? 카타리나 누나를 여기서 꺼내라니요?"

뮤스와 켈트의 사이에서 어리둥절한 얼굴을 하고 있던 벌쿤은 켈트가 시키는 대로 방수천을 열었다. 그러자 머리카락이 헝클어진 카타리나가 쪼그려 누운 채 의외의 상황에 당황하고 있었다. 그러다가 자신을 내려다보며 놀라고 있는 벌쿤을 발견하곤 어색한 웃음을 지었다.

"아, 안녕, 벌쿤? 뮤스에게 들켰니?"

"들키든 뭐든 간에 카타리나 누나가 어떻게 여기 들어 있는 거야? 어서 나오라고!"

벌쿤은 놀란 가슴을 진정시키기도 전에 팔을 끌며 카타리나를 짐칸에서 일으켰고, 거울을 통해 뒤의 상황을 살피며 운전을 하던 뮤스는 입가에 미소를 걸며 말했다.

"하핫! 그 답답한 곳에 숨어 있느라고 수고했어, 카타리나. 하지만 짐칸보다는 좌석이 훨씬 잘 어울리니까 어서 들어와서 앉아."

뮤스의 말을 들으며 민망함을 느낀 카타리나는 얼굴을 붉혔고, 구겨진 옷을 정리하며 조용한 목소리로 물었다.

"저기, 뮤스… 언제부터 내가 저기 숨어 있는 것을 알고 있었던 거니?"

부끄러운 듯이 물어오는 카타리나가 유독 귀엽다고 느낀 뮤스는 곰 곰이 생각하는 척하며 대답했다.

"글쎄… 어제저녁 때였나? 아무래도 너를 데려가야겠다는 생각이 들어서 그 말을 네게 전하려고 했는데, 우연찮게 드워프 아저씨들과 모종의 계약(?)을 맺는 것을 봤지 뭐. 그래서 그냥 모른 척했어. 후훗!"

그의 대답에 기가 막혔던 카타리나는 오늘따라 뮤스의 미소가 얄밉게 느껴지고 있었다.

"뭐얏! 그럼 처음부터 뻔히 알고 있었으면서 내가 고생하는 것을 보고만 있었던 거니? 저 안이 얼마나 답답했는 줄 알아? 나 기분 나빠서 돌아갈래!"

장난에 뾰로통해진 카타리나를 보며 뮤스는 실소를 터뜨려야만 했고, 공학원으로 다시 돌아가겠다는 그녀를 달래기 위해 한동안 고생을 해야만 했다. 하지만 내용이야 어찌 되었든 지금 이 시간을 함께한다는 사실이 그들을 행복하게 만들고 있었다.

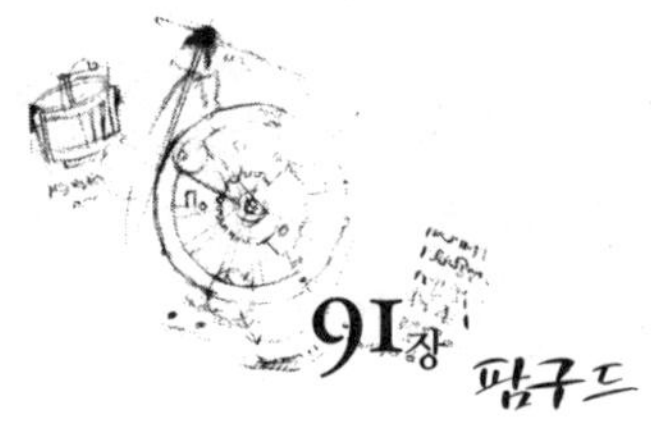

91장 팝구드

　듀들란 황궁의 재상 집무실은 오늘따라 뿌연 담배 연기가 가득 차 있었다. 담배 파이프로부터 피어오르는 연기는 허공에서 아스라히 부서져 갔고, 투르코스 재상의 한숨에도 담배 연기가 잔뜩 묻어 있었다.

　손에 들고 있던 구겨진 서류 몇 장을 책상 위에 던져 놓은 투르코스 재상은 머리카락을 헝클어뜨리며 담배를 한 모금 더 빨았다.

　"후우… 정말 끝도 없군. 정말이지 국가 규모의 사업은 만만한 게 아니야……."

　그의 굵직한 목소리가 입을 통해 흘러나오고 있을 때 집무실의 문을 두드리는 소리가 들려오고 있었다.

　똑똑!

　"이보게, 투르코스 재상. 잠시 들어가도 되겠는가?"

　목소리를 확인한 투르코스 재상은 늘어뜨린 몸을 일으키며 담배 파이프의 불을 털어 꺼뜨렸다.

"들어오십시오, 루스티커님."

그의 말이 끝나자 초록색의 로브를 입은 루스티커가 모습을 드러내고 있었는데, 집무실의 광경을 보고선 인상을 찌푸렸다. 그리곤 불만스러운 목소리로 혀를 차며 말했다.

"쯔쯧… 자네의 업무가 힘든 것은 알겠지만, 몸을 생각해서라도 담배는 좀 줄이도록 하게나. 제국을 잘 이끌기 위해서는 자신의 몸부터 지킬 줄 알아야 하는 것이야."

투르코스 재상은 여전히 뻣뻣한 표정을 하고 있을 뿐이었다. 그런 그를 바라보며 고개를 절레절레 저은 루스티커는 그가 앉아 있는 책상 앞으로 다가오며 말을 이었다.

"그나저나 자네에게 중요한 부탁을 하나 하려고 찾아왔다네."

그의 말에 의아한 얼굴을 한 투르코스 재상은 손을 모으며 되물었다.

"흠… 또 골치 아픈 부탁이시겠죠? 지난 몇 년간 루스티커님과 장영실 경의 요구 사항을 들어주느라 머리가 깨질 지경입니다."

자뭇 진지하게 고통스러워하는 투르코스 재상을 바라보던 루스티커는 피식 웃음을 터뜨리며 말했다.

"어차피 자네가 자초한 일이 아닌가? 장영실 경을 이곳으로 데리고와 제국 개발 사업을 맡긴 것도 자네였으며, 나를 끌어들인 것도 자네였네. 게다가 제국 개발 사업의 총괄 담당을 하는 것도 자네의 일이니 그런 엄살은 피우지 말게나. 자네 같은 일 벌레가 그런 말을 한다면 누가 그 말을 믿겠나?"

하나씩 따져 봐도 틀린 점이 없는 루스티커의 말에 손을 내저은 투르코스는 다시금 파이프에 담뱃잎을 두들겨 넣었다.

"아무튼 루스티커님의 말재간을 당해낼 수가 없군요. 그나저나 이번에는 어떻게 도와드리면 되겠습니까?"

"다행스럽게도 이번에는 그리 골치 아픈 부탁이 아니라네. 그저 제국 내에서 레드 드래곤을 목격한 사람이 있는지에 대해서만 조사해 주면 되는 일이거든."

순간적으로 레드 드래곤이라는 말을 들은 투르코스 재상은 사레가 걸린 듯 헛기침을 하기 시작했고, 그 탓에 파이프로 밀어 넣었던 담뱃잎은 허공에서 흩날리고 있었다.

"콜록! 콜록! 레, 레드 드래곤이라니요?"

평소 표정의 변화가 없기로 유명한 투르코스의 반응이 의외였던 루스티커는 의아한 얼굴로 물었다.

"자네는 왜 그렇게 놀라는가? 내 부탁이 그렇게 어려운 것이었나?"

루스티커의 물음에 투르코스 재상은 입에 물고 있던 파이프를 책상 위에 내려놓으며 되물었다.

"레드 드래곤의 목격자는 무슨 일로 찾으시는 것이죠?"

"사실 며칠 전 장영실 경과 전뇌력 수급에 대한 이야기를 나눈 바가 있다네. 그런데……."

루스티커는 투르코스 재상의 반응에 대해 궁금증을 느끼고 있었지만 잠시 접으며 장영실과 나누었던 대화의 내용을 대충 설명해 주기 시작했다. 이야기를 듣는 중에도 투르코스 재상의 표정은 아주 심각하게 굳어 있었다.

"…그러니 레드 드래곤이 이 대륙 어딘가에 있다는 것은 그 블랙 드래곤의 생명력이 다했다는 말과 같으니 흑룡의 호수가 더 이상 마역이 아니라는 말이지. 그것이 판명된다면 바로 장영실 경과 내가 직접 흑룡의 호수로 떠날 것일세."

루스티커의 이야기가 끝나갈 무렵 투르코스는 생각에 잠겨 있는 듯했는데, 오랜 시간 동안 잊고 있었던 좋지 않은 기억들이 되살아났기 때문이다. 가비르 재상과 크라이츠의 얼굴을 떠올려 보던 투르코스 재상은 무거운 한숨을 내쉬며 말했다.

"그렇다면 따로 조사를 해볼 필요가 없습니다. 제가 그 레드 드래곤의 목격자 중 한 사람이니까요."

생각지도 못한 상황에 놀란 루스티커는 자신의 귀를 의심하며 되물었다.

"그 말이 사실인가? 자네가 어떻게 레드 드래곤을 목격했다는 것인가?"

"물론 사실입니다. 그리고 레드 드래곤은……."

물음에 뭐라 대답하려던 투르코스 재상은 이내 생각을 바꿨는지 고개를 내저으며 말을 돌렸다.

"죄송하지만, 그저 개인적인 일이니 자세한 것은 묻지 말아주십시오."

왠지 슬픔이 묻어 있는 그의 얼굴을 살피던 루스티커는 자세하게 물어볼 상황이 아니라는 것을 직감했다.

"정 그렇다면 더 이상 물어보지는 않겠네. 아무튼 자네가 레드 드래곤을 목격한 적이 있다고 하니, 블랙 드래곤이 생명력을 잃은 것이 확실시되는구먼. 며칠 이내로 일행을 몇 명 뽑아 흑룡의 호수로 출발하도록 할 테니 그렇게 알고 있게나."

투르코스 재상과는 별개로 손쉽게 궁금증이 풀려 버린 루스티커는 앞으로의 행보를 간단히 말하며 재상의 집무실을 나섰고, 혼자 남은 투르코스 재상은 떨리는 손으로 다시 파이프에 담뱃잎을 채워 넣기 시작했다. 그러곤 불을 붙인 투르코스 재상은 담배를 한 모금 깊이 빨며 입을 열었다.

"흠… 이제 나와는 아무런 상관이 없을 것이라 생각했건만, 이런 식으로 과거의 일을 다시 떠올리게 되는군. 크라이츠님……."

크라이츠의 이름을 나직하게 불러본 투르코스는 의자에 몸을 기대며 눈을 감았고, 한 여성의 모습을 떠올리며 오랜만에 환한 미소를 짓고 있었다.

두두두두!!

전뇌거의 바퀴가 포장이 되지 않은 초원의 길을 지나며 요란한 소리를 내고 있었다. 하지만 전뇌거의 내부까지 큰 진동이 전해지지는 않고 있었는데, 효과적인 충격 흡수 장치가 진동을 크게 줄여줬기 때문이다. 덕분에 쾌적한 여행을 할 수 있었던 뮤스 일행들은 콧노래가 나올 정도로 화기애애한 분위기를 만들고 있는 중이었다. 그중 카타리나는 뮤스와 함께한다는 사실만으로도 즐거운 듯 손수 만들어온 음식들을 뮤스의 입에 넣어주며 재잘거리고 있었는데, 토라졌었던 분위기는 조금도 찾아볼 수 없었다.

"호호홋! 어때? 맛있어?"

입에 한가득 음식물을 머금은 뮤스는 힘겹게 턱을 돌리며 고개를 끄덕였다.

"어! 괴야이 마이어. 그어네 조으마 느어주므 아네가?"

도저히 알아듣지 못할 뮤스의 말이었지만 카타리나는 모두 이해할 수 있었는지 빙그레 웃으며 대답했다.

"알았어! 조금씩만 넣어줄게."

어느새 카타리나의 압력을 이기지 못하고 뒷좌석으로 밀려난 켈트는 아무 말 없이 자신의 도시락을 먹고 있었는데, 카타리나가 드워프들을 위해 특별히 만들어온 대형 도시락이었지만, 가득 차 있던 음식들이 빠른 속도록 비워지고 있는 중이었다.

"쩝쩝! 카타리나의 음식 솜씨도 굉장히 좋은걸? 거의 벌쿤과 비슷한 수준이야. 마치 요리사가 직접 만든 것만 같군."

칭찬의 뜻으로 아무런 생각 없이 던진 켈트의 말에 카타리나는 무슨 일인지 먼 산을 바라보고 있었지만 일행 중에는 아무도 그녀의 반응을 눈치 채지 못하고 있었다.

가장 먼저 도시락을 비운 벌쿤은 만족한 모습으로 든든해진 배를 두들기며 창밖을 바라보고 있었는데, 낯선 장소에 대한 호기심이 일어나는 모양이었다.

"켈트 아저씨, 여기는 어디죠? 라이델베르크를 벗어난 건가요?"

그의 물음에 입에 물고 있던 음식물을 삼킨 켈트는 잠시 두리번거리며 대답했다.

"이곳이 아마 바쉬스 평원일 게다. 조금만 더 간다면 팜구드라는 곳이 나오는데 도이첸 제국 최대 규모의 밀 생산지이지. 나도 오래전에 와본 이후로 온 적이 없지만, 그 당시만 해도 정말 대단했었지. 밀밭이 지평선까지 이어져 있었는데, 바람이 불 때마다 물결치는 모습이 장관이었단다. 벌쿤 너는 드베인 숲과 라이델베르크를 떠나본 적이 없었으니 아마 본다면 입이 떡 벌어지게 될 게다. 오늘 저녁쯤이면 팜구드에 도착할 수 있을 테니 기대하고 있거라."

"이야~ 정말 기대가 되는걸요? 지평선까지 펼쳐진 밀밭이라."

기대가 되는 것은 벌쿤뿐만 아니라 카타리나 또한 그러한 듯했는데, 그녀 역시 이곳은 초행길이었기 때문이다.

"저도 지리학 수업에 배운 적이 있었지만 직접 와보는 것은 처음이에요. 쥬론 공국과 함께 도이첸 제국의 젖줄로 불린다죠?"

뮤스 역시 팜구드에 대한 충분한 지식이 있었기에 그녀의 이야기에 설명을 보충해 주었다.

"팜구드의 밀밭에서 생산되는 밀의 양은 도이첸 제국 전체 인구의 반을 먹여 살릴 만큼이나 엄청나지. 또 소비하고 남은 밀은 매년 황실에서 사들여 국고에 저장시켜 놓는데, 혹시 모를 흉년이 있을 경우에 부족한 밀의 양을 국고에 저장시켜 놓은 밀로 충당하게 되는 것이지."

팜구드 밀밭의 중요성을 쉽게 알 수 있었던 카타리나는 감탄성을 터뜨리며 물었다.

"아! 그럼 팜구드의 밀밭이 잘못되면 제국 전체가 식량 문제에 빠지겠구나?"

"네 말대로 누군가가 팜구드의 밀밭을 독점하기라도 한다면 제국 전체가 엄청난 혼돈에 휩싸이게 되겠지. 그러니 황실에서는 이를 방지하기 위해서 개인의 토지 보유량을 엄격하게 제한하고 있고, 토지의 매매에도 큰 관심을 기울이고 있는 상태야."

이후로도 그들은 여러 이야기들을 나누기 시작했고, 그들이 웃고 떠드는 동안에도 전뇌거는 묵묵히 앞으로 나가고 있었다.

뮤스 일행을 태운 전뇌거는 늦은 오후 무렵이 되자 끝도 없이 펼쳐져 있던 초원의 끝을 보게 되었다. 야트막한 언덕을 경계선으로 제법 키 높은 나무들이 길가에 들어서 있었는데, 그리 많지는 않았기에 숲이라 부르기에는 조금 모자람이 있어 보였다.

전뇌거 안에서 무료한 기분을 혼자서 달래고 있던 켈트는 점차 변하고 있는 주변 경관을 유심히 바라보며 과거의 기억들을 떠올렸다.

"오호! 팜구드에 거의 다 온 모양이군. 이 언덕을 시작으로 그리 크지 않은 언덕을 몇 개 넘으면 바쉬스 평원이 끝나는 것이지. 오늘은 밤이 늦었으니 팜구드의 마을에서 쉬었다가 가자고."

카타리나 역시 켈트의 말에 동의하고 있었는데, 전뇌거에 오랫동안 앉아 있다 보니 다리를 펴지 못해서 그런지 몸이 피로함을 느꼈기 때문이다.

"그렇게 하는 편이 좋겠어요. 정말 쉬지 않고 왔더니 몸이 너무 뻐근하네요."

그들 중 가장 불편한 것은 뭐니 뭐니 해도 벌쿤이었는데, 워낙 튼 덩치로 인해 전뇌거가 비좁았던 그는 출발할 때의 들뜬 기분은 온데간데 없어 보였고, 뒤척거리며 조금이라도 편한 자세를 취해보려 노력할 뿐이었다.

일행들을 바라보던 뮤스는 뒤를 따라오는 드워프들의 전뇌거를 한 번 확인하며 말했다.

"어차피 노숙할 수는 없으니 켈트 아저씨의 말대로 하는 것이 좋겠군요. 얼마나 더 가면 마을이 나올까요?"

"이 언덕들만 모두 넘으면 팜구드의 밀밭을 볼 수 있을 게야. 하지만 밀밭 사이로 난 길을 따라 한 시간 정도를 더 들어가야 마을에 닿을 수 있을 테니 대충 한 시간 반쯤 걸릴 것 같구나."

"그럼 속도를 더 내는 편이 좋겠군요."

그렇게 말한 뮤스는 전진 페달을 조금 더 밟으면서 전뇌거의 속력을 높여갔고, 뒤를 따르던 드워프들의 전뇌거 역시 그들을 따르기 시작했다.

그리 높지 않은 푸른 언덕 위로 석양이 비춰지고 있었다. 언덕의 허리 부근은 진한 그림자가 드리워지고 있었고, 초목들은 천천히 불어오는 바람에 흔들리며 하루 동안 쌓였던 먼지들을 털어내고 있었다.

조용히 하루를 마감하고 있는 초목들을 놀래키며 언덕 위로 두 대의 전뇌거가 빠른 속도로 움직이고 있었는데, 힘 좋은 말이라 할지라도 한 번쯤은 쉬어 넘을 성싶은 언덕을 거침없이 달리고 있는 것이었다.

그렇게 한참 동안 서로의 속도를 맞추어 언덕을 달리던 두 대의 전뇌거는 마지막 언덕 위에서 멈춰 서게 되었다. 그리고 전뇌거의 문이 열리며 그 안에 타고 있던 뮤스와 일행들이 밖으로 나왔는데, 그들은 놀라운 것이라도 본 듯 눈앞의 광경에 넋을 빼앗겨 시선을 떼지 못하고 있었다.

언덕 아래로 펼쳐진 광경은 말 그대로 장관이었다. 노랗게 익어 황금빛을 띠고 있는 밀밭은 켈트의 말대로 어김없이 지평선까지 이어져 있었고, 바람이 땅을 스칠 때마다 물결처럼 흔들리는 밀은 생명력이 넘쳐흐르고 있었다. 그것을 바라보던 벌쿤은 가슴이 탁 트이는 느낌을 받으며 팔을 넓게 뻗었다.

"이야아! 정말 대단한걸! 절벽 위에서 드베인 숲의 전경을 봤던 것도 이보다는 못한 것 같아."

카타리나 역시 바람에 흩날리는 머리카락을 손으로 고정시키며 뮤스의 팔짱을 꼈다.

"정말 멋지다! 아마 이번 여행이 아니었다면 평생 이런 장관을 못 봤을 거야.”

그녀의 말에 미소를 지은 뮤스는 아무런 말 없이 자연의 아름다움에 감탄하는 중이었다. 한동안 드넓은 밀밭을 바라보다 시선을 거둔 켈트는 문득 고개를 갸웃거리며 입을 열었다.

“그런데 좀 이상하군.”

그의 말을 듣고 가까이로 다가온 레딘이 물었다.

“뭐가 이상하다는 거유, 형님. 멋지기만 하구만.”

레딘의 물음에 켈트는 손가락으로 구석진 곳에 위치한 밀밭을 가리키며 대답했는데, 다른 곳과 비교하여 조금 다른 색을 띠고 있는 것이었다.

“저곳들을 한번 보게나. 다른 곳은 밀 농사가 아주 잘되어 황금빛을 띠고 있는데, 유독 저곳의 밀은 메말라 훨씬 옅은 색을 띠고 있군. 내가 알기론 이곳의 토질은 거의 비슷하기 때문에 어느 농가에서든 균일한 품질의 밀을 수확한다던데……”

그의 말에 크게 신경 쓰지 않은 블뤼안은 어깨를 두드리며 말했다.

“껄껄! 별 대수롭지 않은 데 신경을 쓰고 있군. 멀어서 잘 보이지도 않는데 저곳의 밀이 메말랐는지, 아니면 베어냈는지 어떻게 알겠수? 그렇게 따진다면 밀은 초여름에 수확하는 것이 정석인데, 아직 수확을 하지 않은 이곳 전체가 이상한 것 아니유?”

드워프들의 대화를 듣고 있던 뮤스는 켈트가 가리키는 곳을 바라보며 입을 열었다.

“다른 곳은 초여름에 밀을 수확하는 것이 보통이지만, 이곳 팜구드는 다른 밀 수확지보다 여름이 늦게 찾아오기 때문에 추수는 늦여름쯤 하게 되는 것이죠. 그리고 켈트 아저씨의 말대로 저곳은 조금 이상해 보이는군요."

뮤스가 턱을 매만지며 그곳을 바라보고 있을 때, 벌쿤이 별 관심 없다는 표정으로 말했다.

"뭐 조금 이상하다고 하더라도 우리가 신경 쓸 일은 아니잖아? 배도 고픈데 어서 마을로 들어가자고! 게다가 몸도 여기저기 쑤셔서 정상이 아니란 말이야."

벌쿤의 말에 다른 드워프들도 동의하고 있었기에 뮤스는 고개를 끄덕였다.

"하긴 이곳에서 우리끼리 이상하다고 생각한들 뭐가 되는 것도 아니지. 그럼 해가 지기 전에 출발하죠."

뮤스의 말을 신호로 일행들은 전뇌거에 올라탔고, 곧 동력기의 소리와 함께 전뇌거는 다시 움직이기 시작했다.

뮤스 일행들은 해가 거의 졌을 무렵이 되어서야 팜구드 마을에 들어설 수 있었다. 마을 자체는 약 50여 가구 정도로 그리 큰 규모는 아니었지만 부촌의 면모를 그대로 보여주고 있었다. 도로 주변으로 늘어선 집집마다 일정한 크기의 잘 가꾸어진 정원을 가지고 있었으며, 거리에서 심심치 않게 보이는 전뇌거들도 고급 기종에 속하는 것들이었다. 또 마을의 전체적인 분위기 역시 대도시와 다를 바가 없었는데, 잘 포장되어 있는 거리 하며 불을 밝히고 있는 가로등이나 깔끔하게 지어져 있는 건물들로 보아 마을 미화에 상당한 공을 들이고 있음을 알 수 있었다.

전뇌거를 타고 마을을 한 바퀴 돌아보던 뮤스 일행은 상당한 규모의 음식점을 발견할 수 있었다. 통상적으로 음식점과 숙박업을 겸업하는 곳이 대부분이었는데, 뮤스 일행의 눈에 띈 음식점 역시 그러한 듯했다. 마땅한 곳에 전뇌거를 세워놓은 뮤스와 일행들은 필요한 물건들만을 간단히 챙겨 전뇌거에서 내렸고, 뮤스는 카타리나의 짐과 자신의 짐을 양손에 나눠 든 채 그녀와 함께 먼저 음식점으로 들어섰다.

딸랑!

음식점의 문에 달린 경쾌한 종소리가 울려 퍼지며 뮤스와 카타리나가 들어서자 카운터에 서 있던 여종업원이 밝은 미소와 함께 그들을 반겨주었다.

"팜구드에 오신 것을 환영합니다. 식사와 숙박을 하시겠습니까?"

종업원이 한눈에 외부인임을 알아보자 카타리나는 잠시 의아해했고, 그것을 눈치 챈 종업원은 미소를 유지하며 말했다.

"그렇게 놀라지 않으셔도 됩니다, 손님. 저희 팜구드 마을은 규모가 작기 때문에 모든 마을 사람들의 얼굴을 알고 있답니다."

"아! 그랬었군요. 저희는 하룻밤 이곳에서 묵어가려고 싶어요. 방이 세 개 정도는 있어야 할 것 같은데 방이 있나요?"

카타리나의 물음에 여종업원은 조금 곤란한 표정을 지으며 대답했다.

"죄송합니다만 곧 밀을 수확할 시기라 외부에서 많은 분들이 오셨답니다. 그래서 지금 남는 방이 두 개밖에 없는데 어떻게 하죠?"

여종업원의 물음에 뮤스와 카타리나가 고민하고 있을 때, 드워프 형제들과 벌쿤이 뒤이어 들어왔고, 그들의 대화를 들은 켈트가 끼어들며 말했다.

"고민할 게 뭐가 있어? 우리 형제들과 벌쿤이 한 방을 쓰고, 너희 둘이 같은 방을 쓰면 될 거 아니냐?"

별것 아니라는 듯이 말을 뱉은 켈트는 무거운 짐을 내려놓으며 여종
업원을 향해 말했다.

"우리가 그 방 두 개를 사용하도록 하겠네! 아, 그리고 우리는 아주
시장한 참이니까 식사 준비도 좀 해줬으면 고맙겠군."

켈트의 요청에 빙그레 웃은 여종업원은 뒤쪽에 걸려 있는 열쇠 두
개를 꺼내주며 말했다.

"3층으로 올라가서서 복도의 왼쪽으로 가시면 됩니다. 그리고 식사
는 식당으로 내려오서서 주문하시면 금세 준비가 된답니다. 그럼 편안
하게 쉬십시오."

일사천리로 숙박 문제가 해결되자 켈트는 여종업원이 준 열쇠 중 하
나를 챙겼고, 나머지 하나는 뮤스에게 넘겨주며 말했다.

"그렇게 멍하니 서 있을 게냐? 그럼 나는 먼저 올라갈 테니 마음대
로 하라고!"

말을 마친 켈트는 다시 짐을 들어 계단을 통해 숙소로 올라갔고, 다
른 드워프 형제들도 그의 뒤를 따랐다. 마지막으로 간단한 짐을 하나
어깨에 메고 있던 벌쿤은 어깨를 으쓱거리며 투덜거렸다.

"하필이면 왜 내가 드워프 아저씨들과 함께 자야 하는 거야? 저 아
저씨들 코 고는 소리는 정말 장난이 아니라고!"

그러자 이미 다음 층으로 올라간 줄로만 알았던 켈트의 목소리가 계
단을 타고 들려왔다.

"이봐, 벌쿤! 눈치없이 투덜대지 말고 어서 올라오기나 하라고! 빨리
짐 정리를 해야 식사를 하지!"

"나참… 무슨 눈치를 말하는 거야?"

켈트의 말을 이해할 수 없었던 벌쿤은 여전히 불만 담긴 얼굴을 하

며 계단을 올라가기 시작했다. 그리고 그 자리에 남아 있는 뮤스와 카타리나의 사이에는 때 아닌 어색함이 감돌고 있었는데, 카타리나의 얼굴은 저물어가는 태양마냥 붉어져 있었다.

"뮤스… 어떻게 할 거야?"

조심스러운 그녀의 물음에 가벼운 한숨을 내쉰 뮤스는 자신의 손에 들린 열쇠를 바라보며 대답했다.

"어떻게 하긴… 일단 올라가서 짐이나 내려놓고 나중에 아저씨들 방에 가서 잠을 자든지 해야지. 일단은 우리도 올라가자."

"응……."

뮤스는 성큼 걸음으로 위층으로 올라가기 시작했고, 카타리나는 알지 못할 부끄러움에 고개를 숙이며 뮤스의 뒤를 따랐다.

숙소에 대충 짐을 정리해 놓은 뮤스와 카타리나는 식당으로 이어져 있는 계단을 통해 아래층으로 내려왔다. 그리고 내부를 둘러보니 한적한 시골의 음식점이라고는 생각하지 못할 정도로 깔끔하게 꾸며져 있음을 알 수 있었다. 각 식탁에 자리 잡고 있는 사람들은 하나같이 고급스러운 옷을 입고 있었으며, 그들이 먹고 있는 음식들 역시 평범한 식사라고 하기에는 조금 호사스러워 보였다. 그렇게 식당을 둘러보던 뮤스와 카타리나는 일행들을 손쉽게 찾을 수 있었다. 바로 사람들의 시선이 집중되어 있는 곳에 일행이 있다는 것을 익히 알고 있었기 때문이다. 아니나 다를까, 늘 그래 왔듯 엄청난 양의 음식을 시켜놓고 분주하게 식사를 하고 있었던 것이다. 물론 아는 사람들끼리 있는 자리에서라면 별문제가 되지 않았겠지만, 공공 장소에서 드워프들과 벌쿤의 식사하는 모습을 본 카타리나는 슬그머니 뮤스의 팔을 잡아당기며 말했다.

"우리 다른 식탁에 앉아서 식사를 하면 안 될까? 아무래도 저 식탁에 우리가 앉을 자리가 없는 것 같아."

돌려서 말하고 있었지만 뮤스는 그녀의 기분을 모르는 게 아니었기에 다른 자리를 찾아보며 동의했다.

"뭐, 그렇게 하자. 그럼 저쪽 식탁은 어떨까?"

뮤스의 말에 드워프들과 같은 식탁만 아니라면 어디라도 좋다고 생각한 카타리나는 흔쾌히 고개를 끄덕였고, 두 사람은 뮤스가 가리켰던 곳으로 걸음을 옮겼다.

뮤스와 카타리나가 자리에 앉자 곧 종업원이 메뉴판을 들고 왔다. 적당히 먹을 음식들을 주문한 그들은 간단한 대화를 나누고 있었는데, 오늘 있었던 일들과 앞으로의 여행 일정이 내용의 주가 되고 있었다.

쾅!

"내가 벌써 몇 번이나 말했지 않나!"

대화를 나누고 있던 뮤스와 카타리나는 바로 옆 자리에서 들려오는 갑작스런 소리에 시선을 돌려야만 했다. 그들뿐만 아니라 식당에 있는 모든 사람들이 놀란 표정으로 그곳을 바라보고 있었다. 물론 드워프들과 벌쿤만은 예외라는 것은 말하지 않더라도 뻔한 사실이었다.

뮤스와 카타리나의 옆 자리에 있던 사람은 모두 다섯 사람이었고, 둥근 식탁에 둘러앉아 있는 상태였다. 그중 식탁을 내려치며 소리를 지르고 있는 인물은 젊은 여성의 오른쪽에 자리하고 있던 중년인이었는데, 무슨 일인지 그의 얼굴은 벌겋게 달아올라 있었다. 씩씩거리며 숨을 내쉬던 중년인은 맞은편에 앉아 있는 세 명의 인물들을 향해 손가락질을 하며 고함을 지르기 시작했다.

"자네들이 아무리 내게 압력을 가하더라도 나는 절대 자네들의 일에 가담할 수 없네! 자네들도 지금에야 떵떵거리면서 살고 있지만, 우리는 농사꾼이지 사업가가 아니라는 사실은 잊지 말아야 하는 것이야!"

그 중년인이 불같이 화를 내자 옆에 앉아 있던 갈색 머리의 여인은 걱정스러운 표정으로 중년인의 몸을 부축하며 말했다.

"아버지, 진정하세요! 이러다간 아버님이 쓰러지시겠어요. 그리고 아저씨들도 아버지의 친구 분들이신데 너무하시는군요. 이쯤 하셨으면 저희 아버지의 결심을 아셨을 테니 그만 하세요!"

그녀의 말에 거만한 자세로 팔짱을 끼고 있던 중년인들 중 한 명이 코웃음을 치며 말했다.

"흥! 케니언, 네가 끼어들 일이 아니니 너는 잠자코 있거라. 네 말대로 네 아버지와 친구이니 이 정도라도 대우를 해주는 것이란다."

잠시 말을 멈춘 그는 케니언이라고 불린 여성의 아버지를 향해 냉소를 피우며 나직하게 말했다.

"이보게, 마고드… 마지막으로 한 번 기회를 주도록 하지. 자네가 이곳에서 농사를 계속 짓고 싶다면 선택을 잘해야 할 걸세. 물론 자네가 이곳을 떠난다 하더라도 우리는 대환영이야! 하하핫! 그럼 우리는 이만 가보도록 할 테니 다음번에는 좋은 소식을 가지고 만났으면 좋겠군."

하고자 했던 이야기를 마친 중년인은 먼저 자리에서 일어났고, 다른 일행들 역시 그를 따라 자리에서 몸을 일으켜 식당 밖으로 걸어나가고 있었다. 이제 그 자리에 남은 것은 마고드라는 중년의 남성과 그의 딸인 케니언뿐이었는데, 마고드는 힘이 풀리는 듯 그 자리에 쓰러지듯이 주저앉았다. 그리곤 멍한 눈빛으로 허공을 바라보며 말했다.

"후우… 차라리 옛날이 더 좋았지. 저 친구들도 그때는 순박한 농사꾼일 뿐이었는데… 그놈의 돈이 이렇게까지 사람을 타락하게 만들다니."

아버지의 혼잣말에 안쓰러움을 느낀 케니언은 눈가에 맺히는 눈물을 소매로 닦으며 말했다.

"모두 다 옛날이야기예요. 마을 사람들의 대부분은 이미 저 아저씨들과 손을 잡았다구요. 더 이상 아버지 혼자 이렇게 고집 피우셔도 어쩔 수 없는 일이에요."

딸의 이야기에 마고드는 허탈한 미소를 지었다.

"허헛… 모두 저들의 힘에 어쩔 수 없이 굴복한 것이지, 나와 같은 생각을 가지고 있는 사람들도 많을 것이란다. 내일부터 그 사람들을 설득해 보도록 하자꾸나."

한스러운 목소리를 내뱉은 마고드는 무릎을 짚으며 자리에서 일어났고, 케니언 역시 그의 팔을 부축하며 자리에서 몸을 일으키고 있었다.

두 부녀가 식당 밖으로 사라지자 그들을 바라보고 있던 옆 식탁의 사람들은 안타까운 표정을 지으며 한마디씩 던지기 시작했다.

"쯔쯧… 마고드도 그냥 고집을 꺾었으면 좋았을 텐데… 그렇게 하지 않으면 농사를 지을 수 없으니 이곳을 떠날 수밖에 없지 않나."

"그렇다고 해서 마고드가 이곳을 떠나겠나? 몇 대째 이곳에서 농사를 짓고 있는 집안인데."

"그럼! 그럼! 솔직히 나는 마고드의 편이라네. 이대로 마고드가 팜구드를 떠나는 것은 녀석들이 원하는 대로 되는 것이니 그럴 리가 없네."

식당 안에서 감돌고 있는 이야기를 한동안 듣고 있던 뮤스와 카타리나는 서로의 얼굴을 바라보며 고개를 갸웃거렸는데, 단편적인 이야기만을 듣고서 무슨 일인지 알 수가 없었기 때문이다. 식탁에 놓인 찬물을 한 모금 마신 뮤스는 카타리나를 향해 말했다.

"흠, 아무래도 이 마을에 무슨 일이 있긴 있는 모양이군."

카타리나 역시 그와 같은 생각이었기에 사람들의 심상치 않은 표정을 살피며 대답했다.

"그러게 말이야. 아까 그 부녀가 무슨 핍박을 받고 있는 것이겠지? 저쪽 사람들에게 물어보는 게 어때?"

뮤스는 카타리나의 말을 따라 두 부녀에 대해 한마디씩 하던 사람들을 바라보았다. 그들은 식사와 함께 술을 한잔씩 했는지 얼굴이 붉어져 있었는데, 금세 부녀에 대한 일은 잊어린 듯 다른 화제로 옮겨가 있었다. 그들을 잠시 보던 뮤스는 의자를 뒤로 밀며 일어났다.

드르륵…….

"저, 말씀하시는데 죄송하지만 한 가지만 여쭈어봐도 되겠습니까?"

식탁에 둘러앉아 이야기를 하던 사람들은 처음 보는 얼굴의 청년이 말을 걸어오자 의아한 표정을 지었다.

"보아하니 이곳의 청년은 아닌 것 같은데, 물어보고 싶은 것이 무엇인가?"

그들의 되물음에 뮤스는 부녀가 앉아 있던 자리를 가리키며 말했다.

"방금 전 저쪽에 앉아 있던 부녀의 대화를 잠깐 듣게 되었습니다. 듣자 하니 이 마을에 무슨 문제가 있는 것 같은데 그에 대해 말씀 좀 해주실 수 있겠습니까?"

뮤스의 물음에 자리에 앉아 있던 사람들은 얼굴색을 바꾸었다. 그리곤 그중 한 명이 뮤스의 행색을 유심히 살펴보며 대답했다.

"그것은 외부의 사람들이 관여할 일이 아니라네. 괜히 쓸데없는 것에 신경 쓰지 말고 쉬었다 가게나."

냉랭하게 대답한 그는 목에 걸고 있던 냅킨을 식탁 위로 던지며 자리에서 일어났다.

"흠… 식사도 다 했으니 우리도 이만 일어나세나."

그의 말에 일행들은 하나같이 자리에서 일어났고, 뮤스에게 심상치 않은 눈빛을 던지며 밖으로 나갔다. 결국 뮤스는 아무런 소득 없이 카타리나가 앉아 있는 곳으로 돌아오며 말했다.

"너도 들었지? 사람들이 이렇게까지 숨기는 것을 보니 보통 문제는 아닌 것 같아. 아무래도 그냥 넘어갈 수는 없을 것 같은걸?"

카타리나는 먼저 나와 있는 야채 샐러드를 입에 넣으며 대답했다.

"그럼 어떻게 하려고? 우리의 일도 빨리 처리해야 할 것 같은데 이곳의 일에까지 신경 쓸 여유가 있는 거니?"

카타리나의 맞은편에 다시 앉은 뮤스는 가벼운 미소를 지어 보였다.

"후훗. 우리야 어차피 한 달 정도의 시간이 남아 있으니 그리 촉박한 것은 아니야. 그리고 이대로 이곳을 떠난다고 하더라도 기분이 찜찜할 것 같거든."

"하긴… 예전부터 너는 이런 일을 그냥 넘어가지 못했잖니. 드워프 아저씨들과 의논해서 좋을 대로 하렴."

그녀의 대답과 때를 맞춰 종업원은 주문했던 음식들이 하나씩 날라왔고, 뮤스와 카타리나 역시 드워프들이나 벌쿤 못지않게 허기진 상태였기에 대화를 잠시 미루고 식사를 시작했다.

등불이 걸려 분위기를 한껏 내고 있는 숙소의 3층 복도는 지금 때 아닌 소란으로 몸살을 앓고 있었다. 드워프들과 뮤스가 실랑이하는 소리가 조용하기만 하던 복도를 떨어 울렸고, 덜커덕거리는 문소리가 벽을 부술 듯 요란하게 들리고 있었던 것이다.

쾅!

"안 된다! 안 돼! 이 녀석아, 누가 우리 좋자고 이러는 것이냐? 다 너 좋으라고 우리가 고생해 준다는데 뭐가 불만인 거야!"

식사를 마치고 온 켈트를 비롯한 드워프들은 자신들의 방으로 들어가 문을 걸어 잠근 상태였다. 뮤스는 문밖에서 난처한 표정으로 문고리를 잡아당기고 있었는데, 도저히 카타리나와 같은 방을 쓸 수 없다고 생각한 뮤스가 드워프들의 방으로 건너오자 완강히 거부하고 있는 것이었다. 답답한 마음에 머리를 쓸어 넘긴 뮤스는 방문을 다시 두들겨 보며 말했다.

"장난치지 마시고 문 좀 열어줘요! 결혼도 하지 않은 남녀가 같은 방을 쓴다는 게 말이 됩니까?"

그의 말이 끝나기가 무섭게 방 안에서는 동시에 드워프들의 콧방귀 소리가 들려왔고, 켈트는 오히려 방문을 두들기며 외쳤다.

쿵쿵쿵!

"흥! 이 녀석아, 순진한 척하지 마라! 우리가 도와줄 테니 이번 기회에 카타리나를 완전히 네 여자로 만드는 거야! 어차피 너희들도 이제 성인이고 서로 좋아하는데 뭐가 어떻다는 거야? 오히려 자연스러운 거라고! 껄껄껄!"

"정말 안 열어주실 거예요?"

"벌써 수십 번도 더 대답했을 게다! 우리는 절대 열어줄 수 없으니까 당장 돌아가도록 해!"

"이것 참… 큰일이군."

도무지 자신의 말을 들으려 하지 않는 드워프들의 반응에 포기할 수밖에 없었던 뮤스는 근심스러운 표정을 지으며 카타리나가 있는 방으로 걸음을 옮길 수밖에 없었다. 그리하여 더 이상 복도로부터 아무런 기척이 나지 않자 뮤스가 떠났다는 것을 알아챈 드워프들은 걸어 잠갔던 문을 열며 복도를 살폈고, 잠시 복도를 두리번거리던 켈트는 나름대로 음흉한 웃음을 지으며 방 안에 있던 아우들을 향해 손짓했다.

"나와도 괜찮아! 이제 뮤스가 방으로 돌아간 것 같군. 흐흐훗… 오랜만에 좋은 구경을 좀 하러 가볼까?"

켈트의 신호에 드워프들은 새끼로 엮어놓은 듯 줄줄이 방에서 나오기 시작했고, 저마다 기대에 부푼 표정을 짓고 있었다. 한데, 가장 마지막으로 따라나온 벌쿤은 아직 어떤 상황인지 모르는 듯 머리를 긁적이고 있었다.

"이 야심한 밤에 대체 뭘 보러 간다는 거예요? 오늘 그냥 잠이나 자고 내일 낮에 가면 안 돼요?"

벌쿤의 말에 답답한 듯 가슴을 두들긴 레딘은 주변을 살피며 조용한 목소리로 말했다.

"너 정말 아무것도 모르는 거냐, 아니면 일부러 모르는 척하는 거냐?"

"정말 모르겠다니까요! 어디를 가는 건데요?"

대답하는 벌쿤의 표정으로 보아 정말 모른다고 결론을 내린 레딘은 귀를 달라는 손짓을 했고, 벌쿤은 허리를 숙여 레딘의 키 높이에 맞추어주었다.

"우리는, 그러니까 뮤스와 카타리나의 방으로 가는 것이란다. 그리고 녀석들을 몰래 훔쳐보는 것이지. 이제 무슨 소리인지 알겠냐?"

"글쎄요. 아직 잘 모르겠는데요?"

이번에는 둘의 대화를 듣다못한 블뤼안이 레딘을 밀치며 끼어들었
다.

"한번 잘 생각해 보라구! 만약 너와 세이즈가 야심한 밤에 한 방에
있다라고 가정해 보자. 너 같으면 뭘 하겠냐?"

블뤼안의 물음에 벌쿤은 머리를 긁적이며 대답했다.

"저희야… 음… 같이 있으면 카드 게임을 하죠! 얼마 전에 세이즈에
게 카드 게임을 배웠는데, 굉장히 재미있더라고요. 그래서 둘이 시간
만 나면 카드 게임을 하는걸요?"

벌쿤의 대답에 이마를 치며 한숨을 내쉰 블뤼안은 자신이 직접적으
로 설명해 주기도 어색했고, 벌쿤이 스스로 깨우칠 확률도 없다고 생각
했기에 포기하는 생각으로 혀를 차며 고개를 내저었다.

"쯔쯧… 그냥 따라오기나 해라! 대체 성교육도 제대로 못 받은 녀석
이라니… 어차피 직접 보면 알 테니 그냥 가기나 합시다, 켈트 형님."

이렇게 하여 드워프들은 모종의 목적을 달성하기 위하여 뮤스의 방
으로 나서게 되었고, 벌쿤은 아무것도 모른 채 뒤를 따를 뿐이었다.

방으로 돌아온 뮤스는 카타리나와 반듯한 자세로 테이블을 앞에 두
고 앉아 있었다. 그들은 평소 둘만의 공간에서 대화를 나누거나 오붓
한 시간을 보낸 적도 많았고 그때마다 별다른 어색함이 없었지만, 오늘
만은 드워프들의 행동 때문인지 첫 만남 때보다 더욱 어색한 기운이
감돌고 있었다. 특히 뮤스의 뇌는 쉴 새 없이 돌아가는 중이었는데, 그
라프에게 배운 상황 대처법을 찾아보느라 분주했던 것이었다. 이내 나

름대로 적당한 말을 떠올린 그는 어색한 미소를 지으며 말했다.

"피곤한데 그만 자자."

말을 던지고 나니 뭔가 잘못됐다고 생각한 뮤스는 아차 했지만, 이미 뱉은 말이었기에 되돌릴 수는 없는 일이었다. 하지만 카타리나의 대답도 그에 만만치 않았다.

"그래, 그만 자자."

이렇게 어영부영 함께 자는 분위기로 흘러가 버리자 뮤스는 머리가 하얗게 변해옴을 느끼며 그라프와의 만남을 처음으로 후회하고 있었다. 사실 그라프와 만나기 전만 하더라도 남녀의 일에 대해서는 아는 것이 전무한 그였었으나 지금에 와서는 그 누구보다 자세히 알게 되었고, 그 덕에 오히려 입장이 난처해진 것이었다.

같은 시간, 드워프들은 방 안의 상황을 살피기 위해 방문에 빈틈없이 달라붙어 있었고, 벌쿤은 관심이 없다는 태도로 멀찌감치 떨어져 복도의 벽에 몸을 기대고 있었다. 드워프들 중 가장 아래쪽에서 방 안의 이야기를 듣고 있던 켈트는 만족한 표정을 지으며 나직한 목소리로 혼잣말을 중얼거렸다.

"역시… 뮤스 녀석, 순진한 척하더니 전혀 거리낌없이 카타리나를 침대로 유도하는군. 너도 이제 완전한 어른이 되는구나. 장하다."

켈트의 말을 받으며 브라이덴도 한마디 거들었다.

"뮤스도 뮤스지만 카타리나 역시 보통이 아닌걸? 생각보다 개방적인 생각을 가지고 있었군 그래……."

그들의 이야기를 듣고 있던 벌쿤은 잠이 오는 듯 하품을 하며 투덜거렸다.

"하암! 그냥 가서 잠이나 자면 안 돼요? 내일은 뮤스 형 대신 제가 전뇌거를 운전해야 한단 말이에요.”

벌쿤의 큰 목소리에 깜짝 놀란 레딘은 키가 닿지 않았기에 힘껏 뛰어올라 그의 입을 가로막으며 주변을 살폈다.

“목소리 좀 줄여라, 이 녀석아! 자고 싶으면 너 혼자 가서 자면 될 거 아니냐? 그리고 이 아저씨들이 좋은 교육을 시켜주려고 이렇게 노력을 하고 있는데, 고마워할 줄은 모르고 투덜거리기만 하다니… 에잉!”

벌쿤의 불만을 한마디로 일축해 버린 레딘은 계속해서 하던 일(?)에 집중을 하기 시작했고, 다른 드워프들 역시 짐짓 심각한 표정으로 방으로부터 들려오는 소리에 귀를 기울였다.

편안한 옷으로 갈아입었던 카타리나는 아무런 말 없이 침대의 이불을 정리하기 시작했고, 뮤스는 아직도 안절부절못하며 침대 주변을 서성이고 있었다. 마침 이불 정리를 마친 카타리나는 먼저 이불 사이로 들어가며 말했다.

“어서 올라와, 뮤스. 오늘 전뇌거 운전하느라 피곤할 텐데 일찍 자야지.”

“으… 응.”

더듬거리며 대답한 뮤스는 불편한 자세로 천천히 침대의 이불 속으로 들어가 누웠고, 두근거리는 가슴을 애써 진정시키기 시작했다. 하지만 미처 가슴을 진정시키기도 전에 불쑥 카타리나의 몸이 뮤스에게 안겨왔는데, 당황한 뮤스는 엉겁결에 그녀의 몸을 안을 수밖에 없었다.

“카, 카타리나!”

카타리나는 그윽한 눈빛으로 뮤스를 올려다보았고, 뮤스는 침 넘어가는 소리를 느끼며 잔뜩 긴장했다. 카타리나는 얼굴을 붉히며 뮤스의 귓가로 다가와 들릴 듯 말 듯한 목소리로 말했다.

"뮤스… 나 하루 종일 앉아 있어서 그런지 허리가 아픈데 허리 좀 주물러 줄래?"

예상과 전혀 빗나간 그녀의 말에 헛기침을 내뱉은 뮤스는 피식 웃을 수밖에 없었는데, 그간 혼자서 상상의 나래를 펼치며 민망해하고 있던 것을 생각하니 스스로 부끄러웠기 때문이다. 뮤스는 머리를 긁적이며 몸을 일으켰다.

"그 정도쯤이야 얼마든지 해줄 수 있지. 엎드려 누워봐."

뮤스가 흔쾌히 대답하자 한번 웃어 보인 카타리나는 시키는 대로 침대에 엎드렸고, 뮤스는 갸냘픈 그녀의 허리를 조심스럽게 주물러 주기 시작했다. 어찌 되었든 이 일로 분위기가 한층 부드러워지자 뮤스는 안도의 한숨을 내쉴 수 있었다.

방 안은 이미 어색한 분위기가 끝나 있었지만, 방문 밖은 드디어 뜨거운 분위기가 시작되고 있었다. 방문에 귀를 대고 있던 드워프들은 눈에 핏줄을 곤두세운 채로 연신 입으로 흐르는 침을 닦아내고 있었는데, 문틈으로 뮤스와 카타리나의 목소리가 새어 나올 때마다 드워프들의 오감이 반응하고 있는 것이었다.

"아아… 거기가 아니야, 뮤스."

"그럼 여기?"

"아아아! 거기가 맞긴 한데… 너무 아파. 살살해."

자지러지는 카타리나의 목소리에 침을 한번 꿀꺽 삼킨 켈트는 만족한 표정으로 조용히 말했다.

"흐흘… 역시 우리가 자리를 피해준 보람이 있군. 이제 녀석들은 결혼식 날짜만 잡으면 되는 건가?"

평소 드워프들 중에서도 점잖은 축에 속했던 브라이덴 역시 지금은 음흉한 미소를 머금고 있었다.

"껄껄! 처음에는 그렇게 아닌 척하더니 결국 뮤스도 어쩔 수 없나 보군. 역시 녀석도 사내였어!"

그들의 대화를 듣고 있던 레딘은 신경질적인 모습으로 손가락으로 입을 가리며 조용히 하라는 시늉을 했다.

"나참! 이제 막 재미있어지려고 그러는데 왜 그렇게 떠들고 있으슈?"

짧게 말한 레딘은 다시 방문에 귀를 기대었고, 레딘과 브라이덴 역시 문틈에서 들려오는 목소리에 다시 귀를 기울였다.

"하아… 너무 좋아, 뮤스. 그런데 힘들지 않아?"

"뭐 이 정도 가지고. 계속 해줄 테니까 편안하게 누워 있어."

"응."

시간이 갈수록 드워프들의 흥분지수는 높아져 가기만 했고, 이미 이성을 잃은 듯한 드워프들은 머리로 문을 뚫고 들어가기라도 할 듯 들이밀고 있었다. 이 모습을 한심스럽게 바라보던 벌쿤은 벽에 기대었던 몸을 일으키며 드워프들이 붙어 있는 문 쪽으로 걸어왔다.

"나참! 그렇게 방 안이 궁금하면 들어가서 보면 될 걸 이렇게 힘들게 듣고 있어요?"

그렇게 말한 벌쿤은 서슴없이 문고리를 잡아 돌렸는데, 드워프들이 미처 반응을 하기도 전에 방문은 열렸고 몸을 문에 기대고 있던 드워프들은 문이 열림과 동시에 방 안으로 쏟아져 들어갈 수밖에 없었다.

쿠당탕탕!

"으아아악!"

"벌쿤, 이 녀석! 뭐 하는 게냐?"

"거기서 갑자기 문을 열어버리면 어떻게 해!"

산통을 깨버린 벌쿤에게 저마다 한마디씩 던지며 화를 내던 드워프들은 순간적으로 그들이 처한 상황을 깨달은 듯 입을 다물었다. 그리곤 천천히 몸을 일으키며 뮤스와 카타리나가 있을 침대 쪽으로 고개를 돌렸는데, 아니나 다를까, 뮤스가 도끼눈을 부릅뜨고 자신들을 내려다보고 있는 것이었다.

"대체 거기서 뭘 하고 계셨던 거예요?!"

뮤스의 물음에 머리를 긁적인 드워프들은 애써 시선을 피하며 가장 연장자인 켈트를 앞쪽으로 밀어냈고, 아우들에 의해 떠밀려 나온 켈트는 어색한 웃음을 지으며 대답했다.

"하핫! 우, 우연찮게 이 앞을 지나다가 말이지. 이상한 소리가 나길래 그, 그냥 무슨 일인지 살펴본 것이란다. 그런데……."

변명을 하다 말고 침대 위에 앉아 있는 뮤스와 카타리나를 보며 고개를 갸웃거린 켈트는 뭔가 이상하다는 것을 느끼고 있었는데, 자신들의 상상과 전혀 동떨어진 모습이었기 때문이다.

"그런데 너희들은 지금 뭘 하고 있었던 게냐?"

켈트의 물음에 깔린 저의를 눈치 챈 뮤스는 실소를 터뜨리며 대답했다.

"뭘 하긴요! 카타리나가 전뇌거에 너무 오래 앉아 있어서 허리가 아프다길래 허리를 주물러 주고 있었죠. 혹시 이상한 상상하고 계셨나요?"

"흠흠! 그, 그게 아니라……."

얼굴을 붉힌 켈트가 헛기침을 하며 아무런 대답도 하지 못하고 있을 때 방문 밖에서 상황을 지켜보던 벌쿤이 어깨를 으쓱거리며 말했다.

"이게 뭐야! 아저씨들도 뮤스 형에게 허리 마사지를 받고 싶었던 거예요? 그럼 진작 저한테 말해 주셨으면 제가 해드렸을 것 아니에요!"

벌쿤의 말에 눈을 번뜩인 켈트는 재빨리 벌쿤의 소매를 잡아끌며 너털웃음을 지었다.

"껄껄! 그렇지 않아도 나 역시 허리가 아프던 참이었는데… 이렇게들 서 있지 말고 어서 벌쿤에게 마사지나 받으러 가자구!"

난처한 상황에서 벗어날 방도가 생기자 다른 드워프들 역시 어영부영 뒷걸음질치며 한마디씩 거들었다.

"그, 그러게! 요즘 나이 드니 허리가 예전만 못하다니까."

"얼마 전에 벌쿤이 마사지를 해줬는데 기가 막히더군!"

"너희들도 피곤할 텐데 어서 자거라."

결국 방문 밖으로 드워프들이 모두 나온 것을 확인한 켈트는 정다운 표정으로 뮤스와 카타리나를 향해 손을 흔들어주었다.

"우리도 마사지나 받으러 갈 테니 내일 아침에 보자고! 잘 자거라."

켈트의 인사말을 마지막으로 방문이 닫히게 되었고, 요란한 소리가 들리면서 드워프들은 자신들의 방으로 사라져 버렸다.

그리하여 멀뚱히 남게 된 뮤스와 카타리나는 못 말릴 드워프들을 향해 실소를 날려주고 있었다.

92장 마을의 비밀

팜구드 마을의 하루는 어둑한 이른 새벽부터 시작되고 있었다. 오래 전부터 농사일을 주로 하는 마을이었기에 주민들이 대체적으로 부지런한 편이었는데, 그러한 습성은 일손을 사서 쓸 정도로 부촌이 되어버린 지금에 와서도 이어지고 있는 듯했다.

창으로부터 시끌한 사람들의 목소리가 들려오기 시작하자 뮤스는 눈을 부비며 뒤척였다. 그리곤 힘겹게 눈을 뜬 뮤스는 얇은 커튼이 쳐져 있는 창으로 눈을 돌렸는데, 아직 해조차 뜨지 않은 이른 시간임을 깨닫고선 인상을 찌푸렸다.

"으음… 아직 해도 뜨지 않았는데 사람들은 벌써 일과를 시작하는가 보군."

눈을 몇 번 깜빡거려 본 뮤스는 정신을 차리며 몸을 일으켰다. 그러자 허리가 뻐근함을 느꼈는데, 지난밤 카타리나와 같은 침대를 쓰는 것에 불편함을 느낀 뮤스는 여분의 이불을 들고 바닥으로 내려와 잠을 청했던 것이었다.

천장을 올려다보며 허리를 이리저리 움직여 보던 뮤스는 나직한 웃음을 터뜨렸다. 이곳에 처음 왔을 때만 하더라도 푹신한 침대보다 바닥이 더욱 편했었지만, 지금에 와서는 오히려 하룻밤 바닥에서 잔 것으로 허리가 뻐근함을 느끼고 있는 자신을 보며 새삼스러움을 느끼는 것이었다.

"나도 이곳 사람이 다 되었군… 후훗!"

말을 마친 뮤스는 이내 이불을 걷어내고선 몸을 일으켰다. 그리곤 아직 침대에 누워 잠을 자고 있는 카타리나를 바라보았는데, 새근새근 잠을 자고 있는 그녀의 모습이 더욱 사랑스럽게 느껴지는 중이었다. 그녀의 이마에 짧게 입을 맞춘 뮤스는 창으로 다가가 커튼을 양쪽으로 열었다. 그러자 아직 어둑한 기운이 역력한 팜구드 마을의 전경이 한눈에 들어오게 되었다. 반듯하게 열을 맞추어 지어진 목조 건물들이 길을 따라 늘어서 있었고, 창을 통해 불빛이 새어 나오고 있었는데, 어찌 본다면 초저녁인지 이른 새벽인지 구분이 되지 않을 광경이었다.

마을의 전경을 내려다보던 뮤스는 일행들이 일어날 때까지 시간이 제법 있다고 생각했다. 그래서 몸도 풀 겸 마을을 한번 둘러보기로 마음먹은 그는 카타리나가 햇살에 잠을 깨지 않도록 다시 커튼을 쳐주며 몸을 돌렸다. 대충 옷을 걸친 뮤스는 가방을 들고 조심스럽게 문을 열고 방을 나섰다.

건물 밖으로 나온 뮤스는 크게 심호흡을 한번 했다. 여름이었지만 새벽의 공기는 시원하기 그지없었고, 그 덕에 몸속의 온갖 탁한 기운이 씻겨져 나가는 듯했다.

"후우! 정말 개운한걸."

그리곤 좌우를 돌려보며 갈 곳을 정한 뮤스는 아직 마르지 않은 이슬이 깔려 있는 길을 걸어나가기 시작했다.

전뇌력이 공급되지 않는 작은 마을이었기에 일찍 문을 연 가게들은 등불로 불을 밝히고 있었다. 곳곳에서는 구수한 빵 굽는 냄새가 피어오르기 시작했고, 싱싱한 야채들과 훈제 처리한 고기들이 가게의 진열장에 오르고 있었다. 아침 식사를 준비하려는 사람들도 하나둘씩 가게 앞을 서성이는 중이었다. 전원적인 분위기의 마을을 둘러보던 뮤스는 자신도 모르게 입가에 미소를 그리고 있었다.

그러던 중 문득 허기가 짐을 느낀 뮤스는 가장 먼저 눈에 띈 빵집으로 걸어갔다. 그리곤 가방에 손을 넣어 동전 몇 개를 꺼낸 뮤스는 막 구워진 빵을 내놓고 있는 마음씨 좋아 보이는 아주머니를 향해 물었다.

"아주머니, 이 빵은 얼마죠?"

뮤스의 말을 들으며 그의 행색을 아래위로 살피던 아주머니는 밝게 웃으며 되물었다.

"처음 보는 젊은이인 것 같은데… 다른 곳에서 오셨나 보죠?"

"네, 라이델베르크에서 왔습니다."

"이런… 호호! 내 여동생이 라이델베르크로 시집을 갔죠. 요전에도 잘 지낸다고 연락이 왔는데, 얼마나 반갑던지… 아참! 그런데 빵은 얼마나 필요하죠?"

아주머니의 물음에 잠시 빵을 살펴보던 뮤스는 어차피 간단한 요기만 할 것이기에 그중 검은색의 크림이 얹어진 작은 빵을 하나 짚으며 대답했다.

"이것 하나면 되겠는데요?"

그의 말에 아주머니는 미소를 지으며 손을 내저었다.

"그건 쇼코브로트라는 빵이라고 하죠. 우리 가게 최고의 인기 상품인데, 그냥 하나 드릴 테니 맛이나 보세요. 내가 원래 잘생긴 총각만 보면 마음이 약해져서 말이야."

따뜻한 인심이 스며 있는 아주머니의 말에 잠시 갈등을 하던 뮤스는 이내 고개를 끄덕이며 빵을 집어 들었다.

"그렇게 말씀해 주시니 고맙게 먹겠습니다."

손에 든 빵을 한입 물자 아직 식지 않은 김이 피어오르고 있었고, 구수한 냄새가 코를 자극했다. 또 위에 얹어진 검은색의 크림은 입 안에서 달콤하게 녹아들어 맛을 더하고 있었는데, 처음 먹어본 빵의 기가 막힌 맛에 매료된 뮤스는 어린아이마냥 조금씩 아껴 먹으며 감탄사를 터뜨렸다.

"이것 참… 정말 맛있군요!"

"호홋! 원래 우리 집 빵이 이곳 팜구드에서도 맛있다고 소문이 나 있죠. 벌써 30년이나 빵을 만들고 있는데, 그 실력이 어디 가겠수?"

빵집의 아주머니와 함께 이런저런 대화를 나누며 빵을 먹고 있을 때, 한 여인이 가게로 다가와 아주머니에게 인사를 건넸다.

"안녕히 주무셨어요, 블룬 아주머니?"

그녀의 등장에 시선을 돌린 빵집의 아주머니는 따뜻한 웃음으로 그녀를 맞아주었다.

"어머, 케니언이구나. 오늘도 빵 사러 왔니?"

케니언이라는 이름에 귀가 솔깃해진 뮤스는 고개를 돌렸다. 그러자 아니나 다를까, 진한 갈색의 머리에 예쁘장하게 생긴 20대 여성의 모습이 눈에 들어왔는데, 어젯밤 식당의 옆 자리에서 아버지와 함께 있던 여성임을 알 수 있었다. 그녀는 진열되어 있는 빵을 몇 개 가리키며 말을 이었다.

"네. 호밀빵 두 개랑 쇼코브로트 다섯 개만 주세요."

"역시 오늘도 쇼코브로트는 빼놓지 않고 사는구나. 아버지 드리려는 거지?"

아주머니의 물음에 눈웃음을 지은 케니언은 나직한 한숨을 내쉬며 대답했다.

"후우… 아버지 몸을 생각하면 못 드시게 해야 하는데 워낙 좋아하시니 어쩔 수가 없죠. 젊었을 적부터 드시던 것이니……."

그녀의 이야기를 들으며 빵을 포장하던 아주머니는 종이로 만들어진 봉투를 건네주었다.

"여기 있단다. 5실피만 주렴."

"네, 여기 5실피 받으세요. 그럼 내일 또 뵐게요."

동전 몇 닢을 건네주며 빵 봉투를 전해 받은 케니언은 가볍게 인사를 건넸다. 그리곤 이내 몸을 돌리려 했는데, 어제의 일을 떠올린 뮤스는 대충 입을 닦아내며 그녀를 불렀다.

"저… 실례합니다."

뮤스의 부름에 의아한 표정으로 뒤를 돌아본 케니언은 고개를 갸웃거리며 대답했다.

"저를 부르신 것인가요?"

그녀의 되물음에 뮤스는 머슥한 표정을 지으며 머리를 긁적거렸다.

"그렇습니다. 케니언 양이라고 하셨나요?"

처음 보는 사람이 자신의 이름을 부르고 나서자 케니언은 의심스러운 얼굴을 하며 고개를 끄덕였다.

"맞습니다만, 저는 그쪽을 모르는데 어떻게 제 이름을 아시죠?"

뮤스는 충분히 그녀의 입장을 이해할 수 있었기에 가벼운 미소를 지으며 대답했다.

"방금 전 아주머니께서 부르신 이름도 들었고, 어제 식당에서 아가씨의 옆 자리에 앉아 있다 우연찮게 이름을 듣게 되었답니다."

잠시 생각을 되살려 보던 케니언은 뮤스의 아래위를 살피고 있었는데, 그녀의 얼굴에는 뮤스에 대한 경계가 역력히 나타나고 있었다.

"어제 식당이라면… 아… 그러셨군요. 그런데 제게 무슨 볼일이라도 있으신가요?"

이를 보며 뮤스는 그녀를 안심이라도 시키려는 듯 양손을 들어 보이며 대답했다.

"다른 뜻이 있는 것은 아니니 오해는 하지 말아주십시오. 그저 어제 식당에서 오가던 이야기를 듣자 하니 이 마을에 뭔가 문제가 있는 듯해서 드리는 말씀입니다. 괜찮으시다면 어제 오가던 이야기에 대해 자세히 들을 수 있을까 해서 말이죠. 물론 괜한 참견일 수도 있겠지만 가능하다면 도움이 되고 싶습니다."

뮤스가 최대한의 예의를 갖추어 말을 하자 그를 경계하던 케니언의 표정도 조금 풀리고 있었다. 하지만 그녀의 안색은 곧 어두워졌는데, 어제의 일 때문인 듯했다. 그리곤 조용한 목소리로 고개를 저으며 대답했다.

"말씀은 고맙지만, 팜구드의 일인만큼 타지에서 오신 분에게 도움을 받을 수는 없는 일이에요. 또 설령 내막을 아시게 된다 하더라도 개인의 힘으로 도와주실 수 있는 일이 아니랍니다. 그러니 그 마음만 감사히 받도록 하겠습니다."

자신의 의사를 간략히 밝힌 케니언은 뮤스에게 뭐라 말할 틈조차 주지 않고서 몸을 돌렸다. 그리고 자리에 남게 된 뮤스는 씁쓸한 미소를 지으며 혼잣말을 중얼거렸다.

"흠… 자존심이 강한 아가씨군. 분명 무슨 일이 있는 것 같은데……."

뮤스가 중얼거리고 있을 때, 빵집 아주머니는 케니언의 멀어져 가는 등을 바라보며 뮤스의 혼잣말에 대답이라도 하듯이 입을 열었다.

"케니언은 자존심이 강한 것이 아니에요. 남들을 대하는 것이 조금 서툴러서 그렇지. 그리고 젊은이가 그 일에 대해 알게 되면 곤경에 처할지도 모르니 케니언 나름대로 걱정을 해주는 것이죠."

의외의 대답을 해준 아주머니를 향해 시선을 돌린 뮤스는 얼굴을 들이밀며 물었다.

"아주머니도 그 일에 대해서 알고 계신 건가요?"

나직한 한숨을 내쉬며 볼을 붉적거린 아주머니는 주변을 살펴보며 조심스럽게 입을 열었다.

"아마도 내 생각이 맞다면 어제 젊은이가 들었다는 이야기가 그것에 관련된 이야기일 거예요."

"그것에 관련된 이야기라니요?"

"음… 이 마을 사람들 사이에서는 모두 쉬쉬하고 있는데, 공공연하게 거론되는 이야기죠. 하지만 마을 사람들 대부분이 외부로 그 일이 알려지는 것을 꺼려하고 있으니 젊은이가 그 일에 대해서 이야기를 듣기는 힘들 것 같군요."

"그렇다면 아주머니께서는 제게 말씀해 주시면 안 되겠습니까? 부탁드리겠습니다."

뮤스의 부탁에 빵집의 아주머니는 난색을 표하며 대답했다.

"이런… 나 역시 이 마을의 사람이라우. 솔직한 심정에서야 젊은이에게 말해 주고 싶지만, 앞으로도 평생 이곳에서 살아야 하니 어쩔 수가 없어요."

더 이상 묻는 것도 아주머니에게 실례라고 생각한 뮤스는 체념하는 표정을 지었고, 곧 미소를 보이며 말했다.

"아쉽지만, 어쩔 수 없죠. 그럼 빵 맛있게 얻어먹고 갑니다. 많이 파세요."

"흠, 젊은이 잠깐만 기다려 봐요."

빵집의 아주머니는 막 돌아서려는 뮤스의 발걸음을 잡았고, 잠시 갈등하는 표정을 짓더니 어깨를 으쓱거리며 왼쪽의 길을 가리키며 입을 열었다.

"이쪽으로 길을 따라가다 보면 가장 끝에 붉은 지붕을 가진 큰 집이 나타날 거요. 그곳이 케니언의 집인데, 케니언의 아버지를 만나게 된다면 직접 그 일에 대한 이야기를 들을 수 있을지도 모르니 한번 찾아가 보는 것도 괜찮을 것 같군요."

"아! 감사합니다, 아주머니."

아주머니의 말에 아쉬운 기색을 날려 버린 뮤스는 고개를 숙이며 고마움을 표했고, 잠시 진열장에 시선을 멈춘 뮤스는 자신이 먹던 쇼코브로트를 가리키며 말했다.

"남의 집을 방문하는데 맨손으로 갈 수는 없죠. 그분께서 이 빵을 좋아하신다고 하셨으니 이것 좀 적당히 싸주시겠습니까?"

"좋은 젊은이라고 생각은 했지만, 아주 예의 바른 젊은이군요. 그럼 조금만 기다리고 있어요! 막 구운 빵으로 싸드릴 테니."

따뜻하게 미소를 지은 아주머니는 빵을 꺼내오기 위해서 가게 안으로 몸을 돌렸고, 뮤스는 그녀가 가리켜 준 방향을 바라보며 찾아갈 집을 머리 속에 되새기고 있었다.

빵집의 아주머니에게 들은 대로 길을 따라간 뮤스는 상당한 규모의 저택 앞에 서게 되었다. 물론 그녀의 설명대로 붉은색의 지붕이었고, 길의 끝에 서 있는 저택임이 틀림없었다. 하지만 뮤스는 납득이 가지 않는다는 표정을 지으며 저택의 문 앞에 서 있었다.

"생각보다 훨씬 큰 집이군. 이런 큰 집에 사는 아가씨가 이른 아침부터 빵을 사러 나온다니… 그래도 이 집 외에는 붉은 지붕을 가진 곳이 없으니……."

혼잣말을 중얼거린 뮤스는 숨을 들이쉬며 저택의 나지막한 대문을 통과해 들어갔다.

아담하게 꾸며져 있는 정원을 통과한 뮤스는 나무의 결을 그대로 살린 문 앞에 서게 되었다. 밀 이삭의 모양을 한 특이한 종을 바라본 그는 그 아래쪽에 매달린 손잡이를 잡아당겼다. 그러자 금속으로 만들어져 있는 밀 이삭들이 살아 있는 듯 움직이기 시작하며 아름다운 소리가 흘러나오기 시작했다.

띠리리링… 띠리리링…….

뮤스가 난생처음 보는 모양의 종을 흥미롭게 살펴보고 있을 때 가벼운 마찰음과 함께 문이 열렸고, 수수한 면셔츠 위에 오래된 듯 거무튀튀한 색의 가죽 조끼를 걸치고 있는 중년인이 모습을 드러냈다. 그는 종이로 만든 빵 봉투를 들고 있는 뮤스를 아래위로 살피며 물었다.

"젊은이는 누구신가? 이 마을 사람은 아닌 것 같은데?"

중년인의 얼굴이 낯익음을 느낀 뮤스는 그의 이름을 기억해 내곤 고개를 숙이며 인사를 건넸다.

"라이델 베르크에서 온 뮤스 드라켄이라고 합니다. 만나뵙게 되어서 반갑습니다, 마고드 씨 되시죠?"

"흠… 내 이름이 마고드임은 틀림없네만, 나는 자네를 잘 모르겠군."

턱을 매만지며 기억을 떠올리던 마고드는 뮤스가 들고 있던 빵 봉투에 시선을 멈추며 눈에 이채를 떠올렸다.

"혹시 자네가 아침에 빵집에서 우리 딸애를 만났다는 젊은이인가?"

마고드가 직접적으로 물어오자 오히려 이야기를 꺼내기가 쉬워졌다고 생각한 뮤스는 미소를 지으며 대답했다.

"그렇습니다. 마고드 씨께 여쭈어보고 싶은 것이 있어서 빵집 아주머니께 물어 이곳까지 찾아오게 되었습니다."

"흠… 일단은 이렇게 찾아왔으니 들어오게나."

뮤스에게 안으로 들라는 손짓을 한 마고드는 몸을 돌렸고, 뮤스 역시 집 안을 살펴보며 들어갔다.

저택의 내부는 바깥에서 본 것보다 훨씬 넓어 보였다. 물론 실제 넓기도 했지만 가구가 많지 않았기 때문이었는데, 그나마 몇 가지 있는 가구들도 상당한 세월을 겪은 듯 색이 바래거나 칠이 벗겨진 곳이 군데군데 보이고 있었다.

소파를 지나쳐 방문 하나를 열어 보인 마고드는 아무런 거리낌도 없이 입을 열었다.

"시간이 이르니 아직 아침 식사를 하지 않았겠군? 기왕 우리 집에 찾아온 손님인데 식사 대접은 해야겠지?"

"그건……."

뮤스가 뭐라 말을 하려 할 때, 마고드는 고개를 가로저으며 그의 말을 가로막았다.

"남들만큼 진수성찬을 차려놓은 식사도 아니니 그렇게 부담 가질 것
은 없다네. 그저 아침 식사는 빵 몇 조각과 따뜻한 차 한 잔이 다일세."

"그렇게 말씀해 주신다면 감사할 따름입니다."

뮤스는 몇 마디의 대화를 통해 마고드의 직선적이지만 인정 많은 성
격을 느낄 수 있었고, 흔쾌히 그의 접대를 받아들이기로 한 것이었다.

식당으로 들어가자 앞치마를 두른 케니언을 볼 수 있었다. 그녀는
빵집에서 사온 빵을 작은 바구니에 담아 정리하고 있었고, 불 위에서는
찻물이 끓고 있었다. 그녀는 마고드의 기척을 느끼며 시선을 돌렸다.

"아버지 아침부터 누가 찾아온……."

질문을 던지는 도중에 뮤스의 얼굴에 시선이 닿은 그녀는 놀라며 말
을 이었다.

"아니, 당신은 아까 만났던… 분명 상관하실 일이 아니라고 말씀드
렸을 텐데, 저희 집까지 찾아오시다니 무례하군요."

달갑지 않은 그녀의 말에 뭐라 대꾸하려고 하자 마고드가 나서며 대
신 입을 열었다.

"후훗… 너의 말을 들었겠지만, 이 애비의 말은 듣지 못한 것이겠지.
이 젊은이는 내 손님인 듯하니 너는 잠자코 있거라. 그리고 준비하는
김에 이 젊은이의 아침도 좀 준비해 주렴."

마고드가 뮤스를 옹호하고 나서자 할 말이 없었던 그녀는 별수없이
고개를 끄덕였고, 뮤스는 마고드의 안내를 받으며 식탁에 앉았다.

잠시 후, 케니언은 세 개의 접시와 잔을 들고 식탁으로 다가왔다. 각
각의 접시에는 적당하게 잘려진 통밀빵이 놓여 있었고, 쇼코브로트가
두 개씩 놓여 있었는데, 유독 한 접시에는 한 개만이 놓여 있었다. 그
것을 보며 이마를 찌푸린 마고드는 불만 섞인 말투로 말했다.

"어째 그 접시에는 쇼코브로트가 한 개밖에 없느냐?"

그의 물음에 접시를 내려놓으며 찻잔에 차를 따르던 케니언은 어깨를 으쓱거리며 대답했다.

"미처 손님이 오실 줄 모르고 쇼코브로트를 다섯 개밖에 사오지 못했어요. 그래도 제가 하나만 먹으면 되니 괜찮아요."

"그러게 내가 평소에 많이 사놓으라고 말하지 않았니. 어차피 쇼코브로트는 시간이 흘러도 맛이 변하지 않으니 상관없지 않냐?"

케니언은 아이의 투정마냥 투덜거리고 있는 아버지를 바라보며 고개를 내저었다.

"적당히 사다 놓지 않으면 아버지가 시도때도 없이 다 드실 것이니까 그렇죠."

"흠… 쇼코브로트를 마음대로 먹을 정도의 재산은 가지고 있다고 생각하는구나."

나직한 한숨을 내쉰 케니언은 따뜻한 차를 한 모금 마시며 말했다.

"물론 아버지의 재산은 팜구드를 통틀어도 따라올 사람이 없을 만큼 많죠. 하지만 이건 돈을 떠나 아버지의 건강 문제란 말이에요. 몸이 약해지셔서 쇼콜라가 들어 있는 음식을 많이 먹으면 위험하다고요."

"내 몸은 누구보다 내가 더 잘 안다. 그리고 내가 먹고 싶은 것을 못 먹어가면서까지 조금 더 오래 살고 싶지는 않구나."

두 부녀의 티격거리는 대화를 듣고 있던 뮤스는 옆 자리에 내려놓은 빵 봉투를 그들을 향해 내밀며 끼어들었다.

"저 두 분 다 그만 하시죠. 작은 성의지만 제가 쇼코브로트를 사왔으니 이것을 나눠 드시면 될 것입니다."

뮤스의 목소리에 다투고 있던 부녀의 시선이 그의 얼굴에 고정이 되었고 각각의 반응을 보이고 있었는데, 케니언은 더욱 불만스러운 표정이었고, 마고드는 은근한 미소를 짓고 있었다.

"말씀은 고맙지만, 아버지의 몸 때문에 받을 수가 없겠군요. 가실 때 가지고……."

케니언이 뮤스의 선물을 사양하려 하자 마고드는 냉큼 빵 봉투를 잡아채며 말을 가로막았다.

"손님의 성의를 거절하면 되겠니? 이것 참. 깐깐한 딸 덕분에 좋아하는 것도 마음대로 먹지 못하고 있었는데 자네가 나의 갈증을 풀어주는군."

이로써 부녀 사이의 말다툼이 일단락되자, 조금 딱딱해 보이는 부녀 사이에 끼어 적응을 하지 못하고 있던 뮤스는 속으로 안도의 한숨을 내쉴 수 있었다.

쇼코브로트를 작은 조각으로 뜯어 입에 넣은 마고드는 맛을 음미하기라도 하듯이 살짝 눈을 감았고, 나직한 탄성을 지었다.

"으음! 과연… 먹을 때마다 탄성이 나오는 맛이라니까. 이 맛있는 것을 못 먹게 하다니 케니언, 네가 얼마나 잔인한지 알아야 할 게다."

하지만 케니언은 이러한 대화가 종종 일어나는지 별다른 대답을 하지는 않고 있었다. 그리고 뮤스를 바라본 마고드는 나직한 목소리로 물었다.

"그나저나 자네가 우리 마을의 일에 대해서 알고 싶어한다고 딸애에게 들었다네. 맞는가?"

뮤스는 대답 대신 고개를 끄덕였고, 그 모습을 보며 한숨을 내쉰 마고드는 말을 이었다.

"그렇다면 내가 이야기해 주도록 하지."

잠자코 식사를 하고 있던 케니언은 통밀빵 조각을 씹다 말고 마고드를 바라보며 말리려 했다.

"아버지! 외지의 사람이 그 일을 알게 되었다는 것이 갈리트 아저씨 형제들의 귀에 들어가게 된다면 가만히 있지 않을 거예요. 입을 막기 위해서 무슨 짓을 할지도……."

말끝을 흐리는 딸을 바라본 마고드는 담담한 얼굴로 대답했다.

"이 젊은이는 네게 거절을 당하고도 우리 집을 찾아오면서까지 그 일에 대해서 알고 싶어하지 않느냐? 성격을 보아하니 어차피 우리가 말해 주지 않더라도 어떻게든 그 일에 대해 알아낼 듯한데, 시간을 낭비할 필요는 없지."

그리고 뮤스를 향해 고개를 돌린 마고트는 담담한 표정이었지만, 불안을 감추지 못하는 듯 빵 조각을 잘게 뜯으며 이야기를 시작했다.

"자네도 알지 모르겠지만, 우리 팜고드 마을은 도이첸 제국에서 손에 꼽는 밀 생산지라네. 제국 전체에서 소비되는 밀 중 절반 정도가 이곳 팜고드에서 재배된 것이지. 그러니 규모만큼이나 밀을 판매하여 얻는 수익이 상상을 초월하고, 주요 밀 생산지인만큼 안정적인 밀 수급을 위해 황실에서도 세금을 적게 받으니 이곳 팜고드 마을은 자연스럽게 부촌이 될 수밖에 없었던 것일세. 물론 마을 사람들만으로는 일손이 부족하기 때문에 외부로부터 인력을 끌어오는 데 상당한 돈이 들긴 하지만, 그것도 수입에 비하면 극히 일부분일 뿐이지."

여기까지는 뮤스도 익히 알고 있었던 내용이었기에 가벼운 마음으로 들을 수 있었지만, 이어지는 내용은 마을의 속사정에 대한 이야기였기에 신경을 곤두세우며 들어야만 했다.

"그중에서도 땅을 가진 지주들의 수입과 재산은 가히 제국에서 내로

라하는 재벌들에게 비교해 보더라도 별 손색이 없는데, 지금에 와서는 겨우 여섯 명의 사람들이 전체 경작지를 나누어 소유하고 있는 것이지."

그의 이야기를 듣고 있던 뮤스는 조금 놀란 얼굴하며 되물었다.

"이 엄청난 규모의 경작지를 겨우 여섯 명이 나누어 가지고 있단 말입니까? 이해가 되지 않는군요. 경작지를 여섯 등분으로 나눈다 하더라도 개인의 재산으로 소유할 수 있는 면적이 아닙니다. 황실에서도 개인이 가질 수 있는 면적을 제한하고 있는 것으로 알고 있습니다만?"

뮤스의 물음에 새삼스럽다는 표정으로 머리를 긁적이며 웃은 마고드는 식탁을 두들기며 말했다.

"대체 언젯적 이야기를 하고 있는 건가? 이미 도이첸 제국은 20여 년 전부터 황실에서 개입하던 개인 토지 소유 규제가 풀렸다네. 황실에서도 대규모 자본을 이용한 일률적인 대량 재배가 훨씬 능률적이라고 보게 된 것이지. 그리고 그 결과물이 바로 이곳 팜구드 마을일세. 즉 소수의 지주들은 자신의 경작지를 효율적으로 관리하여 일정한 품질의 밀을 생산하도록 하는 것이지. 게다가 이곳의 지주들은 수대에 걸쳐 밀 농사를 전문적으로 해온 집안이기에 그 효율성을 황실에서도 인정하여 모든 권리를 지주들에게 일임한 것이라네."

뮤스는 대화를 통해 한동안 간과하고 있던 사실을 깨닫게 되었다. 바로 그라프에게 얻은 지식에 대한 것이었는데, 그가 은퇴를 한 이후에도 세상은 변하고 있었고, 자연스럽게 그의 지식도 과거의 것이 되어버린 것이었다. 그런 당연한 사실을 깨닫지 못하고 있던 것을 자책하고 있을 때, 근심 어린 표정으로 식사를 하고 있던 케니언이 입을 열었다.

"아버지 역시 그 여섯 명의 지주 중 한 분이시죠."

혼자만의 생각에 빠져 있던 뮤스는 케니언의 말이 믿기지 않는 듯 놀라며 되물었다.

"네? 마고드 씨가 이곳의 지주 중 한 분이시라고요?"

"사실이에요. 비록 아버지가 쓸데없는 곳에 돈 쓰기를 싫어하셔서 조금 볼품은 없지만, 이곳에서도 가장 넓은 면적을 소유하고 계신답니다. 그 때문에 마음 고생을 하고 계시지만요."

"마음 고생이라… 그렇다면 어제 그 일과 연관이 된 듯합니다만?"

뮤스가 어제의 이야기를 꺼내자 이마를 짚은 마고드가 씁쓸한 표정을 지으며 대신 대답했다.

"물질은 사람의 눈을 멀게 만든다네. 물질에 대한 사람의 욕구는 그 끝이 없고, 오히려 물질적 풍요를 누리는 사람일수록 그 욕구에서 쉽게 빠져나올 수가 없게 되는 것이지. 어제 우리와 함께 자리를 하고 있던 갈리트 형제들이 바로 그런 사람들이라네."

"아… 그 중년의 아저씨들을 말씀하는 것이군요. 대체 그 사람들이 마고드 씨께 무엇을 요구하는 것입니까?"

"뭐 쉽게 말하지면, 자신들의 뜻에 따라주길 바라는 것이지. 바로 수익을 늘리기 위해 팜구드 마을에서 생산되는 밀의 가격을 올리려고 하는 것일세."

"밀의 가격을 말입니까?"

되물어오는 뮤스의 말에 무거운 한숨을 내쉰 마고드는 과거를 떠올리며 말을 이었다.

"애초 수대에 걸쳐 갈리트 집안과 우리 집안은 팜고드의 밀 재배인으로서 절친한 사이였다네. 힘든 일이 있으면 서로 간의 상의를 통해 일을 해결하기도 하고, 농번기 때에는 인력을 서로 몰아주어 농사 일을 돕기도 했지. 물론 그런 집안의 분위기 때문에 갈리트 집안의 세 형제들과 나도 절친한 사이였다네. 하지만 그놈의 돈은 사람을 타락시켰지. 그들의 부모가 돌아가시자 세 형제들은 재산을 나누어 가지게 되었는데, 그렇게 나누어 가진 재산이 형제들의 욕심을 충족시키지 못한 게야. 그 이후로는 수단과 방법을 가리지 않고 재산을 늘리기 시작했고, 지금에 와서는 형제들이 이곳 밀 경작지의 반을 소유하게 되었다네. 그리고 더 이상 나와 나머지 두 지주들에게서 땅을 빼앗지 못하게 되자 이제는 다른 곳으로 눈을 돌린 것이지."

대략적인 마을의 뒷 이야기를 듣고 있던 뮤스는 침음성을 흘렸다.

"그들이 밀의 가격을 올려서 재산을 늘리려고 하는 것이군요. 그렇다면 다른 지주 분들도 모두 갈리트 형제들과 같은 생각인 것입니까?"

"그렇지는 않다네. 나머지 지주들도 나와 같이 밀 값을 인상하는 것에 거세게 반발했지만 결국은 갈리트 형제들의 협박에 생각을 굽힐 수밖에 없었지."

"협박이라면 이 마을의 치안을 맡고 있는 공직자들에게 말을 하면 되지 않습니까?"

마고드는 고개를 내저으며 혀를 찼다.

"쯔쯧… 갈리트 형제들이 그렇게 멍청하지는 않다네. 그들이 행사하는 것은 완력이 아니라 바로 물일세."

"물이라니요?"

뮤스의 되물음에 케니언을 바라본 마고드는 깨끗이 비운 접시를 건네주며 말했다.

"케니언, 식탁 정리 좀 간단히 하고, 마을 지도를 가져오거라."

아버지의 말에 고개를 끄덕인 케니언은 각자의 앞에 놓여 있던 찻잔과 접시를 모으며 식탁에서 일어났고 그것들을 물에 담궈놓은 후 식당 밖으로 나갔다. 그리고 그녀가 지도를 가지고 오는 동안 마고드는 몇 마디의 이야기를 덧붙였다.

"물이 농사에 끼치는 영향이 얼마나 중대한지는 자네도 알고 있을 것일세. 애초 이곳 팜구드 마을은 가뭄이 심한 곳이기 때문에 농작물 생산에 적합하지 않은 곳이었다네. 하지만 그 당시 정착할 곳을 찾고 계셨던 선조들께서는 이 넓은 땅이 황무지로 버려지는 것을 아까워하셨기에 북쪽의 류하크 강에서부터 경작지까지 이르는 수로를 십여 년에 걸쳐 건설하셨고, 그 덕에 지금의 비옥한 토지를 만들 수 있었던 것일세."

여기까지 이야기를 마쳤을 때 케니언은 가죽으로 된 지도를 가져와 마고드에게 건네주었고, 그는 접혀 있던 지도를 펼쳐 보이며 말을 이었다.

"이 지도를 잘 보게나. 방금 설명을 했듯이 수로는 북쪽으로부터 마을까지 이어져 있다네. 그리고 색깔별로 경작지가 나뉘어져 있는데, 북쪽의 빨강, 주황, 노란색의 경작지가 갈리트 형제의 땅이고, 그 바로 아래 보라, 파랑, 초록색이 경작지가 나머지 세 명의 경작지일세. 가장 오른쪽의 초록색 경작지가 바로 내 땅이지."

마고드의 설명대로 지도를 살펴보던 뮤스는 어제 팜구드 마을에 들어서며 켈트가 했던 이야기를 떠올릴 수 있었는데, 유독 밀이 메말라 보이는 그곳이 바로 마고드의 경작지였던 것이다. 그리고 갈리트 형제의 경작지를 통과하고 있는 수로에서 시선을 멈춘 그는 나직한 목소리로 입을 열었다.

"그랬던 것이군요. 수로가 갈리트 형제의 경작지를 통과해서 나머지 지주들의 경작지로 들어오고 있으니 만약 갈리트 형제들이 이 수로를 막는다면, 아래쪽에 있는 경작지들은……."

"메말라 버리는 것이지."

잠시 이 상황에 대해서 생각을 해보던 뮤스는 인상을 찌푸렸다.

"게다가 수로를 막는다고 해도 도이첸 제국의 법적으로는 아무런 문제가 없겠군요. 이런 경우에는 자연적으로 만들어진 수로가 아니니 수로가 자신의 땅에 속해 있는 만큼 그 어떤 행동을 한다고 해도 법은 그것을 제재할 수 없으니까요. 교묘하게 법의 구멍을 이용해 이런 짓을 하고 있군요."

뮤스의 말에 고개를 끄덕이던 마고드는 의외라는 표정을 지었다.

"자네, 보기보다는 아는 것이 상당하구먼. 게다가 갈리트 형제들은 마을에서의 영향력이 상당해서 외부인들에게는 이러한 사실들이 알려지지 않도록 감시를 하는 데다가 몇몇 고관들에게까지 뇌물을 주고 입을 막고 있는 상태이지. 또 설령 외부로 알려진다고 하더라도 황실에서 법을 수정하기까지는 엄청나게 복잡한 절차가 필요하다고 하더군. 족히 몇 년은 걸린다고 하니 법이 수정될 때까지 농사를 포기하고 지낼 수도 없는 일일세. 한마디로 어떻게 손을 쓸 방도가 없는 것이지. 나머지 지주들을 최대한 설득하는 수밖에……."

"그렇다 하더라도 나머지 지주들이 마고드 씨의 설득을 들어줄 확률도 희박하겠군요. 자신들의 경작지로 통하는 수로를 막아버린다면 그 손해가 막심할 테니까요."

"자네의 말대로 그들이 내 말을 들어주기는 힘들겠지만 아무런 손도 써보지 않고 그들의 요구에 동의할 수는 없네. 팜구드에서 출하되는 밀의 가격이 오르게 된다면 타 지역에서 출하되는 밀의 가격도 따라서 오르게 되는 것은 불 보듯 뻔하고, 그렇게 된다면 넉넉하지 못한 제국 전역의 서민층들이 가장 큰 타격을 받게 되는 것일세. 황실에서 밀 가격 인상에 대해서 조사를 나오긴 하겠지만, 서류를 조작해 농사에 드는 비용이 증가했다는 것을 확인시킨다면 아무런 뒷탈도 없는 것이지. 자고로 농부는 사람들의 주린 배를 채워주는 아버지와 같은 존재일세. 그런 사람들이 자신의 위치를 잊고 사리사욕에 눈이 멀어 이런 일을 저지르려고 하니 정녕 부끄러울 따름일세.”

뮤스는 마고드의 이야기를 듣는 와중에서도 지도에서 시선을 떼지 못하고 있었다. 그의 눈은 쉴 새 없이 지형을 살피고 있는 것이었다. 지도의 여러 곳을 손으로 찍어보던 뮤스는 눈을 빛내며 물었다.

“이곳은 일년에 비가 몇 차례나 옵니까?”

돌연한 물음에 마고드는 손을 꼽아 세어보며 대답했다.

“대략적으로 10회 내외 정도일세. 다른 지역에 비하면 한참이나 모자라는 수치이지. 게다가 비는 내리는 족족 땅으로 스며들기 때문에 반나절을 못 가서 비가 내린 흔적조차 찾아볼 수 없다네.”

“반나절이라고 하셨습니까?”

뮤스의 되물음에 마고드는 머리를 긁적이며 고개를 끄덕였다.

“사실일세. 그런 이유로 마고드 마을의 땅을 자우겐엘데라고 부른다네. 흡수하는 땅이라는 뜻이지.”

“그렇다면 식수는 어떻게 공급받는 것이죠? 우물을 파거나 하는 것은 아니겠죠?”

마고드와 뮤스의 대화를 듣고 있던 케니언은 그의 질문에 피식 웃으며 손을 내저어 보였다.

“지금까지 뭘 들었나요? 이곳에서 지하 수맥이 발견되었다면 우리가 농업 용수 걱정을 할 리가 있을까요? 10멜리까지 파보았지만 우물은커녕 물의 흔적도 찾을 수 없었죠. 그래서 경작지로 흘러가는 수로의 물의 일부분을 마을에서 공급받고 있는 실정이에요. 갈리트 아저씨들도 마을에서 살고 있으니 식수까지는 손을 대지 않는 것이죠.”

마고드의 대답에 의미심장한 미소를 지어 보인 뮤스는 식탁을 짚으며 몸을 일으켰다. 그리곤 지도 위를 두들기며 말했다.

“세상의 존재하는 그 어떠한 물질도 아무런 이유 없이 사라지지는 않습니다. 즉 빗물이 지하로 스며들었음에도 불구하고 지하 수맥이 없다는 것은 아직 그 빗물들이 지하의 어딘가에 존재하고 있다는 말이 되는 것이죠.”

뮤스의 말에 마고드는 믿기지 않은 표정을 지었다.

“그런… 10멜리씩이나 파내려 갔지만, 우리는 수맥을 발견할 수 없었다네. 그런데 그 빗물들이 어디에 있다는 것인가?”

“바로 지층 아래겠죠.”

“지층?”

마고드의 되물음에 뭐라고 대답을 하려던 뮤스는 나직한 한숨을 내쉬며 말을 돌렸다.

“어차피 지금은 말로 설명해 드린다 하더라도 이해하시기 힘드실 테니 나중에 말씀드리도록 하죠. 제가 오후쯤 동료들과 함께 찾아오도록 할 테니 마고드 씨의 경작지까지 안내해 주시겠습니까?”

“그것은 어렵지 않네만 무엇을 할 작정인가?”

“제 생각이 맞다면 몇 년 동안은 충분히 사용할 농업 용수를 확보할 수 있으실 것입니다. 그럼 오후에 뵙도록 하고 이만 가보겠습니다.”

가벼운 대답과 함께 몸을 돌린 뮤스는 식당 밖으로 걸음을 옮겼고, 그의 말을 이해할 수 없었던 두 부녀는 서로의 얼굴을 바라보며 고개를 갸웃거릴 뿐이었다.

93장 탄성파 탐사

다행스럽게 마고드의 집이 숙소와 멀지 않은 곳이었기에 뮤스는 금세 숙소로 돌아올 수 있었다. 라이델베르크였다면 이제 막 사람들이 잠자리에서 일어날 시간이었기에 카타리나는 아직도 잠을 자고 있었고, 드워프들과 벌쿤 역시 일어난 기미를 보이지 않고 있었다. 이제 카타리나와 일행들을 깨워야겠다고 생각한 뮤스는 커튼과 창을 활짝 열어 햇빛이 잘 들게 만들었다. 그 햇살을 받은 카타리나는 눈이 부신지 이마를 찡그리며 중얼거렸다.

"으음… 뮤스, 벌써 아침이야?"

그녀의 물음에 침대의 한쪽으로 다가가 걸터앉은 뮤스는 헝클어진 머리를 넘겨주며 대답했다.

"후훗. 어제 먼 길을 오느라 피곤했던 모양이네? 어차피 하루 더 머물러야 할 것 같은데 조금 더 잘래?"

아직 눈도 채 뜨지 못한 카타리나는 힘겹게 고개를 끄덕였다.

"응… 미안하지만 조금 더 자야겠는걸?"

"그럼 그렇게 하도록 해. 나는 드워프 아저씨들이랑 벌쿤을 깨우러 갈게."

"우웅… 나중에 봐, 뮤스… 하암……."

잠에 겨워하며 하품을 하고 있는 카타리나를 향해 미소를 한번 지어 준 뮤스는 빠른 걸음으로 드워프들의 방으로 움직였다.

드워프들의 방에 도착한 뮤스는 문이 잠겨 있지 않을 것임을 알고 있었기에 서슴없이 방문을 열어젖혔다.

덜컹!

문이 열리자 뮤스 시야에 두 개의 침대가 들어오고 있었다. 그중 하나는 벌쿤이 독차지한 채 늘어져 자는 중이었고, 네 명의 드워프들은 나머지 하나의 침대를 사용하고 있었다. 드워프들은 별다른 불편함을 느끼지 못하는 듯했는데, 키가 워낙 작았기에 침대를 가로로 사용하고 있었기 때문이다.

조금 이상해 보이는 방 안의 풍경을 뒤로한 뮤스는 그들을 깨우기 위해 침대 가까이로 다가갔다. 그리곤 잠시 생각을 해보던 뮤스는 회심의 미소를 지어 보이며 침대보를 잡아 힘차게 당겼다.

"여차!"

그와 동시에 드워프들과 벌쿤의 아래 깔려 있던 침대보가 끌려 나오면서 그들의 몸을 핑그르르 돌렸고, 순식간에 모두를 침대 밖으로 떨어뜨릴 수 있었다.

꾸다탕탕!

"으아아악! 뭐, 뭐야!"

“지진이라도 난 거유? 갑자기 땅이 뒤집혀 버리다니!”

아직 정신을 차리지 못한 듯 허우적거리고 있는 드워프들과 벌쿤을 내려다보고 있던 뮤스는 유쾌한 웃음을 터뜨리며 외쳤다.

“자자! 급히 해야 할 일이 생겼으니까 모두들 일어나세요! 어서 식사하고 일하러 가야 한다고요!”

드워프들이 그의 목소리를 듣고 엉거주춤 일어나기 시작하자 뮤스는 한 명씩 팔을 부축해 주며 일으켜 나갔고, 무슨 영문인지 모르고 있던 켈트는 눈을 부비며 물었다.

“으… 졸려 죽겠는데 아침부터 대체 무슨 일인 게냐? 조금만 더 자면 안 되겠냐?”

하지만 드워프들과는 달리 벌쿤은 아침잠이 많은 편이 아니었기에 금세 정신을 차리며 기지개를 켰다.

“으아! 잘 잤다! 그런데 아침부터 무슨 할 일이 있다는 거야? 설마 잠꼬대를 하고 있는 것은 아니겠지?”

“식당에서 이야기해 줄 테니 대충 씻기나 하라고. 그럼 먼저 내려가 있을 테니 어서 와! 아저씨들도 서두르세요!”

“알았다고… 알았어.”

방문을 나서고 있는 뮤스를 향해 손을 휘휘 내저은 벌쿤은 목을 이리저리 돌려보며 세면대로 걸어갔고, 다른 드워프들 역시 비틀거리며 그의 뒤를 따랐다.

이미 마을 사람들은 식사를 마쳤을 시간이었기에 식당 내부에는 뮤스 일행 이외에는 아무도 없었다. 그들은 아침 식사임에도 불구하고 상당한 양의 빵을 쌓아놓고선 대화를 나누는 중이었는데, 드워프들의 식욕은 시간과 장소를 가리지 않는 듯했다.

"흠… 그런 일이 있었던 것이군. 그렇다면 간단하게 넘어갈 수 있는 문제가 아닌 것 같은데 어찌할 참이냐? 설사 수로를 다시 뚫으려고 하더라도 최고한 몇 년을 걸릴 터인데……."

뮤스를 통해 마고드와 이 마을에서 일어난 일에 대해서 모두 들은 켈트는 빵 조각을 하나 입에 넣으며 자못 심각한 표정으로 되물었고, 다른 드워프들과 벌쿤 역시 턱을 괸 채 고개를 끄덕이고 있었다. 그들의 맞은편에 앉아 금속 막대들을 만지작거리고 있던 뮤스는 그것들 중 하나를 내밀어 보이며 대답했다.

"이것을 이용해서 이곳 경작지의 지층을 조사해 볼 생각이에요."

그의 말에 벌쿤은 볼을 긁적이며 물었다.

"그건 광역통신기에 사용하는 전파축이잖아. 그것으로 뭘 어쩌겠다는 거야?"

또다시 완성된 전파축 하나를 옆으로 내려놓은 뮤스는 계속해서 전파축을 만들며 입을 열었다.

"이 전파축은 조금 개조가 된 것이지. 즉 주변의 진동을 흡수하여 일정한 신호로 나타내 주는 기능을 하게 되는데, 이것으로 지층의 형태를 알아볼 참이야."

"지층이라면 땅속을 말하는 것 같은데, 파보지도 않고 땅속이 어떻게 생겼는지 알 수 있다고?"

"자세한 것은 나중에 말해 주도록 할게. 아참! 그리고 아저씨들은 시추 작업을 해야 할 것 같은데 지금 준비할 수 있겠어요?"

뮤스의 물음에 머리를 긁적이며 생각을 해보던 브라이덴은 어깨를 으쓱거리며 대답했다.

"뭐, 전뇌거를 용도 변경하면 임시적으로 '금광석 시추'가 가능하긴 하지만, 그리 깊이 파고들어 갈 수는 없을 게다. 기껏해 봐야 20멜리 정도 될까?"

"그 정도면 충분할 것 같군요. 그럼 서둘러 식사를 하도록 하세요."

뮤스의 말에 어깨를 들썩인 브라이덴은 나직한 한숨을 내쉬며 말했다.

"헤휴… 최소한 식사를 할 시간 정도는 넉넉히 달라고. 시추 작업이 여간 내기가 아닐 텐데 든든히 배는 채워야 할 것 아니냐?"

불만 섞인 목소리에 피식 웃은 뮤스는 옆에 쌓아놓았던 전파축들을 챙겨 들며 자리에서 일어났다.

"아침 식사라도 하게 해드린 걸 감사하게 생각하세요. 마음 같아서는 아저씨들이 일어나자마자 일을 시작하고 싶었다고요. 그리고 벌쿤은 나랑 같이 해야 할 일이 있으니까 우리 전뇌거를 타도록 해. 알겠지?"

"으응."

입 안 가득 빵을 머금고 있던 벌쿤은 고개를 끄덕이며 대답했고, 뮤스는 가벼운 발걸음으로 식당을 빠져나왔다.

밖으로 나온 뮤스는 식당 앞의 길에 세워져 있는 전뇌거로 다가가 손에 든 전파축을 대충 짐칸에 실은 그는 허리춤에 매달린 가방에 손을 넣으며 중얼거렸다.

"화약을 만들어놓은 것이 있었던가?"

가방 속을 뒤적이던 뮤스는 이내 작은 종이 봉투를 꺼내었다. 수분이 들어가지 못하도록 기름을 먹인 종이 봉투의 안을 살펴보던 뮤스는 고개를 끄덕였고, 전뇌거의 짐칸에 실려 있는 다른 장비들을 하나씩 살피기 시작했다.

*　　　*　　　*

　마고드는 창을 통해 하늘을 바라보고 있었다. 그는 해의 위치를 보고 시간을 가늠해 보고 있는 것이었다. 물론 경제적인 여건이 마땅치 않아 마나 시계를 사지 못하는 것은 아니었다. 그저 농사일을 주로 하는 이런 마을에서는 정확한 시간을 따질 필요성이 없었던 것이고, 그러한 이유로 근검한 마고드가 마나 시계를 구입할 이유도 없었던 것이었다. 창에서 시선을 뗀 마고드는 나무로 조잡하게 깎아 만든 옷걸이에서 오래된 갈색의 외투를 집어 들었다.

　"흠… 지금쯤 그 젊은이가 올 때가 된 것 같군."

　마고드가 외투를 걸치고 있을 때, 소파에 앉아 뜨개질을 하고 있던 케니언은 잠시 손을 멈추며 말했다.

　"아버지는 정말 그 뮤스라는 사람을 믿고 계신 거예요? 솔직히 말하자면 저는 그 사람에게 믿음이 가지 않아요. 경작지로 이어진 수로가 끊어진 마당에 어디서 그 많은 양의 농업 용수를 가지고 온다는 것인지… 아버지도 너무 기대는 하지 않으시는 게 좋을 거예요. 기대를 해봤자 결국 상처를 받는 것은 아버지일 테니까요."

　외투를 모두 걸친 마고드는 딸의 맞은편에 앉으며 가볍게 웃었다.

　"후훗… 설령 그 젊은이의 말이 거짓이라고 해도 아무렴 어떻겠니. 아무것도 할 수 없는 지금 일말의 희망을 가질 수 있다는 것이 중요한 것이란다. 나중에 실망하는 일이 있더라도 희망을 쉽게 버려서는 안 되는 것이야."

마고드는 젊은 나이답지 않게 어두운 딸의 얼굴을 바라보며 말을 이었다.

"그리고 이제 너는 네 인생에만 신경을 쓰거라. 갈리트 형제들과 불미스러운 일을 겪어온 지난 몇 년 동안 유일하게 후회하는 일이 있다면 나의 고집 때문에 너까지 마음 고생을 하게 된 것이란다. 정말 네가 걱정하는 모습은 보고 싶지 않았건만… 누누이 말했지만 이 일은 아비의 일이니 너는 더 이상 신경 쓰지 않았으면 좋겠구나."

그의 말에 뜨개질바늘을 내려놓은 케니언은 흥분한 목소리로 말했다.

"아버지의 일이 바로 제 일이에요! 그런 것이 가족이 아닌가요? 설마 저를 딸이라고 생각하시지 않는 것은 아니시겠죠?"

상기되어 있는 케니언의 얼굴을 따뜻한 시선으로 바라보던 마고드는 고개를 내으며 입을 열었다.

"설마 그럴 리가 있겠느냐. 비록 피가 섞이지는 않았지만 누가 뭐라고 해도 너는 내 딸이란다. 유일한 나의 가족이지… 내가 곧 죽더라도 그것만은 변하지 않는 사실일 게다."

"죽는다는 이야기는 왜 하시는 거예요, 아버지! 아버지는 앞으로도 몇십 년은 더 사실 것이라고요!"

떨리는 목소리로 말하고 있는 케니언의 눈가는 촉촉이 젖어 있었다. 하지만 눈물을 보이지 않으려는 듯 소매로 재빨리 눈물을 훔친 그녀는 원래의 딱딱한 표정을 되찾으며 말을 이었다.

"몸에 해로우니 햇빛을 너무 많이 받지 마세요. 그리고 너무 늦지도 마시고요."

비록 잔정은 없지만 자신을 위해주는 딸의 마음을 알고 있었던 마고드는 가슴 뭉클함을 느낄 수 있었다. 하지만 그는 애써 강한 척하고 있는 딸을 위해 평소와 같이 털털한 목소리로 대답해 주었다.

"녀석! 이 아비가 서너 살 먹은 어린애도 아니고 나갈 때마다 그 소리를 하는구나. 이제는 네 목소리가 귀에 박혔는지 밖에서도 그 소리가 들리더군."

마고드가 마음에도 없는 말로 케니언에게 투덜거리고 있을 때 집 밖으로부터 전뇌거의 소리와 함께 뮤스의 목소리가 들려오고 있었다.

"마고드 씨! 준비 다 되셨으면 나오십시오!"

그 소리에 고개를 잠시 창 쪽으로 돌렸던 마고드는 시선을 떼며 딸의 어깨를 두드려 주었다.

"그럼 다녀오도록 하마. 저녁이나 맛있게 만들어놓고 기다리고 있거라."

말을 마친 그는 대답을 듣지도 않은 채 걸음을 옮겼고, 케니언은 문 밖으로 나가는 아버지의 뒷모습을 바라보며 나직한 목소리로 중얼거렸다.

"주신이시여⋯ 오늘도 부디 아버지께 아무런 일이 없기를 간절히 기도하나이다⋯⋯."

몰래 기도를 드리는 케니언의 두 손은 그녀의 간절함을 대신 보여주기라도 하듯 굳게 쥐어져 있었다.

집 밖으로 나온 마고드는 길가에 서 있는 두 대의 전뇌거를 볼 수 있었는데 전뇌거에 시선을 고정시킨 마고드는 의아한 표정을 짓고 있었다. 뮤스가 타고 있는 전뇌거는 보통의 전뇌거와 별반 다를 것이 없는 모양을 한 것이었지만, 뒤쪽의 전뇌거는 전혀 다른 모양을 하고 있었기 때문이다.

"마고드 씨, 이쪽으로 타세요!"

"아, 알겠네!"

뮤스의 부름에 정신을 차린 마고드는 뮤스의 전뇌거 쪽으로 다가가 뒷자리에 올라탔다. 그리고 실내를 한번 살펴보던 마고드는 나직한 탄성을 터뜨리며 입을 열었다.

"흐음! 나도 일할 때 쓰는 라이노가 있지만 내부가 완전히 다르군 그래. 겉모습이 비슷하길래 같은 기종인 줄로만 알았는데… 이것이 신형인가 보지?"

마고드의 물음에 뮤스의 옆 자리에 앉아 있던 벌쿤이 웃으며 대답해 주었다.

"처음 뵙겠습니다, 마고드 씨. 벌쿤이라고 부르세요. 이 전뇌거는 신형이 아니라 공학원에서 특별 제작된 전뇌거랍니다. 쓰임새에 따라 용도 변경을 할 수 있도록 고안되어 있는데, 동력기를 비롯한 모든 부품과 탑재되어 있는 장비가 찰탁식이기 때문에 부품과 장비의 재조립을 통해 필요한 용도로 변환하여 쓸 수가 있죠. 한마디로 움직이는 거대한 공구통이라고 할 수 있겠군요."

비록 마고드는 벌쿤의 이야기를 모두 이해할 수는 없었지만 대략적인 설명만으로도 이 전뇌거가 대단한 것임을 깨달을 수 있었고, 곧 드워프들이 타고 있는 기이한 모양의 전뇌거를 가리키며 되물었다.

"그렇다면 저 뒤에 있는 전뇌거도 이것과 같은 전뇌거란 말인가?"

"하핫! 이해가 빠르시군요. 원래 저 뒤에 있는 전뇌거 역시 이것과 같은 모양이었죠. 하지만 곧 시추 작업을 해야 하기 때문에 그에 적합한 형태로 재조립한 것입니다."

"허허… 이런 전뇌거 한 대 있으면 농사일도 훨씬 쉬워질 것 같군. 땅을 갈거나 씨를 뿌리도록 그 용도 변경이라는 것을 할 수도 있을 것 아닌가?"

마고드의 상상력에 가볍게 웃은 뮤스는 고개를 끄덕이며 대답했다.

"훗! 물론 그것도 가능할 것 같군요. 다목적 농기구라……."

마고드가 신기한 듯 전뇌거를 이리저리 살펴보고 있을 때 동력기의 진동이 전해져 왔고, 뮤스는 전뇌거를 천천히 몰아 나가기 시작했다.

따뜻하게 불어오는 바람을 타고 황금빛으로 익은 밀 이삭들이 흥겨운 모습으로 몸을 움직이고 있었다. 지평선까지 이어진 듯 끝조차 보이지 않는 밀밭은 보는 이로 하여금 자연스럽게 탄성을 내뱉게 만들 정도로 광활했고, 일정한 크기로 반듯하게 정리되어 있는 밀밭은 마치 자를 대고 금을 그어놓은 듯한 모습이었다.

여름의 태양이 하늘의 한가운데에서 내리쬐고 있을 무렵 밀밭 사이로 나 있는 반듯한 길로 두 대의 전뇌거가 먼지를 일으키며 달리고 있었다. 선두에 달리고 있는 전뇌거는 보통의 전뇌거와 그 모습이 다를 바가 없었지만 그 뒤를 따르는 전뇌거는 특이한 모습을 하고 있었는데, 차체가 짧아졌을 뿐만 아니라 전뇌거의 중심부에는 굵직한 금속 기둥이 하늘을 향해 뻗어 있었다.

이들은 바로 팜구드 마을을 떠나 마고드의 경작지로 향하는 뮤스 일행들이었는데, 뮤스와 벌쿤은 멀리서 보던 것과는 또 다른 감흥을 주고 있는 밀밭에 시선을 빼앗긴 채 입을 다물지 못하고 있는 중이었다. 전뇌거를 운전하며 눈앞에 펼쳐진 끝없는 밀밭을 구경하던 뮤스는 연신 탄성을 내뱉으며 말했다.

"정말이지 장관이라고밖에 설명을 할 수가 없겠군요. 짐작은 했었지만 이렇게 엄청난 면적이었을 줄이야……."

벌쿤 역시 고개를 끄덕이며 뮤스의 말에 동의하고 있었다.

"정말 끝이 없는걸요? 금방 수확한 햇밀로 빵을 만들면 정말 맛있겠어요!"

그들의 반응에 아무런 말도 하지 않은 마고드는 그저 어두운 안색으로 창밖에 비친 밀밭을 바라보고 있을 뿐이었다. 그렇게 한참 동안 밖을 바라보던 그는 멀리서부터 다가오는 둑을 가리키며 입을 열었다.

"이곳까지는 다른 지주들의 경작지이고, 저 둑에서부터는 나의 경작지라네."

쓸쓸함이 담긴 목소리를 들은 뮤스는 그가 가리킨 곳으로 눈을 돌렸다. 그곳에는 초록의 풀로 덮여 있는 둑이 좌우로 길게 이어져 있었는데, 비록 눈으로 볼 수는 있었지만 상당한 거리임을 알 수 있었다. 그리고 앞으로 뻗어 있는 길의 모양을 유심히 살펴보던 뮤스는 살짝 뒤를 돌아보며 물었다.

"그렇다면 2켈리 정도는 더 가야겠군요. 마고드 씨의 경작지까지 길이 일직선으로 뻗어 있습니까?"

"물론일세. 팜구드의 경작지는 관리에 수월하도록 체스판 모양을 하고 있다네. 그러니 모든 길은 직선으로 나 있는 것이지."

마고드의 대답에 고개를 끄덕인 뮤스는 천천히 전뇌거를 세웠다. 그러자 뒤를 따라오던 드워프들의 전뇌거 역시 따라 멈추었고, 뒷자리에 앉아 있는 벌쿤을 돌아본 뮤스는 짐칸을 가리키며 말했다.

"마고드 씨와 나는 먼저 가 있을 테니 벌쿤 너는 지금부터 드워프 아저씨들의 전뇌거를 함께 타고 100멜리 간격으로 전파축을 땅에 심으면서 따라와 줘. 깊이는 30셀리씩 일정하게 심어야 해.”

아무런 생각 없이 밀밭 구경에 정신이 팔려 있던 벌쿤은 뮤스의 말에 인상을 찌푸리며 대답했다.

“뭐?! 100멜리마다 내려서 전파축을 심으라고? 2켈리라면 20개씩이나 심어야 한다는 말이야?”

하지만 벌쿤의 칭얼거림에 마음이 약해질 뮤스도 아니었지만 오히려 장난스러운 표정을 지으며 고개를 내저었다.

“아니. 경작지에도 최소한 5켈리쯤 더 심어야 하니 총 70개를 심어야겠군. 후훗! 부탁한다, 벌쿤!”

“뭐 70개라고?! 너무하잖아! 드워프 아저씨들도 조용히 시키는 대로 하지는 않을 거야!”

“잔소리 말고 어서 내리기나 해. 드워프 아저씨들이야 나중에 포르코타 한 병 구해다 준다고 하면 잠잠해질 테니 걱정하지 않아도 돼. 전파축은 짐칸에 있으니 내려서 꺼내어 가도록 하라고.”

“하지만 이건…….”

아직도 벌쿤이 불만을 감추지 못하자 뮤스는 급히 몸을 움직이며 전뇌거의 뒷문을 열고 벌쿤을 힘껏 전뇌거 밖으로 밀어냈는데, 방심하고 있던 벌쿤은 산만한 덩치가 무색하게 아무런 저항도 하지 못한 채 전뇌거 밖으로 떠밀려 버리고 말았다.

“으아악! 떨어진다!”

쿵!

결국 볼썽사납게 전뇌거 밖으로 떨어진 벌쿤은 몸에 묻은 먼지를 털어내며 재빨리 몸을 일으켰고, 한껏 볼을 부풀린 그는 어쩔 수 없이 짐칸에 쌓여 있는 전파축을 꺼내 들며 투덜거렸다.

"아무튼 지금은 마고드 씨 때문에 참는데, 나중에 두고 보자고! 드워프 아저씨들도 그깟 술 한 병에 잠자코 있지는 않을 거야!"

그러나 뮤스는 전혀 개의치 않고 벌쿤을 향해 손을 흔들어주었다.

"그럼 수고해라! 잠시 후에 보자고!"

짧게 말을 마친 뮤스는 도망치기라도 하듯이 재빨리 전뇌거를 몰아 사라졌고, 그 자리에는 뿌연 먼지와 벌쿤만이 남게 되었다. 멀리 달아나고 있는 전뇌거의 꽁무니를 바라본 벌쿤은 콧방귀를 끼며 혼잣말을 중얼거렸다.

"쳇! 따라온다는 걸 순순히 받아줄 때 알아봤어야 했다니까. 다음부터 어디 가는 데 따라가나 봐라!"

벌쿤이 이번 여행에 동참한 것을 후회하고 있을 때 등 뒤로부터 켈트의 목소리가 들려왔다.

"벌쿤! 대체 무슨 일인 게냐? 갑자기 전뇌거에서 떨어져 버리다니!"

그의 물음에 어깨를 으쓱거린 벌쿤은 전파축을 한번 수습하며 몸을 돌렸다.

"형이 이걸 100멜리마다 하나씩 심으면서 따라오래요!"

그리고 드워프들의 전뇌거 가까이로 다가간 벌쿤은 전파축 하나를 신경질적으로 땅에 박아 넣은 후 허리춤에 걸린 망치를 꺼내 그 위를 두들겨 주었다. 그렇게 하여 전파축의 깊이를 적당히 맞춘 벌쿤은 허리를 펴며 전뇌거의 뒷문을 신경질적으로 열어젖혔다.

"보셨죠? 이런 식으로 70개나 심어야 한다고요!"

마침 뒷좌석에 타고 있던 레딘은 눈을 동그랗게 떴고, 자신의 귀를 의심하며 되물었다.

"뭐라고? 한두 개도 아니고 70개씩이나 심어야 한다는 말이냐? 이런 황당한 일이 있나!"

성격이 불 같은 레딘이 벌쿤의 예상에 따라 적절한 반응을 보이기 시작하자 벌쿤이 만족해하며 맞장구를 치기 시작했다.

"그렇다니까요! 부탁한다고 말만 남기고서 무책임하기 짝이 없는 뮤스 형은 도망쳐 버렸다구요!"

전뇌거의 운전석에서 몸을 돌린 자세로 벌쿤의 이야기를 듣고 있던 켈트는 턱을 매만지며 인상을 찌푸렸다.

"흠… 이번 일은 뮤스가 너무한 것 같군. 그런 일이라면 전뇌거가 두 대인만큼 거리를 나누어서 반씩 하는 편이 좋을 텐데 우리에게 일임을 하다니… 아무래도 나중에 한마디 해줘야겠는걸?"

켈트의 말에 옆 좌석에 앉아 팔짱을 끼며 기분 상한 표정을 짓고 있던 브라이덴까지 거들고 나섰다.

"공학원의 일이라면 아무 말 하지 않겠지만 어디까지나 이 일은 뮤스가 개인적인 감정으로 시작한 일인데, 우리에게 이런 잔일까지 시키려 하는 것은 그냥 넘어갈 수 없는 일인 것 같수! 형님이 뭐라고 한마디 해주는 것이 옳다고 생각하우."

이제 든든한 후원자들까지 등에 업게 되어 기고만장해진 벌쿤은 내친김에 그들의 마음을 확실히 얻고자 한마디 더 던졌다.

"그것뿐인 줄 아세요? 제가 아저씨들이 가만히 있지 않을 것이라고 그랬더니 글쎄… 나중에 포르코타 한 병만 주면 아무 일도 없을 거라고 하더군요! 아저씨들을 우습게 봐도 유분수지, 겨우 그런 술 한 병으로 아저씨들을 어찌할 수 있을 것이라 생각하고 있더라고요!"

하지만 이 말이 벌쿤의 결정적인 실수가 되어버렸는데, 아니나 다를까, 포르코타란 말에 잠자코 대화를 듣고만 있던 블뤼안은 눈을 치켜뜨며 되물었다.

"정말 뮤스가 나중에 포르코타를 준다고 그랬단 말이냐?"

"네! 정말이라니까요!"

아직 블뤼안의 속내를 눈치 채지 못한 벌쿤은 그의 되물음에 자신의 가슴을 치며 확신했고, 형제들의 얼굴을 잠시 살피던 블뤼안은 헛기침을 몇 번 하며 형제들을 향해 입을 열었다.

"흠! 흠! 뭐 70개 정도면 그리 어렵지는 않을 것 같은걸? 걸어서 7켈리를 가는 것도 아니고, 전뇌거를 타고 가면서 심는 것인데 뭐가 그리 어렵겠수."

생각지도 않게 블뤼안이 배신을 해버리자 황당함을 느낀 벌쿤은 그를 설득하려 입을 열었다.

"지금 무슨 소리를 하시는 거예요! 설마 포르코타 한 병에 넘어가신 건 아니시겠죠? 아무리 그 술이 좋다지만 아저씨들도 자존심이라는 것이 있을 것 아니에요!"

블뤼안은 대답하기 껄끄러웠는지 애써 벌쿤의 시선을 피했고, 이번에는 브라이덴이 말을 더듬으며 입을 열었다.

"그, 그렇게 생각해 보니 블뤼안의 말도 일리가 있는 것 같기도 하군. 또 우리가 뮤스 덕에 얻은 것이 얼마나 많은데 그 정도 부탁도 못 들어주어서야 되겠나?"

이어 가장 먼저 화를 내던 레딘 역시 수염을 쓰다듬으며 말했다.

"게다가 어차피 벌쿤이 내려서 전파축을 심을 테니 우리가 해야 할 일은 없는 것 같은걸? 허헛! 물론 절대 포르코타에 눈이 멀어서 하는 이야기는 아니라고!"

다른 드워프들은 레딘의 말을 기다렸다는 듯이 입을 맞추어 외쳤다.

"그야 물론이지! 우리가 설마 포르코타 한 병에 눈이 멀었겠어?"

벌쿤은 믿고 있던 드워프들에게 배신을 당하자 울상을 지을 수밖에 없었고, 결국은 마지막 남은 희망인 켈트를 향해 애원의 눈빛을 보냈다. 하지만 켈트 역시 드워프인 이상 형제들과 다를 바 없었는데, 입가에 흐르는 침을 소매로 재빨리 닦으며 외쳤다.

"흐흘… 자네들의 생각도 내 생각과 다를 바가 없군 그래! 그럼 어서 출발하자고!"

켈트의 반응에 넋이 나간 벌쿤은 어깨를 축 늘어뜨렸고, 기대에 가득 찬 미소를 짓고 있던 레딘이 그의 팔을 잡아당겨 전뇌거로 끌어 올리자 드워프들과 벌쿤을 태운 전뇌거는 그 어느 때보다 힘차게 달리기 시작했다.

전뇌거의 뒷좌석에 앉아 있던 마고드는 창을 통해 멀어지고 있는 벌쿤을 바라보고 있었다. 그의 허탈한 표정을 유심히 살피던 마고드는 몸을 바로하며 걱정스러운 목소리로 뮤스를 향해 물었다.

"일행에게 그렇게 대해도 되는 것인가? 저 벌쿤이라는 청년 기분이 상당히 나쁠 것 같구먼."

마고드의 말에 거울을 통해 벌쿤의 모습을 바라본 뮤스는 가벼운 웃음을 터뜨리며 대답했다.

"후훗! 그런 걱정이라면 안 하셔도 될 것입니다. 벌쿤은 제 동생인걸요. 원래 형제들 사이에서는 작은 다툼이 일어나기 마련이니까요."

"하긴… 나이 차이가 얼마 나지 않는 형제들은 작은 의견 차이로 곧잘 다투기도 하는 것이니까."

사실 뮤스가 벌쿤과 남이라는 생각을 가지고 있었다면 그는 벌쿤에게 그런 잡다한 일을 시키지는 않았을 것이고, 벌쿤 역시 뮤스를 형이라 생각하지 않았다면 예의 때문에서라도 아무 말 없이 시키는 대로 했을 것이다. 하지만 그는 이제 벌쿤을 친동생으로 생각하고 있었기에 서슴없이 대할 수 있었던 것이고, 벌쿤 역시 뮤스를 친형으로 생각하고 있었기에 거리낌없이 동생으로서의 투정을 부릴 수 있었던 것이다.

경작지 사이로 난 작은 길인만큼 길 상태가 좋지 않았지만 2켈리란 거리는 전뇌거를 타고선 그리 먼 거리가 아니었기에 뮤스와 마고드는 금세 경작지를 나누는 둑에 다다르고 있었다. 점차 둑의 모습이 크게 다가오고 있었는데 높이는 1멜리가량으로 그리 높지는 않았고, 길이 이어지는 곳에는 왕래를 위해 길 정도의 폭을 가진 통로가 뚫려 있었다.

둑에 가까워질수록 마고드의 표정은 점차 일그러지기 시작했다. 애초 다른 사람의 경작지를 가득 채운 잘 익은 밀 이삭들을 보고 있을 때부터 그리 밝은 표정이 아니었지만, 지금은 남이 보더라도 금세 심기가 좋지 않음을 알아차릴 수 있을 정도였다. 거울을 통해 마고드의 얼굴을 살피던 뮤스는 고개를 갸웃거리며 물었다.

"어디 불편한 데라도 있으십니까?"

하지만 마고드는 고개를 가로저을 뿐 아무런 대답도 하지 않았고, 전뇌거는 어느새 둑을 통과하여 마고드의 경작지에 들어서고 있었다.

시선을 다시 정면으로 돌린 뮤스는 얼떨떨한 표정을 짓기 시작했다. 방금 전까지만 해도 탐스러운 황금색으로 빛나던 세상이 회뿌연 회색으로 변해 버렸기 때문인데, 이맘때쯤 하늘을 향해 고개를 들고 있어야 할 밀 이삭이 생기를 잃은 모습으로 땅을 향해 있었고, 잎사귀들은 말라 군데군데 회색으로 변해 있었던 것이다. 뮤스는 이 참담한 광경을 훑어보며 침음성을 흘리기 시작했다.

"이런… 완전히 메말라 버렸군요."

그의 말에 무거운 한숨을 내쉰 마고드는 지나쳐 가는 자신의 경작지를 둘러보며 입을 열었다.

"밀밭에 마지막으로 물을 댄 것이 3개월 전일세. 그때가 밀 재배에 가장 중요한 시기인데 아무것도 하지 못한 채 방치할 수밖에 없었으니 당연한 결과라네. 그나마 밀이라는 것이 척박한 환경에 적응하는 능력이 뛰어나 이나마도 견디고 있는 것이지 다른 품종이었다면 벌써부터 포기했을 것이야."

"그래서 그렇게 표정이 좋지 않으셨군요. 잘은 모르겠지만 대충은 그 심정을 이해할 수 있을 것 같습니다."

"이곳에서 한평생을 보낸 나에게 있어서 밀은 자식들이나 다름없는 것일세. 내 손으로 키우는 동안 나에게 고뇌를 주기도 하고, 기쁨을 주기도 했다네. 결국은 나를 뿌듯하게 하며 다른 곳으로 시집을 가게 되지. 그야말로 내 자식이 아닌가? 그런 자식들이 지금 목말라 죽어가고 있는데, 내 마음이 어찌 편안하겠나. 하루에도 몇 번씩이나 이곳을 둘러보러 오지만 그때마다 가슴이 찢어질 것 같다네."

그리곤 주먹을 굳게 쥐며 말을 이었다.

"하지만 그 갈리트 형제들에게 의지를 꺾일 수는 없는 일일세. 지금이야 나 한 사람의 마음만 아픈 것으로 전부이지만, 그들의 뜻대로 밀 가격이 폭등하게 된다면 그렇지 않아도 형편이 어려운 수많은 사람들을 더욱 힘들게 만드는 것일세. 그것만은 막자는 것이 내 마지막 욕심이라네."

마고드의 이야기를 듣던 뮤스는 그의 생각에 마음속으로 박수를 쳐

주고 있었고, 전뇌거는 계속해서 황량하게 변해가고 있는 밀밭 사이를 지나며 목적지로 향하고 있었다.

뮤스와 마고드를 태운 전뇌거는 십여 분을 더 달려 5켈리가량 떨어진 곳에 멈추어 섰다. 그리고 전뇌거에서 내린 뮤스는 짐칸에 실려 있던 검은색의 기기를 꺼내었고 주변을 한번 둘러보며 입을 열었다.

"이쯤에서 탄성파 탐사를 하면 되겠군요."

그의 곁으로 다가온 마고드는 처음 보는 기기를 이리저리 둘러보며 물었다.

"탄성파 탐사라는 것이 무엇인가? 그리고 이건 어디에 쓰는 물건이지?"

마고드가 물어오자 몸을 낮춘 뮤스는 기기를 분해하기 시작하며 대략적인 설명을 해주었다.

"탄성파 탐사란 인공적으로 발생한 탄성파를 사용해서 지하의 구조를 추정하는 방법이죠. 굴절파와 반사파, 그리고 표면파 등의 다양한 파동을 이용해서 지반의 탄성파 속도 구조를 해석하는 것입니다."

기기의 내부에서 복잡한 모양을 하고 있는 얇은 판을 꺼내 보인 뮤스는 그것을 유심히 살펴보며 말을 이었다.

"이것은 원래 광역통신기의 단말기라는 것인데, 이 전뇌기판을 조금 손보면 탄성파 해석기로 쓸 수가 있답니다."

잠시 설명을 이어 나가던 뮤스는 잠잠한 마고드의 반응에 이상함을 느끼며 그를 올려다보았다. 마고드는 멀뚱한 표정을 지으며 고개를 갸웃거리고 있었는데, 분명 뮤스의 이야기를 전혀 이해하지 못했음이 확실해 보였다. 쑥스러운 얼굴을 한 마고드는 머리를 긁적이며 입을 열었다.

"조금만 더 간단하게 설명할 수는 없겠나? 평생 농사만 짓고 살던 무식쟁이라서 그런지 도무지 무슨 말인지 알아들을 수가 없구먼."

"아… 제가 실수를 한 것 같군요. 누구나 쉽게 이해할 수 있는 성질의 이야기가 아니니 개의치 마세요. 간단하게 말하자면, 이 기기를 이용해서 땅속에 무엇이 있는지 알아볼 수 있다는 것입니다. 물론 땅속에 물이 있는지 없는지도 알아낼 수 있다는 것이죠."

그제야 이해할 수 있었던 마고드는 무릎을 쳤고, 자못 놀라는 표정을 지으며 되물었다.

"아니! 땅을 파보지도 않고 땅속에 물이 있는지 없는지 알 수 있다는 겐가?"

"후훗, 그렇답니다. 저는 잠시 광역통신기를 손볼 테니 마고드 씨는 전뇌거에 있는 삽으로 땅을 조금만 파주시겠습니까? 드워프 아저씨들과 벌쿤이 도착할 때쯤이면 단말기를 개조하는 것도 완료될 것 같군요."

"땅 파는 일이라면 평생 해온 일인데 그쯤 못해주겠는가! 얼마나 파야 하지?"

"대충 50셀리 정도만 파주시면 됩니다."

"50셀리라. 그 정도야 금방 팔 수 있으니 조금만 기다리게나."

자신있는 목소리로 대답한 마고드는 전뇌거의 짐칸으로 걸어가 손에 맞는 삽을 골라 들었고 적당한 장소를 찾아 땅을 파기 시작했는데, 과연 능숙하게 삽을 놀리는 모습이 한두 해 해본 솜씨가 아니었다.

시간이 조금 흐르자 멀리서부터 전뇌거의 소리가 들려오기 시작했다. 그 소리가 드워프들과 벌쿤이 타고 있는 전뇌거임을 알 수 있었던 뮤스는 때마침 작업을 마칠 수 있었기에 기기를 조립하며 몸을 일으켰고 마고드 역시 땅 파는 일을 모두 끝냈는지 삽으로 땅을 짚으며 뮤스에게 다가왔다.

"땅은 충분히 팠다네. 이제 무엇을 하면 되겠는가?"

벌쿤이 전파축을 하나씩 심으며 다가오고 있는 모습을 보고 있던 뮤스는 마고드에게 시선을 돌리며 대답했다.

"아! 수고하셨습니다. 이제 마고드 씨께서 하실 일은 없는 것 같군요. 지금부터는 그저 지켜만 보시면 되죠. 전파축이 다 심어질 때까지 기다려야겠군요. 후훗! 벌쿤 녀석이 힘이 좋아서 그런지 생각보다 빨리 끝나겠는걸요."

"그리고 보니 벌쿤이라는 청년의 몸이 참으로 좋군. 근육이 고루 발달한 것 같은데. 험한 일을 많이 한 것 같아."

마고드의 말에 뮤스는 실소를 터뜨릴 수밖에 없었지만 가사 일로 단련된 몸이라고 말해 주기는 꺼림칙했기에 아무런 말도 하지 않았다.

땅땅땅!

그로부터 다섯 개의 전파축을 더 심은 벌쿤은 시위라도 하듯이 뮤스의 발 앞에 마지막 전파축을 꽂아 넣었다. 그리고 매번 그랬듯이 망치로 알맞은 깊이로 박아 넣은 그는 보란 듯이 어깨를 펴며 말했다.

"이제 내가 할 만큼은 모두 했으니 이제 아무것도 안 할 거라고! 에구, 허리야!"

벌쿤의 엄살에 뮤스는 어깨를 두들겨 주며 대답했다.

"후훗! 더 이상 네가 할 일도 없으니 걱정 마라. 아무튼 힘든 일 한다고 수고했어."

벌쿤에 이어 재빨리 전뇌거에서 내린 드워프들은 뮤스의 앞으로 달려오며 기대가 가득 담긴 표정을 지었고, 켈트가 대표로 나서며 물었다.

"허헛! 벌쿤에게 듣자 하니 네가 우리에게 포르코타를 준다고 했다던데 사실이냐? 껄껄! 뭐 겨우 이런 일로 그런 귀한 것을 준다고 하니 받기가 미안하긴 하지만, 애써 사양하지는 않도록 하지!"

그의 형제들도 켈트의 생각과 같은지 당연하다는 듯 고개를 끄덕였고, 뮤스는 자신의 예상과 한 치 어긋남도 없는 드워프들의 반응을 보며 나직한 한숨을 내쉬었다.

"후우… 물론 사실이에요. 하지만 포르코타는 돌아가서 드리도록 할 테니, 이제 본격적으로 일을 시작하도록 하자고요."

벌쿤의 이야기가 사실임을 확인한 켈트와 드워프들은 잔뜩 기합 들어간 모습이었다.

"자자! 이제 우리가 해야 할 일이 무엇이냐? 뭐든 말만 하거라. 땅 끝까지라도 뚫어줄 테니까!"

드워프들의 반응에 미소를 지은 뮤스는 미리 준비해 놓은 화약을 꺼내며 드워프들을 향해 말했다.

"아저씨들은 나중에 시추 작업만 하시면 되니 그렇게 몸에 힘을 넣지 않아도 괜찮아요. 그리고 지금은 두꺼운 철판 하나를 저쪽에 파놓은 땅의 바닥에 깔아주시겠어요?"

그의 부탁에 자신들의 전뇌거로 걸어간 레딘은 짐칸을 잠시 뒤적거리더니 두께가 3셀리가량 되는 철판을 하나 꺼내어 들며 물었다.

"이 정도면 되겠냐?"

"네! 바닥에 최대한 접하도록 반듯하게 깔아야 해요."

레딘은 가볍게 고개를 끄덕이며 마고드가 파놓은 구덩이로 뛰어들었는데, 50셀리밖에 되지 않는 깊이였지만 워낙에 키가 작은 드워프들이었기에 상체만이 땅 위로 올라와 있었다. 철판을 바닥에 내려놓은 레딘은 그 위에서 발을 몇 번 구르며 고정시켰고, 더 이상 철판이 움직이지 않자 바둥거리며 구덩이에서 빠져나오기 시작했다. 그런 레딘을 바라보던 켈트는 볼을 긁적이며 뮤스에게 물었다.

"아무리 봐도 도대체 뭘 하려는 것인지 짐작조차 가지 않는군. 이제는 설명을 해줄 때가 된 것이 아니냐?"

그사이 화약을 점화할 때 사용할 심지를 만드는 중이었던 뮤스는 잠시 손을 멈추었고, 일렬로 심어져 있는 전파축을 가리키며 드워프들과 벌쿤을 위해 미루어왔던 설명을 해주기 시작했다.

"지금부터 탄성파 탐사라는 방법으로 지층 구조를 알아볼 생각이에요. 마고드 씨에게는 간단하게 설명을 했지만, 보다 자세히 설명을 드리도록 하죠. 탄성파 탐사는 인공적으로 탄성파를 일으켜 그에 의해 생성된 굴절파나 반사파, 표면파 등의 다양한 파동을 이용하여 지반의 탄성파 속도 구조를 해석하는 방법을 말하는 것이에요. 보통 암석의 일부분에서 갑작스러운 교란 또는 변위를 일으키면 이 변위는 원점으로부터 바깥쪽으로 구면의 형태로 전파되는데, 이것이 상당히 먼 거리까지도 전달된다는 원리를 이용한 것이죠. 그렇게 생성된 파동을 감지하는 데 바로 벌쿤이 심어놓은 전파축이 이용되는 것이에요. 원래의 전파축은 공중의 전파와 지층을 타고 흐르는 전파를 잡아내는 기능을 가지고 있었지만, 지금은 약간의 개조를 했기 때문에 지층을 타고 흐르는 탄성파에 의해 생성된 파동들을 감지하게 되죠."

잠시 말을 멈춘 뮤스는 자신의 발 아래 놓여 있는 광역통신기의 단말기를 두들기며 말을 이었다.

"그 후 전파축들은 자신들이 감지한 파동들의 수치를 공중파를 통해 여기 있는 광역통신기의 단말 장치로 보내주게 되는데, 이 단말 장치는 그 파동들의 수치를 일정한 관계식에 따라 계산하여 지하의 구조를 유추할 수 있도록 해준답니다."

길어진 뮤스의 설명을 듣고 있던 벌쿤은 머리를 부여잡으며 휘청거렸고, 켈트를 비롯한 드워프들 역시 벙찐 표정으로 뮤스를 바라볼 뿐이었다. 문득 켈트는 새끼손가락으로 귀를 몇 번 파며 물었다.

"지금까지 네가 한 말이 도이첸 제국어가 맞는 것이냐? 이해하기는 커녕 알아들은 말이 오히려 더 적은 듯한걸?"

마고드와 별반 다를 것이 없는 일행들의 반응을 살피던 뮤스는 아직 그들이 탄성파 탐사의 모든 원리를 이해하기에는 무리가 있다고 생각하였기에 고개를 내저으며 말했다.

"아무래도 설명이 너무 어려웠나 보군요. 그렇다면 자세한 설명은 다음으로 미루도록 하고 직접 해보도록 하죠. 한번 보는 것이 백 번 듣는 것보다 낫다는 말도 있으니까요."

"허헛! 맞는 말이야. 그러는 편이 좋을 것 같군."

켈트를 향해 빙그레 미소를 지어준 뮤스는 심지를 마저 말았고, 손에 들린 화약 종이에 꽂아 넣으며 마고드가 파놓은 구덩이로 뛰어내렸다. 잠시 철판의 고정 상태를 직접 확인해 본 뮤스는 만족한 표정을 지으며 그 위에 화약 봉투를 내려놓았다. 그리고 조심스럽게 심지를 풀어내며 구덩이 밖으로 걸어나온 그는 옆에 쌓여 있는 흙더미를 직접 밀어 넣으며 말했다.

"지금 넣어놓은 화약이 폭발하게 되면 아래쪽에 깔린 철판에 큰 충격을 주게 되는데 일종의 인공적인 지진이라고 생각하시면 됩니다. 그곳으로부터 탄성파가 발생하게 되어 지반을 타고 멀리 퍼지게 되는 것이죠."

대충 흙을 밀어 넣은 뮤스는 그 위를 대충 밟아주었고, 상태를 한번 확인한 뮤스는 심지를 길게 늘어뜨려 내려놓았다. 그리고 뇌공력을 끌어올려 손으로 불꽃을 튀기도록 만든 그는 일행들을 향해 외쳤다.

"귀를 꽉 막고 전뇌거 뒤로 몸을 피하도록 하세요!"

그의 외침에 잠시 우물쭈물하던 일행들과 마고드는 서둘러 전뇌거 뒤로 몸을 숨겼고, 빼꼼이 고개를 내밀어 뮤스를 바라보았다. 이제 일행들이 안전한 곳으로 피했다고 생각한 뮤스는 손으로 심지를 점화시키는 동시에 전뇌거 쪽으로 달려왔고, 귀를 막으며 전뇌거 뒤로 몸을 숨겼다. 그리고 열을 세기도 전에 화약을 묻어놓았던 곳의 흙이 솟아오르며 지축을 흔드는 굉음이 터지기 시작했다.

콰과쾅!!

생전 처음 듣는 폭발음에 크게 놀란 드워프들은 눈을 질끈 감으며 자신도 모르게 몸을 움츠렸고, 벌쿤과 마고드 역시 겁먹은 표정으로 그 자리에 주저앉아 버렸다.

푸드드득…….

흙 뭉치가 바닥과 전뇌거 위로 떨어지는 소리를 마지막으로 폭발이 끝났다. 매캐한 화약 냄새와 함께 먼지가 밀려들자 뮤스는 귀를 막고 있던 손을 떼며 눈앞으로 날리는 먼지를 밀어내었고, 고개를 내저으며 혼잣말을 중얼거렸다.

"역시 고밀도 화약이라서 그런지 생각보다 폭발력이 크군."

그리고 아직도 긴장한 모습으로 귀를 막고 있는 일행들을 발견한 뮤스는 가볍게 웃으며 한 명씩 몸을 일으켜 주었다.

"이제 폭발은 다 끝났으니 안전해요."

하지만 그들은 뮤스의 말을 듣지 못한 듯 고집스럽게 귀를 막고 있었는데, 그도 그럴 것이 귀를 막고 있었으니 뮤스의 말을 제대로 들을 수 없었기 때문이다. 결국 뮤스가 직접 그들의 귀에서 손을 빼내고 나서야 폭발이 끝났음을 알게 되었고, 벌쿤은 놀란 가슴을 진정시키며 물었다.

"후우… 정말 세상이 뒤집히는 줄 알았다고! 공학원에서 화약 실험을 몇 번 해봤지만 이 정도는 아니었던 것 같은데 어떻게 된 거야?"

"고밀도 화약이라서 그래. 일반 화약의 여섯 배나 되는 폭발력을 내는 화약이지. 그럼 이제 확인해 볼까?"

간단하게 대답해 준 뮤스는 벌쿤의 어깨를 두들겨 주며 먼지가 잔뜩 쌓인 광역통신기의 단말기로 걸어갔고 드워프들과 마고드 역시 그의 뒤를 따르기 시작했는데, 아직도 불안한 듯 조심스러운 발걸음이었다.

단말기 앞에 앉은 뮤스는 가방에서 깨끗한 종이와 끝이 뾰족하게 깎여 있는 흑연을 꺼내며 입을 열었다.

"다들 화약이 폭발했을 때 진동을 느끼셨죠? 바로 전파축들은 그때 생긴 파동을 감지하는 역할을 하게 되는 거예요. 그리고 그 파동을 기억해 두었다가 이 단말기에서 요구할 때 송신해 주는 것이죠. 마지막으로 전파축에서 보내는 모든 파동을 수집한 단말기는 몸체의 작은 등을 점멸시켜 사람이 알아볼 수 있도록 일정한 약속대로 표시하게 되는데 그것을 읽어내는 것입니다."

설명을 마친 뮤스는 단말기에 있는 버튼을 눌렀다. 그러자 바깥쪽에 부착되어진 십여 개의 작은 등이 점멸하기 시작했는데, 점멸하는 등을 향해 시선을 고정시킨 뮤스는 마치 그 신호들을 읽어내기라도 하듯이 빠른 속도로 준비된 종이에 기록해 나갔다.

벌쿤과 드워프들은 점멸등만 보고서 신호의 내용을 읽어 내려가는 뮤스를 귀신 바라보듯이 했고, 마고드는 무슨 일인지도 잘 몰랐기에 눈만 끔뻑거리고 있을 뿐이었다. 벌쿤은 뮤스의 옆으로 다가가 그가 적고 있는 종이를 유심히 바라보며 물었다.

"대체 어떻게 등의 깜빡임만으로 내용을 알 수 있는 거야?"

"이 열 개의 작은 등은 신호의 내용에 따라 점멸하는 속도가 다르게 나타나는 것이고 그 속도를 계산해서 수치로 나타내는 것뿐이니 그리 어려운 일이 아니지."

자신의 물음에 대답하면서도 하는 일을 멈추지 않는 뮤스를 보며 벌쿤은 혀를 내둘렀다.

"말이 쉽지 그게 가능한 일이란 말이야? 열 개의 점멸등을 동시에 보고서 해석하는 게 인간이 할 수 있는 일이냔 말이야!"

벌쿤이 놀라움이 섞인 비명성을 지르기 시작할 때 뮤스의 손은 멈춰졌고 그사이 뮤스가 들고 있던 종이는 알지 못할 수치로 빼곡히 차 있었다. 일행들을 향해 그 종이를 흔들어 보인 뮤스는 미소를 지으며 작은 나뭇가지 하나를 집어 들며 말했다.

"이제 이 수치들을 참조해서 표를 이런 식으로 그리면 땅속의 형태가 나타나게 되는 것이죠."

말을 마친 뮤스는 종이에 적힌 수치를 꼼꼼히 살피며 바닥에 표를 그려 나가기 시작했고 몇 겹의 물결 무늬를 가진 표의 모습이 조금씩 드러나기 시작했는데, 그것을 보고 있던 마고드는 입맛을 다시며 말했다.

"쩝. 마치 여러 겹으로 만들어진 케이크를 보는 것 같군."

"사실 땅은 여러 겹의 지층으로 이루어진 것이니 마고드 씨의 말씀대로 케이크 모양이라고 생각한다면 이해가 쉽겠군요. 층마다 다른 성분과 밀도를 가지고 있는 점도 케이크와 유사하니까요."

여러 가지 빗금으로 나뉘어진 구역을 보기 좋게 표시하는 것으로 마무리를 한 뮤스는 손을 털며 웃었다.

"이제 완성이 됐어요! 표를 설명해 드릴 테니 모두 모여보세요."

뮤스의 말에 호기심 어린 얼굴을 한 일행들은 땅 위에 넓게 그려놓은 표의 주변으로 모여들어 자리를 잡았고, 뮤스는 설명을 해주기 위해 몸을 낮추었다. 드워프들, 벌쿤, 그리고 마고드의 얼굴을 한 번씩 살핀 뮤스는 자신이 그려놓은 표의 군데군데를 짚으며 입을 열기 시작했다.

"이 표는 탄성파 탐사를 통해서 얻은 수치로 지하의 구조를 나타낸 것입니다. 각각 빗금이 다른 부분은 성분이 다른 지층임을 나타내는 것이죠. 그리고 이곳! 세 겹으로 덮여 있는 지층의 아래쪽, 즉 지하 18멜리가량이 되는 지점에 아무런 빗금도 쳐지지 않은 곳이 있습니다. 바로 이곳은 비어 있다는 말이 되는 것이죠."

뮤스의 설명에 눈을 둥글게 뜬 켈트가 걱정스러운 모습으로 자신이 서 있는 자리를 둘러보며 되물었다.

"뭐라고? 이 땅의 속이 비어 있다는 말이냐? 설마 무너질 가능성이 있는 것은 아니겠지?"

"후훗! 지진이 일어나지 않는 한 무너지는 일은 없을 거예요. 사람이 뛰거나 걸어다니는 행동을 땅의 입장에서 본다면, 사람의 팔 위로 개미가 기어다니는 것보다 훨씬 미약한 것일 테니까요."

그의 말을 들은 켈트는 괜한 걱정에 쑥스러운 듯 머리를 긁적거렸다. 뮤스와 켈트의 이야기를 듣고만 있던 마고드가 끼어들며 물었다.

“한데, 이 표가 물과는 무슨 관계가 있다는 말인가?”

몸을 일으킨 뮤스는 마고드의 경작지를 넓게 둘러보며 말했다.

“이 표를 보면 팜구드의 지하는 상당 부분이 비어 있다는 것을 알 수 있습니다. 그 비어 있는 면적은 마고드 씨의 경작지 면적의 수배에 달하는 것으로 추정할 수 있죠. 만약 그 지하의 비어 있는 공간에 물이 가득 차 있다면 어떻겠습니까?”

“무, 물이 가득 차 있다고?”

마고드의 되물음에 뮤스는 고개를 끄덕이며 이해를 돕기 위해 말을 이었다.

“그렇습니다. 이 부근에서 땅으로 스며든 빗물은 모두 지하의 비어 있는 공간으로 흘러들게 되는데, 완전 밀폐된 모양을 하고 있기 때문에 공기 중으로 증발되거나 외부로 유출되지도 않은 채 지금까지 스며든 모든 빗물들이 그 공간에 저장되어 있는 것입니다. 대충 짐작해 보더라도 저장되어 있는 물의 양은 엄청날 것 같군요. 적어도 수백 년간 모은 빗물들이니까요.”

“그, 그럴 수가.”

믿기지 않는다는 듯한 마고드의 얼굴을 살피며 미소를 지은 뮤스는 자신의 이야기에 대한 증거를 보여주기 위해 잠시 땅에 그려져 있는 표를 살피더니 이내 드워프들을 향해 말했다.

“지금부터 아저씨들이 해주셔야 할 일이에요. 여기서부터 5켈리 떨어진 곳이라… 둑 근처군요. 둑 주변의 지층이 가장 얇으니 그곳에서 시추 작업을 해주세요. 전체적으로 지반이 약한 곳이라 시추 작업을 하기에는 한층 수월할 거예요.”

켈트는 뮤스의 말에 고개를 끄덕여 보였고 전뇌거에 올라타며 형제들을 향해 외쳤다.

"자, 들었지? 이제 우리가 솜씨를 보여야 할 시간일세! 다들 가자고! 최소한 포르코타 값은 해야 하지 않겠나?"

포르코타라는 말에 기운이 불끈 솟은 드워프들은 앞 다투어 전뇌거에 올랐는데, 운전석에 앉은 켈트는 형제들이 모두 자리에 앉은 것을 확인하며 전뇌거를 몰았고, 그들의 전뇌거는 왔던 길을 되돌아 둑을 향하기 시작했다.

유유히 시야에서 멀어져 가는 드워프들의 전뇌거를 바라보던 벌쿤은 심드렁한 표정으로 혼잣말을 중얼거렸다.

"역시 아저씨들의 관심사는 포르코타였어… 나도 카타리나 누나에게 부탁해서 한 병 구해놓던지 해야지 원."

나름대로 머리를 굴리고 있을 때 뮤스의 목소리가 귓전을 때렸다.

"이봐, 벌쿤! 우리도 아저씨들을 따라가야지! 전뇌거에 빨리 타라고!"

고개를 돌려보니 뮤스와 마고드가 전뇌거에 오르고 있는 중이었는데, 그것을 보며 어깨를 으쓱거린 벌쿤은 몸을 돌리며 전뇌거로 발걸음을 옮기기 시작했다.

94장 갈리트 형제

해가 중천으로부터 조금 기울어져 있을 무렵 팜구드의 밀밭 한곳에서 시추 작업을 위해 용도 변경된 전뇌거가 가동되고 있었다. 그 중심에서 하늘을 향해 뻗어 있는 금속의 원통이 회전하며 기이한 음향을 흘리고 있었는데, 회전을 거듭할수록 금속의 원통은 천천히 짧아지는 것이었다.

시간이 흘러 금속 원통이 거의 모습을 감추게 되자 드워프들은 다시 한 번 바빠지기 시작했다. 땅에 늘어놓은 2멜리 정도 길이의 금속 원통을 들어 나르며 전뇌거 위에 올라가 있는 켈트에게 전달하는 일이었는데, 금속 원통은 그 무게가 상당했는지 힘 좋기로 소문난 드워프들도 다리를 휘청거릴 정도였다. 하지만 일에 대한 고집만큼은 대단한 그들이었기에 이빨을 악다물며 금속 원통을 날랐고, 벌쿤 역시 거들고 나섰기에 비교적 수월하게 작업이 이루어지고 있는 중이었다. 전뇌거 위에

서서 형제들이 날라준 금속 원통을 받아 든 켈트는 조금씩 땅속으로 들어가며 자취를 감추고 있는 금속 원통의 끝에 새로운 금속 원통을 조립하여 그 길이를 연장하기 시작했다.

뮤스와 마고드는 먼발치에서 드워프들의 시추 작업 상황을 살펴보고 있었다. 뮤스는 간간이 마고드를 위해 시추 작업에 대한 설명도 곁들여 주었는데, 탄성파 탐사만큼은 어렵지 않은 내용이었기에 마고드 역시 고개를 끄덕이며 뮤스의 설명을 듣는 중이었다.

"저 금속 원통의 끝 부분에는 금광석을 박아 넣은 단단한 날이 부착되어 있습니다. 그리고 전뇌거의 동력기를 이용해 금속 원통을 회전시키게 되면 금광석이 부착된 날은 조금씩 지층을 깎아내며 깊숙이 들어가게 되는 것이죠. 지금 드워프 아저씨들은 금속 원통을 이어주어 더욱 깊은 곳까지 날이 닿을 수 있도록 하는 중인데, 이제 일곱 개의 금속 원통이 들어갔으니 14멜리가량을 뚫은 것 같습니다."

뮤스의 말에 고개를 끄덕인 마고드는 남아 있는 금속 원통의 개수를 세며 물었다.

"지금 남아 있는 금속 원통이 세 개밖에 되지 않는데, 그것으로 충분하겠는가?"

"물론입니다. 물이 저장되어 있는 곳까지의 깊이는 18멜리. 그러니 마지막 금속 원통 하나만 더 연결하면 그곳까지 닿게 됩니다. 십 분 정도만 기다리면 되겠군요."

확신감이 서려 있는 뮤스의 이야기를 듣던 중에 문득 그의 옆얼굴을 바라본 마고드는 고개를 갸웃거리며 물었다.

"괜찮다면 질문 하나만 해도 되겠는가?"

"물론입니다, 마고드 씨."

"대체 자네는 뭘 하는 사람인가? 내 비록 세상 소식에 어두운 작은 시골 마을에서 살고 있지만, 아무리 봐도 자네는 평범한 사람이 아닌 것 같구먼."

마고드의 질문에 가볍게 미소를 머금은 뮤스는 드워프들을 바라보며 대답했다.

"하하… 세상에 평범한 사람이 어디 있겠습니까. 다들 나름대로의 재능을 가지고 있는 것이고, 저 역시 이런 일에 재능을 가지고 있는 사람일 뿐입니다."

"그렇게 생각하니 자네 말이 맞구먼. 세상에 평범한 사람은 없다라……."

뮤스의 대답에 잠시 생각을 해보던 마고드는 흡족한 표정을 지었는데, 뮤스가 한 말이 꽤나 마음에 들었는지 몇 번씩이나 반복하며 중얼거리고 있었다.

어느새 켈트는 마지막 금속 원통을 연결하고 있었다. 공구를 이용해서 금속 원통의 접합 부분을 단단히 조인 그는 이것이 마지막임을 알고 있었기에 작업용 장갑을 벗어 옷에 묻은 먼지를 털어내며 전뇌거에서 내려왔다. 그리곤 몸이 뻐근한 듯 허리를 이리저리 움직이며 형제들과 벌쿤이 쉬고 있는 곳으로 다가갔다.

"대충 끝난 것 같군. 이제 앉아서 구경만 하면 되는 건가?"

켈트가 다가오자 상의를 벗고 누운 채 땀을 말리고 있던 벌쿤은 상체를 일으키며 말했다.

"제가 도와드렸으니 나중에 포르코타인가 하는 술 좀 나눠 줘야 해요. 대체 무슨 맛이길래……."

하지만 벌쿤의 말에 드러누워 있던 드워프 형제들은 몸을 일으키며 냉담한 반응을 보이기 시작했다.

"흥! 누가 도와달라고 그랬냐? 우리만으로도 충분했는데 네가 자진해서 나선 것이 아니냐? 그런데 포르코타를 달라니 말도 안 된다!"

"그러게 말이야. 우리끼리 마시는 것도 모자란데 네게 줄 게 있다고 생각하냐?"

"흠흠… 술이 아깝다기보다 너를 걱정해서 하는 말인데, 술이 몸에 나쁘다는 것은 오래전부터 널리 알려진 사실이지. 드워프들이야 몸의 구조가 인간과 다르니 별 상관 없지만, 인간에게 술은 정말이지 나쁜 것이란다. 그러니 마시지 않는 것이 좋을 게야."

포르코타에 대한 드워프들의 애착은 벌쿤의 생각 이상이었는데, 작은 부탁마저도 거부해 버리자 분노한 벌쿤은 씩씩거리며 아직 시추 작업을 하고 있는 전뇌거로 다가가며 말했다.

"그렇게 말씀하신다면 제 손을 거친 원통은 다 뽑아버리겠어요! 기껏 도와드렸더니 그깟 술 한 모금 못 주겠다니!"

그러나 드워프들에게는 시추 작업보다 포르코타 한 모금이 더 중요한지 벌쿤의 행동을 보고도 팔짱을 낀 채 요지부동이었다.

한데, 벌쿤이 전뇌거에 오르는 것과 때를 같이하여 미미한 진동이 느껴지기 시작했다.

구구구궁……."

그리고 땅을 울리며 들려오는 소리가 듣는 이들을 불안하게 만들고 있었는데, 두리번거리며 땅을 살펴보던 레딘이 벌쿤을 향해 소리쳤다.

"대체 뭘 했길래 땅이 흔들리는 것이냐?!"

하지만 벌쿤 역시 그 영문을 모르는 것은 레딘과 마찬가지였기에 얼떨떨한 표정을 지으며 고개를 저었다.

"저, 저도 잘 모르겠어요! 저는 아무것도 만지지 않았다고요!"

"그럼 이건 어떻게 된 영문인 게야!"

"글쎄 모른다니까요!"

레딘과 벌쿤이 말다툼을 하고 있을 때 뮤스가 급히 달려오며 전뇌거 위에 서 있던 벌쿤을 향해 외쳤다.

"벌쿤! 금속 원통을 분리하고 전뇌거에서 내려와! 당장!"

갑작스러운 뮤스의 외침에 잠시 멍하게 서 있기만 하던 벌쿤은 곧 그의 말을 이해하고는 시키는 대로 금속 원통을 분리하기 시작했는데, 동력기를 분리하기만 하면 되는 간단한 작업이었기에 금세 끝마칠 수 있었다. 금속의 원통이 동력기에서 분리되자 빈 병에 빨대가 빠지듯이 시추 작업을 했던 구멍으로 사라져 버렸다. 그러나 진동이 멈출 기미 는커녕 오히려 강해지자 당황한 벌쿤은 뮤스를 바라보며 외쳤다.

"이런! 진동이 더 심해졌잖아! 이게 어떻게 된 거야?"

그의 물음에 답해줄 시간조차 없는지 다급한 표정으로 전뇌거로 달려온 뮤스는 급히 운전석에 올라타며 시동을 걸었다. 그리곤 전진 패달을 힘껏 밟으며 급출발을 시켰는데, 덕분에 그 위에 서 있던 벌쿤은 균형을 잃고 휘청거려야만 했다.

"으아악! 나 또 떨어진다!"

부우웅!

그때였다. 뮤스가 전뇌거를 몰고 작업을 하던 곳에서 떠나자마자 시추 작업을 통해 만들어진 구멍으로부터 엄청난 물기둥이 하늘로 솟아오르기 시작했는데, 조금만 늦었더라면 물기둥에 밀려 전뇌거가 뒤집힐 뻔하던 아슬아슬한 순간이었다.

촤아아악!

그렇게 솟아오른 물기둥은 여유로운 모습으로 무지개까지 만들어내는 중이었고, 드워프들은 아무런 말도 하지 못하고 침을 삼키며 끊임없이 솟아오르고 있는 물기둥을 바라보고 있었다. 전뇌거야 어떻든 간에 땅의 한가운데서 물기둥이 솟아오르는 모습이 그들의 넋을 빼놓기에 모자람이 없을 정도로 장관이었기 때문이다.

발치에서 물기둥을 목격한 마고드는 쉽게 믿겨지지가 않는 듯 두 눈을 부비며 재차 확인하고 있었다. 나직이 중얼거리는 그의 목소리는 격렬하게 떨리고 있었는데, 아무리 마음을 진정시키려 해도 허사였던 것이다.

"이럴 수가… 정말 물이 솟아오르고 있다니… 이 메마른 땅에서 물이 솟아오르다니……."

잠시 후, 하늘로 치솟았던 물기둥은 흡사 비처럼 변해 땅으로 떨어지기 시작했고, 옷이 젖는 것도 전혀 개의치 않은 마고드는 그 자리에 주저앉아 젖은 흙을 어루만지고 있었다. 그런 마고드의 모습을 본 드워프들은 서로의 얼굴을 바라보며 미소를 지어주었고, 자신들이 한 일에 대해서 뿌듯함을 느끼는 중이었다.

전뇌거에 타고 있던 뮤스 역시 안도의 한숨을 내쉬며 전뇌거에서 내렸다. 그리고 차츰 잦아들어 가고 있는 물기둥을 올려다본 뮤스는 벌쿤을 떠올리며 전뇌거 쪽으로 시선을 돌렸다. 아나나 다를까, 짐칸에 추한 몰골로 처박혀 있던 벌쿤이 힘겹게 몸을 일으키고 있는 모습을 볼 수 있었는데, 미안한 표정을 지은 뮤스는 그에게 다가가며 물었다.

"괜찮나, 벌쿤? 안 다쳤어? 너무 급해서 미처 말해 주지도 못했군."

뮤스의 물음에 머리를 매만지며 전뇌거에서 내린 벌쿤은 짜증이 듬뿍 담긴 목소리로 대답했다.

"내가 저주에 걸렸나. 오늘은 왜 이렇게 안 좋은 일만 일어나는 거야!"

그런 벌쿤의 등을 두드려 준 뮤스는 턱짓으로 마고드를 가리키며 입을 열었다.

"마고드 씨의 밝아진 얼굴을 한번 봐. 이렇게 좋은 일을 하면 나중에 백배로 돌려받을 일이 있을 테니까 너무 실망하지 마라."

"그런데 대체 왜 저렇게 물기둥이 솟아오르는 거야?"

"너도 압력에 대해서 공부한 적이 있을 텐데? 액체나 기체는 압력이 높은 곳에서 낮은 곳으로 움직이는 성질을 가지고 있지. 그러니 지하에서 압력을 받고 있던 물이 압력이 상대적으로 낮은 지상으로 움직이면서 솟구치게 되는 거야. 양쪽의 압력이 같아질 때까지 계속되는데 처음보다 많이 잦아든 걸 보니 곧 멈추겠군."

뮤스의 설명을 들으며 고개를 끄덕인 벌쿤은 가볍게 웃으며 입을 열었다.

"훗. 그래도 일이 잘되어서 다행이군. 혹시 물이 나오지 않으면 어쩌나 걱정했거든."

벌쿤을 향해 피식 웃어준 뮤스는 엄지손가락으로 자신을 가리켰다.

"녀석, 아직도 이 형을 못 믿는 게냐?"

그의 말에 벌쿤은 고개를 내저었고, 뮤스의 어깨에 팔을 걸치며 대답했다.

"나참. 형을 못 믿었으면 애초부터 아무것도 하지 않았을 거라고. 괜히 투덜거리면서 시키는 대로 다 했는 줄 알아?"

"녀석… 어서 마무리나 하러 가자."

둘은 몇 마디의 대화를 주고받으며 일행들이 있는 곳으로 걸어갔고,

이후로도 그들은 몇 시간에 걸쳐 지하의 물을 퍼 올리는 데 쓰일 기기를 제작해야만 했다.

뮤스 일행이 묵고 있는 숙소의 식당, 잔뜩 토라진 모습의 카타리나가 탁자에 혼자 앉아 식사를 하고 있었다. 기억을 되살려보아도 이렇듯 혼자 식사를 한 기억이 거의 없었던 카타리나는 시간이 갈수록 서러운 생각이 들었고, 뮤스에 대한 원망이 커져만 갔다.

"대체 뮤스와 아저씨들은 어디로 간 거야. 조금 더 자라고 하더니 지금까지 돌아오지도 않고!"

볼을 잔뜩 부풀린 카타리나는 화를 풀기라도 하려는 듯 빵을 신경질적으로 뜯었다. 그러한 그녀를 보며 주변의 사람들이 수군덕거리고 있었는데, 평소라면 잘 들릴 것 같지도 않을 정도로 작은 소리도 오늘따라 유난히 귀에 와 닿고 있었다.

"젊은 아가씨는 혼자 여행을 하는 건가?"

"이 사람아, 그렇지 않으면 혼자 식사를 하겠나? 세상에서 혼자 식사를 하는 것만큼 서러운 것도 없는데 말이야. 불쌍하군."

"허헛! 그렇게 불쌍해 보이면 자네가 같이 식사라도 해주게. 그럼 될 것 아닌가?"

"누가 그렇다는 말인가 어디……."

그들의 대화를 등 너머로 듣고 있던 카타리나는 입을 삐쭉 내밀며 혼잣말을 중얼거렸다.

"쳇! 나도 일행이 있단 말이에요. 정말 다들 어디 간거냐고! 뮤스……."

나직하게 뮤스의 이름을 불러보는 카타리나의 애절함에 하늘이 감동하기라도 했는지 때를 맞춰 식당 문으로부터 뮤스의 목소리가 들려오기 시작했다.

"휴우~ 피곤해 죽겠군요. 그래도 이제 몇 년 동안은 문제없이 밀 농사를 지을 수 있게 되었으니 다행이에요."

그리고 이어 켈트의 목소리도 이어졌기에 일행들이 모두 돌아왔음을 알 수 있었다.

"그러게 말이다. 그런데 그 포르코타는 언제쯤 줄 생각이냐?"

여전히 포르코타에 강한 집착을 보이고 있는 켈트와 드워프들을 바라본 뮤스는 실소를 터뜨리며 대답했다.

"그건 카타리나에게 부탁을 해서… 앗! 그리고 보니 카타리나가!"

그제야 숙소에 혼자 두고 온 카타리나를 떠올린 뮤스는 순간적으로 망치로 머리를 얻어맞은 듯 멍한 표정을 지었다. 그리고 무슨 일인지 뒷머리가 간질거린다고 생각한 그는 슬며시 뒤돌아봤는데, 아니나 다를까, 카타리나가 성큼걸음으로 막 들어서고 있는 일행들을 향해 걸어오는 중이었다. 그리고 단단히 화가 난 목소리로 외쳤다.

"뮤스, 이 바보야! 대체 아무 말도 없이 어디를 다녀온 거야! 잠깐 더 자라면서 사라졌다가 해가 져서야 들어오다니, 대체 내 걱정을 하긴 하는 거야?!"

"카… 카타리나, 자… 잘 있었어?"

"내가 잘 있었을 것 같아? 갑자기 없어져서 하루 종일 얼마나 걱정했는 줄 모를 거야!"

이성을 잃은 듯 보이는 그녀의 모습에 드워프들과 벌쿤은 눈살을 찌푸리며 슬슬 옆으로 피하기 시작했고, 옆으로 다가온 카타리나는 서슴없이 뮤스의 귀를 잡아당겼다.

"이제 내 생각이 났던 거지? 맞지? 아무튼 올라가서 이야기하자!"

"아앗! 그, 그게 아니라……."

카타리나에게 단단히 귀를 잡힌 뮤스는 난처해하며 드워프들과 벌쿤에게 도움을 청했지만, 그들은 애써 뮤스의 안타까운 눈빛을 외면한 채 옆 걸음으로 걸어가 식탁 앞에 앉았고, 평소대로 식사를 주문하며 어색한 이야기를 하기 시작했다.

"흠흠… 여기 주문 좀 받으시구려! 허헛! 오늘 날씨가 상당히 맑았지?"

"그… 그러게 말이유, 아참! 아… 아까 50셀리는 족히 됨 직한 지렁이를 봤지 않겠수? 그 지렁이가 쥐를 잡아먹습디다."

"그, 그럼 그건 뱀인 것 같군. 벌쿤, 네 생각은 어떻냐?"

"제 생각으로는 그건 지렁이가 맞는데, 잡아먹힌 것이 쥐가 아닐지도 모른다고 생각해요."

"흠… 새로운 입장의 표명이군."

이렇게 어처구니없는 이야기를 나누고 있는 동료들에게 뮤스가 원망의 눈빛을 보내고 있자 그의 귀를 잡은 손에 힘을 준 카타리나가 화를 억누르며 조용하게 말했다.

"자… 우리는 이제 방으로 올라가는 것이 어떻겠니?"

비록 어투는 의문형이었지만 뮤스에게 주어진 결정권은 아무것도 없었고, 결국 별다른 반항을 할 수 없었던 뮤스는 카타리나의 손에 이끌려 계단을 올라갈 수밖에 없었다.

뮤스가 도살장에 끌려가는 불쌍한 소마냥 식당에서 사라지자 드워프 형제들과 벌쿤은 안도의 한숨을 내쉬었는데, 눈앞에서 벌어진 상황이 믿기지 않는 듯 벌쿤은 다시 한 번 그들이 서 있던 곳을 바라보며 물었다.

"휴우! 지금 그 사람이 그렇게 상냥하고 착하기만 하던 카타리나 누
나 맞아요? 나참… 또 저런 모습이 숨어 있는 줄은 몰랐네."

그의 물음에 켈트 역시 동의하며 입을 열었다.

"나도 카타리나의 저런 모습은 처음 보는구나. 역시 여자들이 한을
품으면 한여름에도 서리가 내린다더니 옛말이 틀린 게 하나도 없구
나."

둘의 이야기를 듣고 있던 레딘이 고개를 내저으며 입을 열었다.

"우리 모두 뮤스의 명복을 빌며 식사나 합시다. 뮤스도 뮤스지만, 점
심부터 쭉 굶었더니 눈앞이 노랗게 변할 지경이유."

레딘의 말에 드워프들과 벌쿤은 대찬성의 표를 던졌다. 뮤스를 동정
해 주던 분위기가 완전히 사그라들자 그 짧은 순간에 뮤스의 존재는
그들의 뇌리에서 지워져 있었다.

싱싱한 야채와 과일, 구수하게 구워진 빵과 입맛을 자극하는 향기를
풍기는 소스가 뿌려진 돼지고기, 그리고 잘 익힌 생선과 훈제를 한 닭
고기, 그 외에도 수많은 종류의 음식들이 식탁에 놓이고 있었고, 그것
을 날라오고 있는 식당의 종업원은 내심 혀를 내두르는 중이었다. 바
로 메뉴에 적힌 것을 모두 가져오라는 드워프들의 주문 때문이었는데,
그는 식당 개업 때부터 이곳에서 일을 해왔지만 이런 식으로 음식을
주문한 이들은 처음이었던 것이다.

식탁에 작은 빈틈조차 없을 정도로 음식들이 가득 차자 환한 미소를
만면에 머금은 드워프들과 벌쿤은 누가 먼저라고 할 것도 없이 거의
동시에 포크와 나이프를 날렸고, 게걸스럽게 음식들을 먹어 나가기 시

작했다.

"최고군! 최고야! 역시 열심히 일한 후의 만찬은 삶을 행복하게 만들
지!"

"맞아요. 게다가 이 식당 음식 솜씨가 썩 괜찮은 것 같은걸요? 요리
장이 제법 능력있는 사람인가 봐요."

입 안에 있는 음식물들이 남에게 보이는 것을 전혀 개의치 않은 그
들은 저마다 한마디씩 던져 주었고, 그런 행동을 통해 큰 행복을 느끼
는 듯했다.

한창 드워프들과 벌쿤이 식사를 즐기고 있을 때였다. 문득 바쁘게
오가던 그들의 포크가 움직임을 멈추고 있었는데, 식당의 입구로부터
누군가의 걸걸한 외침이 터지고 나서였다.

"여기에 뮤스라는 이름을 가진 녀석이 있나?!"

그 목소리에 가게에서 식사를 하고 있던 사람들은 꺼리는 표정을 짓
기 시작했고, 감히 가게의 입구 쪽으로 시선을 돌리지도 못한 채 상황
을 살피고 있었다. 하지만 드워프들과 벌쿤은 아무런 거리낌 없이 입
구 쪽을 바라보았는데, 그 곳에는 세 명의 중년인과 그들이 이끌고 들
어온 듯한 장한 십여 명이 그 뒤에 서 있었다.

식당의 내부를 잠시 둘러보던 중년인들 중 가운데 서 있던 인물이
자신을 빤히 바라보고 있던 켈트를 향해 비웃음을 던지며 입을 열었다.

"후훗! 당신은 드워프 족인가? 하지만 면도를 하는 드워프가 있다는
소리는 처음인데 머리를 크게 다친 드워프인 것 같군. 하하하핫!"

그의 말에 함께 따라 들어온 장한들이 크게 웃기 시작하자 드워프들
과 벌쿤의 표정은 싸늘하게 변하고 있었다. 그리고 손에 들고 있던 포
크와 나이프를 내려놓았는데, 식욕조차 잊을 정도로 자존심에 손상을

입은 것이다. 잠시 고개를 돌려 형제들과 벌쿤을 바라본 켈트는 나직한 목소리로 물었다.

"오늘 오랜만에 뜨거운 심장을 불살라 봐야겠군. 각자 몇 명씩 맡을 겐가?"

그의 물음에 볼을 긁적거리며 생각해 보던 레딘은 그것마저도 귀찮은 듯 손을 내저으며 말했다.

"다들 나설 것도 없수. 그냥 혼자 처리하고 올 테니 식사나 마저 하시구려."

하지만 블뤼안과 브라이덴이 너털웃음을 터뜨리며 말했다.

"이봐, 레딘! 혼자서 재미를 다 볼 생각인 겐가? 우리도 좀 생각을 해달라고."

"그렇지! 형님이 수치를 당했는데, 형제들이 나누어 갚아줘야 하지 않겠나. 혼자서 독차지하려는 것은 욕심이 과한 것인 것 같군."

드워프들의 이야기를 들으며 잠자코 있던 벌쿤은 직접 몸을 일으키며 입을 열었다.

"다들 앉아 계세요. 저런 예의없는 사람들은 제가 혼줄을 내줄 테니까요."

그의 말에 서로의 얼굴을 바라보던 드워프들은 고개를 내저으며 모두 자리에서 일어났고, 켈트가 피식 웃으며 말했다.

"후훗! 그냥 다 같이 혼줄을 내주도록 하자고! 그래야 음식들이 식기 전에 끝낼 수 있지 않겠나?"

너무나도 여유자적한 그들의 대화를 듣고 있던 중년인들의 안색은 붉으락푸르락 변하고 있었다. 그리곤 끓어오르는 화를 참지 못한 중년인은 자신이 이곳에 찾아온 이유마저 잊은 채 뒤에 서 있던 장한들에게 외쳤다.

"뭣들 하고 있는 것이야! 저 녀석들을 당장 혼내주지 않고! 내가 쓸
데없이 네 녀석들에게 돈을 주고 있는 줄 아느냐!"

그의 닦달에 눈치를 살피던 장한들은 재빨리 드워프들이 있는 곳으
로 달려나가기 시작했고, 심상치 않은 조짐이 느껴지자 식사를 하던 손
님들은 하나둘씩 눈치를 보며 빠져나가고 있었다. 조용하기만 하던 식
당은 한순간에 팽팽한 긴장감이 도는 격투장의 분위기로 돌변한 모습
이었다.

같은 시간, 뮤스는 카타리나의 눈치를 살피며 탁자 앞의 의자에 앉
아 있었다. 카타리나는 방에 들어온 이후로 아무런 말도 없이 창밖에
시선을 고정시키고 있었는데, 오히려 뮤스는 그녀가 화를 낼 때보다 더
욱 찜찜한 기분을 느끼고 있었다.

하지만 마냥 이렇게 있을 수만도 없는 일이었기에 카타리나를 달래
어주어야겠다고 생각한 뮤스는 작은 목소리로 입을 열었다.

"저… 카타리나, 정말 화가 많이 난 거야? 너무 곤히 자고 있어서 깨
울 수가 없었어."

뮤스의 말에 고개를 살짝 돌린 카타리나는 가까이 다가오며 여전히
냉랭한 목소리로 말했다.

"좋아. 그럼 지금까지 뭘 하고 왔는지 이야기해 봐. 충분히 납득할
만한 일이었다면 화를 풀도록 할게."

그녀의 말을 듣고 얼굴에 희색을 띤 뮤스는 아침부터 일어난 일들을
차근차근 설명해 나가기 시작했다.

"어제 우리 옆 식탁에서 대화를 나누던 사람들 기억나? 왜 중년의

아저씨들과 우리 또래쯤 되는 아가씨가 있던 식탁 말이야."

뮤스의 물음에 팔짱을 끼며 잠시 생각을 해보던 카타리나는 자신이 화를 내고 있다는 사실을 잠시 잊었는지 평소와 다름없는 표정으로 돌아와 있었고, 어제의 일들을 떠올리며 고개를 끄덕였다.

"응, 당연히 기억나지. 뭔가 심각한 일이 있어 보였었잖아."

카타리나가 어제의 일을 기억하는 듯하자 이야기가 쉽게 풀릴 것임을 확신한 뮤스는 하루 종일 있었던 일들을 이야기해 주기 시작했다. 그의 이야기를 듣고 있던 카타리나는 멋진 무용담을 듣기라도 하는 듯 들뜬 기분을 감추지 못하고 있었는데, 갈리트 형제의 암계에 대해 이야기를 들을 때에는 인상을 찌푸리며 분노를 표했고, 탐성과 탐사에 대한 이야기가 나오자 신기한 듯 눈을 반짝였다. 또 시추 작업 끝에 물기둥이 솟아올랐다는 대목에서는 탄성을 지르기까지 했다.

"아… 그런 일이 있었었구나. 그럼 이제 마고드 씨의 일은 완전히 해결이 된 거니?"

"일단 농업용수 건은 해결을 했으니 이제 다른 지주들을 설득해서 마음을 돌리는 일만 남았다고 볼 수 있지. 그리고 황제 폐하를 만나 이 일에 대해서 언급할 생각이야. 아무래도 임시적으로 갈리트 형제들의 계획을 막긴 했지만 또 무슨 방법으로 다른 지주들을 억압할지 모르는 일이니까."

오늘 하루의 일과에 대해 이야기를 마친 뮤스는 카타리나의 표정을 살폈다. 그녀는 이미 화를 풀었는지 은은한 미소를 띠고 있었는데, 이야기를 들을수록 자신의 남자 친구가 더욱 믿음직스럽게 느껴지고 있었기 때문이다.

"그런 일이 있었다면 더 이상 화를 내면 안 되겠지? 하지만 다음번에 이런 일이 있으면 꼭 말은 해주고 나가야 해! 알겠니?"

"후훗, 알겠어."

믿음직스럽게 대답한 뮤스는 오늘따라 더욱 사랑스러워 보이는 카타리나의 입술에 살짝 입을 맞춰주었고, 그의 갑작스러운 행동에 카타리나는 부끄러운 듯 얼굴을 붉히고 말았다. 하지만 분위기가 진전되기도 전에 찬물을 끼얹는 소리가 아래층에서부터 들려오기 시작했다.

우당탕탕! 콰당!

그 소리에 뭔가 심상치 않음을 느낀 뮤스는 아래층에 드워프들과 벌쿤이 있음을 깨달으며 몸을 일으켰다.

"카타리나, 아무래도 무슨 일이 일어난 것 같아. 혹시 위험할지도 모르니 문을 잠그고 방에서 나오지 말도록 해. 알겠지?"

카타리나는 걱정스러운 얼굴로 고개를 끄덕이며 대답했다.

"으응… 별일 아니겠지?"

"너무 걱정하지 않아도 될 거야. 드워프 아저씨들이나 벌쿤이 호락호락하지는 않으니까. 그럼 다녀올게!"

카타리나의 마음을 안정시켜 주기 위해 뮤스는 가벼운 미소를 지어준 후 이내 몸을 돌려 방을 나섰다.

식당으로 내려간 뮤스는 그곳에서 벌어지고 있는 일들을 한눈에 볼 수 있었다. 무려 십여 명에 달하는 사람들이 엉킨 채 싸우고 있어서 식당 안은 난장판이 되어 있었는데, 그중 덩치가 큰 벌쿤의 모습이 유달리 눈에 띄고 있었다.

"우하하! 감히 우리를 얕잡아보다니! 혼이 좀 나봐야 해! 이런 식으로 약자들을 괴롭히는 것 같군!"

기분 좋게 광소를 터뜨리며 양쪽 손에 장정들을 한 명씩 나누어 든 그는 이리저리 흔들어 정신을 쏙 빼낸 후 한쪽으로 던졌는데, 이미 세 명 정도가 그곳에 정신을 잃고 드러누워 있는 상태였다. 그리고 두 명이 더해져 다섯이 채워지자 손을 털어 보인 벌쿤은 다음 주인공을 찾아 주변을 두리번거렸지만 장정들은 이미 그의 괴력에 쓴맛을 본 후였기에 아무도 그 주변을 얼씬거리지 않고 있었다.

그럭저럭 벌쿤에 대한 걱정에서 벗어난 뮤스는 드워프들을 향해 시선을 돌렸다. 덩치 큰 장정들의 틈바구니에 껴서 잘 보이지는 않았지만 그들을 쓰러뜨릴 때마다 모습이 보였는데, 식탁의 다리를 부러뜨려 만든 몽둥이를 이리저리 휘두르고 있었다.

사실 드워프들이 전투에 능한 종족이라고는 했지만 이런 식의 난투전에는 취약한 면을 보이고 있었다. 상대방에 비해 현저히 짧은 다리와 팔은 드워프의 공격 범위를 제한했고, 그들의 작은 키로는 급소가 가장 많이 몰려 있는 얼굴을 가격할 수 없었기 때문이다. 그런 이유로 드워프들은 어쩔 수 없이 무엇인가를 들고 싸워야 했는데, 그것이 바로 식탁의 다리였던 것이다.

켈트는 여기저기서 날아오는 주먹질과 발차기를 기가 막히게 피하며 상대의 정강이를 가격했는데, 신체에서 가장 약한 부위 중 한 곳이었기에 상대는 정강이를 부여잡고 쓰러졌다.

레딘과 블뤼안은 서로 등을 마주한 채 이리저리 움직이며 장정들을 상대하고 있었다. 그런 방법으로 뒤쪽이 안전하게 되자 그들은 막무가내로 몽둥이를 휘두르며 다니는 중이었는데, 워낙 힘이 좋은 드워프들이었기에 장정들이 무엇인가로 막아보려 해도 몽둥이에 닿는 것은 뭐든 산산조각이 나 원래의 형체를 잃게 되었고, 결국 장정들은 몸으로 맞을 수밖에 없는 상황이었다.

마지막으로 브라이덴은 가장 느긋하게 장정들을 상대하고 있었는데, 접시를 쌓아놓은 곳으로 뛰어들어 장정들을 향해 접시나 그릇 등의 식기들을 하나씩 날리고 있는 것이었다. 그는 마치 놀이라도 즐기는 표정이었지만, 막상 장정들은 크게 곤혹스러운 모습이다. 그도 그럴 것이 거리가 멀었기에 반격이 힘들 뿐만 아니라 강맹하게 날아오는 접시에 제대로 맞았다간 목숨이 위험한 지경이었기 때문이다.

결국 아무런 걱정을 하지 않아도 되겠다고 판단한 뮤스는 느긋한 자세로 눈을 돌렸다. 그리고 식당의 입구 쪽에서 그의 시선이 멈추었는데, 눈에 익숙한 사람들이 그곳에 있었던 것이다.

"흠… 저들은 갈리트 형제들이군. 하긴 자신들의 계획이 틀어졌으니 가만히 있지 못했겠지."

혼잣말을 중얼거린 뮤스는 거의 마무리되어 가는 상황을 살펴보며 드워프들과 벌쿤을 향해 외쳤다.

"이제 그만들 하세요!"

그의 목소리가 들려오는 곳으로 고개를 돌린 드워프들은 휘두르던 몽둥이를 멈추었고, 벌쿤은 손에 들고 흔들던 장정 두 명을 가까운 곳에 던져 놓았다. 그로써 식당의 난투극은 끝이 났는데, 부서진 탁자와 의자 사이에 누워 있는 이들은 모두 갈리트 형제들이 데리고 온 장정들이었고, 서 있는 이들은 오직 드워프 형제들과 벌쿤뿐이었다. 이러한 결과에 만족한 켈트는 자신의 앞에 누워 있는 장정을 발로 툭툭 치며 갈리트 형제를 향해 다가갔다.

"자네들은 아주 운이 없었던 게야. 하필이면 우리를 건들다니 말이야."

켈트가 다가갈수록 겁을 잔뜩 먹은 얼굴을 한 갈리트 형제들은 조금씩 뒷걸음질치기 시작했는데, 이렇게 참담한 결과는 꿈에서조차 상상하지 못했던 것이었다. 벽에 등이 닿으며 더 이상 갈 곳이 없어지자 마른침을 삼킨 갈리트 형제들 중 가운데에 서 있던 맏형이 더듬거리며 입을 열었다.

"너, 너희들… 우리가 누군지 알고나 이러는 것이냐!"

하지만 그의 말을 들은 켈트는 오히려 심기가 상한 듯 인상을 구기며 되물었다.

"허… 우리가 처음 보는 자네들이 누군지 어떻게 알겠나? 그저 집안 교육 잘못 받은 망나니로밖에 보이지가 않는군."

켈트의 담담한 반응에 갈리트 형제들은 당황한 표정을 지었고, 왼쪽 편에 서 있던 둘째가 나서며 외쳤다.

"당신들! 이곳이 처음이라 우리를 모르는 모양인데……!"

그가 자신들에 대해 장황한 설명을 늘어놓으려 하자 뮤스가 말을 자르고 나서며 갈리트 형제들을 향해 입을 열었다.

"여러분들이 혹시 갈리트 형제 분들 아니십니까?"

뮤스가 공손한 말투로 자신들을 알아보자 조금 기가 살아나게 된 형제들은 원래의 거만한 얼굴을 회복하고 있었다. 그리고 어깨에 힘을 주며 뮤스 일행들을 향해 냉소와 함께 한마디씩 던졌다.

"그렇다! 우리가 그 유명하신 갈리트 가의 형제들이다. 감히 우리를 몰라보고 이런 짓을 하다니, 간이 배 밖으로 나온 모양이군!"

"흐훗, 너희들은 큰 실수를 저지른 것이야, 감히 갈리트 가를 건들이다니!"

"너희들, 모두 무사하길 바라지는 말거라!"

그때 떫은 표정으로 갈리트 형제들의 이야기를 듣고 있던 벌쿤은 자신의 옆에 누워 있는 장정을 들어 올렸다. 그리곤 갈리트 형제들을 향해 집어 던지며 외쳤다.

"뮤스 형이 말을 곱게 하니 상황 파악이 안 되나 보군! 정신 좀 차려라!"

쿠당탕탕!

"으아아앗!"

불시에 날아오는 장정을 미처 피하지 못한 갈리트 형제들이 장정을 가슴으로 받으며 그 자리에 쓰러지게 되자 그제야 기분이 풀린 벌쿤은 미소를 짓고 있었다. 또 드워프 형제들 역시 눈앞의 중년인들이 이야기로만 듣던 갈리트 형제라는 사실을 알게 되자 그들을 향해 다가갔고, 켈트는 아이들을 다루듯 갈리트 형제들의 볼을 차례로 꼬집으며 혀를 찼고 있었는데, 장정에게 깔린 그들은 옴짝달싹하지도 못한 채 켈트가 하는 양을 보고만 있을 수밖에 없었다.

"쯔쯧… 뮤스를 찾기에 무슨 일인가 했더니 자네들이 바로 갈리트 형제들이셨구먼. 자네들의 뜻을 이루지 못해서 우리에게 복수라도 하려고 찾아온 것인가?"

켈트의 말에 상황이 나빠졌다는 것을 깨닫게 된 갈리트 형제들은 아무런 대답도 하지 못한 채 시선을 피하고 있었다.

식당의 한쪽에서 켈트에게 괴롭힘을 당하고 있는 갈리트 형제를 보며 웃고 있던 뮤스는 갑자기 무슨 생각이 들어서인지 얼굴을 딱딱하게 굳혔다. 그리곤 식당에 누워 있는 장정들을 바라보며 혼잣말을 중얼거렸다.

"잠깐… 그렇다면 마고드 씨는……."

마고드에게까지 생각이 닿은 뮤스는 다급한 표정으로 갈리트 형제들에게 향해 다가갔고, 거칠게 그들의 멱살을 잡아 흔들며 외쳤다.

"당신들, 설마 마고드 씨와 케니언 양에게까지 손을 댄 건 아니겠지?!"

뮤스의 물음에 갈리트 형제 중 맏형은 비릿한 미소를 지으며 대답해주었다.

"후훗, 왜 아니겠나. 이곳에 오기 전에 마고드를 이미 손봐주었지. 이미 이 세상 사람이 아닐지도 모르는 일이야. 하하하핫!"

유쾌하다는 듯 웃고 있는 그를 바라본 뮤스는 이빨을 갈았고, 멱살이 잡혀 있는 갈리트 형제들을 거칠게 바닥에 내동댕이치며 드워프 형제들과 벌쿤을 향해 말했다.

"아저씨들은 벌쿤과 이 사람들을 지키고 있으세요! 저는 마고드 씨의 댁으로 가서 상황을 살펴보고 올게요!"

"알겠다! 이들은 우리에게 맡기고 어서 서둘러 가보거라!"

켈트의 대답에 고개를 끄덕인 뮤스는 급히 몸을 돌려 식당 밖으로 뛰어나갔다. 뮤스가 사라진 것을 확인한 켈트는 괘씸하기 짝이 없는 갈리트 형제들을 향해 싸늘한 눈빛을 보내며 입을 열었다.

"하는 짓들을 보니 도무지 말로는 용서가 되지 않을 자들이군. 뮤스도 나갔으니 이제 우리를 말릴 사람은 아무도 없다네. 자네들에게도 여기 쓰러져 있는 자들에 못지않는 따끔한 맛을 보여주도록 하지."

나직하게 흘러나오며 으름장을 놓는 켈트의 목소리에 갈리트 형제들의 눈에는 긴장감이 역력했고 다른 드워프들 역시 켈트를 돕기 위해 그들의 주변으로 모여들고 있었다.

마고드의 집 앞에 도착한 뮤스는 참담한 표정을 지었다. 집의 대문

은 이미 부서져 있었고, 창의 유리는 대부분이 깨져 있었는데 그것만
보더라도 이곳에서 어떤 일들이 있었는지 쉽게 알 수 있었다.

뮤스는 부서진 문 조각을 밟으며 집으로 들어섰다. 집의 모습과 마
찬가지로 가구들은 이미 부서져 그 기능을 상실한 지 오래였고, 화분들
과 진열되어 있던 식기들이 모두 깨져 그 조각들이 바닥에서 나뒹굴고
있었다. 그것에 신경 쓸 여유가 없었던 뮤스는 모든 방문을 열어보며
마고드와 케니언 부녀를 찾기 시작했다.

일층을 대충 둘러봐도 부녀의 모습이 보이지 않자 뮤스는 위층으로
뛰어올라 갔다. 그러자 안쪽으로부터 여성의 흐느끼는 소리가 들려오
고 있었는데, 그것이 케니언의 것임을 눈치 챈 뮤스는 소리가 들려오는
방으로 발걸음을 옮겼다.

안쪽으로 들어가자 반쯤 열린 문으로부터 케니언의 흐느끼는 소리
가 흘러나오고 있었다.

"흑흑! 아버지, 제발 돌아가지 마세요! 제발!"

"쿨럭… 쿨럭……."

그리고 마고드의 거북한 기침 소리가 들려오기 시작했는데, 그 소리
를 들은 뮤스는 마고드의 상태가 심상치 않음을 직감할 수 있었다. 잠
시 기침 소리가 멈추자 가래가 끓는 듯한 마고드의 목소리가 들려왔다.

"흠… 너무 슬퍼하지 말거라, 케니언. 어차피 이 아비는 몹쓸 병으
로 오래 살지 못할 몸이 아니었더냐……. 그저 그날이 조금 더 빨리 찾
아온 것이라고 생각하거라……."

뮤스가 마고드의 목소리를 들으며 침중한 얼굴로 방 안을 들여다보
자 마고드는 가쁜 숨을 내뱉으며 침대에 누워 있었고, 케니언은 그의
손을 굳게 잡은 채 흐느끼고 있었다.

"하지만… 이렇게 돌아가시게 할 수는 없어요! 제가 사람을 불러올 테니 기다리고 계세요! 아시겠죠?"

케니언이 몸을 일으키려 하자 마고드는 힘겹게 고개를 저으며 그녀를 만류했다.

"허헛… 나는 이미 늦었단다. 이제 와서 그 누구를 불러오더라도 나를 어떻게 할 수는 없을 게야. 그러니 이대로 내가 눈감을 때까지 옆을 지켜주었으면 좋겠구나……."

마고드의 말에 굵은 눈물을 떨군 케니언은 연신 고개를 끄덕이며 대답했다.

"흑흑! 꼭 옆에 있어드릴게요, 아버지……."

"후훗… 역시 내 딸은 착하구나……."

따뜻하게 웃으며 말을 하던 마고드는 기침이 치미는 것을 느끼며 잠시 말을 끊었고, 잠시 후 폐부를 도려내는 듯한 기침을 하기 시작했다.

"쿨럭! 쿨럭! 헉… 헉……."

그리고 기침이 잦아들게 되자 마고드는 부드러운 딸의 머리카락을 매만지며 하던 이야기를 이어 나갔다.

"후우… 내가 죽으면 내 모든 재산을 네게 주도록 하마. 누누이 말했지만, 네가 꼭 이곳에서 밀 농사를 지을 필요는 없단다. 그저 네가 진심으로 하고자 하는 일을 할 수 있다면 그것으로 나는 만족할 것이란다. 후훗… 그저 죽기 전에 갈리트 형제들의 악행을 막지 못한 것이 한스러울 뿐이야……."

그때 마고드와 케니언의 이야기를 묵묵히 듣고 있던 뮤스가 방 안으로 천천히 들어서며 입을 열었다.

"그 점은 걱정하지 않으셔도 됩니다, 마고드 씨."

　마고드와 케니언은 뮤스의 목소리가 들려온 쪽을 향해 고개를 돌렸다. 그리고 뮤스의 모습을 발견한 마고드는 다행이라는 듯 안도하는 표정을 지으며 힘겹게 입을 열었다.

　"오… 자네가 무사한 것을 보니 천만다행일세. 괜한 일에 끼어들어 자네마저 해를 당했으면 어쩌나 걱정했다네. 갈리트 형제 일당들이 자네에게 찾아가지 않았던가?"

　침대 옆으로 다가온 뮤스는 마고드의 상태를 살펴보며 대답했다.

　"찾아왔지만 저희 일행들이 그들을 모두 혼을 내주었습니다. 지금쯤 드워프 아저씨들에게 응당한 죄의 대가를 치르고 있을 것입니다."

　하지만 마고드의 표정이 밝지 못한 것이 이후의 일이 걱정되는 듯했다.

　"허어… 나중에 그들에게 보복이라도 당하면 어쩌려고 그러나?"

　진심으로 걱정 어린 마고드의 말에 가벼운 미소를 지은 뮤스는 그의 손을 굳게 잡아주며 대답했다.

　"저희 스스로의 몸은 충분히 지킬 수 있으니 그런 걱정은 안 하셔도 됩니다. 그리고 갈리트 형제들과 팜구드 마을에 얽힌 일은 제가 직접 황제 폐하께 말씀드려 조치를 취하도록 할 테니 그 점이 아직 마음에 걸리신다면 이제 마음을 푹 놓으셔도 됩니다."

　그의 말에 마고드는 놀란 표정을 지으며 되물었다.

　"자네가 황제 폐하께 직접 말씀을 드릴 수 있다는 말인가? 하긴… 남들이 그런 소리를 했다면 믿지 못했겠지만, 자네의 말이니 믿도록 하겠네. 후훗… 이제 팜구드 마을이 평온해지겠군… 쿨럭!"

　뮤스의 말을 전해 들은 마고드는 자신의 마지막 소원이 이루어졌다고 생각했기에 몸이 고통스러운 와중에서도 평온한 표정을 짓고 있었다. 그리곤 이제 힘이 빠지는지 나직한 목소리로 뮤스를 향해 입을 열었다.

"후우… 죽기 전에 하나만 말해 주겠나?"

뮤스가 자신의 말에 고개를 끄덕이자 만족한 표정을 지은 마고드가 조용히 물었다.

"대체 자네의 정체는 무엇인가?"

그의 물음에 뮤스는 보기 좋은 미소를 지으며 대답해 주었다.

"제 이름은 뮤스 드라켄, 라이델베르크 공학원의 원장입니다."

마고드는 공학원에 대해 들었던 이야기들을 떠올리며 작은 목소리로 중얼거렸다.

"허헛… 소문이 떠들썩하던 공학원의 원장이 자네였군……. 그랬었어. 이제야 모든 것이 이해가……."

그렇게 흘러나오던 마고드의 목소리는 점차 작아지고 있었는데, 더 이상 그의 목소리가 들리지 않게 되자 뮤스는 가슴 깊은 곳에서 치미는 슬픔을 참기 위해 고개를 돌리며 눈을 감았다.

케니언의 통곡 소리가 방 안을 가득 메우기 시작했다.

　뜨겁게 내리쬐는 태양의 열기가 바닥에 빼곡히 박혀 있는 포장석들을 달구고 있었다. 비록 군데군데 깨진 모양의 포장석들이 세월의 흐름을 말해 주고 있었지만 앞으로도 긴 세월을 그 자리에 고집스럽게 남아 있을 듯했다.

　카캉!

　날카로운 금속음이 들리며 군데군데 이가 빠져 무뎌진 검의 날이 포장석을 때렸다. 그리고 곧 방향을 바꾼 검은 다시 한 번 목표를 노려봤지만 이번 역시 그 뜻을 이루지 못하고 다른 검에게 가로막혀야만 했다.

　깡!

　투박해 보이는 두 개의 검이 서로 맞물린 채 가볍게 떨리고 있었다. 그리고 그 검을 쥐고 있는 두 명의 사내들 역시 시선이 맞물린 채 몸을 떨고 있었는데, 그중 한 명은 얼굴에 무수한 상처를 가진 중년인이었고 또 다른 한 명은 20대 초반의 청년이었다. 한동안 힘겨루기를 하고 있던 그들은 누가 먼저라고 할 것도 없이 상대방을 밀어내며 뒷걸음질쳤고, 대여섯 발자국을 물러서고 나서야 몸을 세울 수 있었다.

그렇게 긴장 상태가 다소 수그러들자 문득 검의 날을 손으로 매만지기 시작한 중년인은 비릿한 미소를 지으며 입을 열었다.

"쇼메트, 어느새 자네도 상당히 늘었군. 이제는 나와 검을 겨룰 수 있게 되다니 말이야."

중년인의 말에 잔뜩 경직되어 있던 청년은 굳은 표정을 풀었는데, 다리마저 풀려 버린 듯 검으로 땅을 짚으며 한숨을 내쉬었다.

"후우… 그런 말 하지 마십시오, 카밀턴 대장님. 정말 대장님의 살기에 짓눌려 죽는 줄 알았습니다!"

카밀턴과 쇼메트. 듀들란 제국 소속의 특수 기관인 특무대의 대원들이었다. 비록 뮤스의 회유에 실패하고 돌아온 그들이었지만, 그라프라는 이름의 무게 때문인지 투르코스 재상으로부터 별다른 추궁을 받지 않은 상태였고, 평소대로 그들을 위해 만들어진 연무장에서 시간을 보내는 중이었던 것이다.

잠시 쇼메트의 말을 되새겨 보던 카밀턴은 무슨 말이냐는 듯 되물었다.

"흠… 내가 자네에게 살기를 흘렸다는 말인가?"

카밀턴의 되물음을 받은 쇼메트는 땅을 짚고 있던 검을 힘겹게 들어 어깨에 걸치며 대답했다.

"나참, 대장님은 못 느끼고 계셨던 것입니까? 정말 실전을 방불케 할 정도였단 말입니다. 잠깐 한눈이라도 팔면 그대로 목이 달아날 것 같았다니까요.”

피식 웃어 보인 카밀턴은 몸을 돌렸다.

“후훗, 대련 때 한눈을 팔면 목이 달아나도 할 말이 없는 것일세. 싱거운 소리 하지 말고 잠시 쉬게나. 오늘도 하루 종일 검술 수련을 할 예정이니.”

청천벽력 같은 카밀턴의 말에 쇼메트는 하늘을 바라보며 죽는시늉을 하기 시작했다.

“으아~ 또 하루 종일 검술 수련이라니… 저는 이제 검을 들어 올릴 힘도 없단 말입니다. 벌써 사흘째나 이러고 있으니 몸이 한계를 느끼고 있다고요. 지금 어깨에 검을 걸치고 있는 것이 안 보이십니까? 차라리 이럴 바에는 챠퍼나 죠슈드와 함께 작전에 지원하는 편이 훨씬 편할 것 같습니다.”

연무장에서 내려올 생각조차 하지 않고 신세 한탄을 하고 있는 쇼메트의 행동에 아랑곳하지 않은 채 카밀턴은 바닥에 주저앉아 수건으로 땀을 닦아내곤 병에 들어 있는 차가운 물로 목을 축이며 말했다.

“자네 말하는 모습을 보아하니 아직 힘이 많이 남은 것 같군. 앞으로 보름은 더 강행해도 무리가 없을 게야.”

카밀턴의 말이 끝나기가 무섭게 쇼메트는 입을 다물고 말았다. 그제야 만족한 표정을 지은 카밀턴은 터덜걸음으로 연무장에서 내려오고 있는 쇼메트에게 물병을 건네주었고, 그것을 받은 쇼메트는 엉뚱한 곳에 화풀이라도 하려는지 아무런 잘못 없는 물을 거칠게 입 안으로 쏟아 부었다. 물기에 젖은 머리카락을 손으로 넘긴 쇼메트는 카밀턴의 옆 자리에 주저앉으며 조용한 목소리로 입을 열었다.

“뮤스 원장의 일을 실패한 것이 아직도 마음에 남아 있는 것 같군요.

혹시 그에게 원한이라도 생긴 것입니까?"

그의 물음에 쓴웃음을 지은 카밀턴은 고개를 내저으며 대답했다.

"후훗, 원한? 그런 것 따위는 없다네. 그저 그 일을 계기로 다시 한 번 스스로를 채찍질하고 있는 것일 뿐일세. 맨주먹으로 나의 검과 대등하게 겨룬 뮤스 원장이 큰 충격이었거든. 언젠가 한번 만날 날이 있다면 서로의 위치를 떠나 무인으로서 겨뤄보고 싶다네. 물론 그는 무인이 아니라 공학도이니 다시 만난다 해도 상대를 해줄지 모르겠지만 말이야. 후훗!"

카밀턴의 이야기를 들으며 함께 회상을 하던 쇼메트 역시 뮤스를 떠올리며 고개를 끄덕였다.

"뮤스 원장… 정말 대단한 사람이었죠. 사실 공학도라고 하길래 공부밖에 모르는 허약한 연금술사 정도쯤으로 생각하고 있었는데, 저의 예측을 허무하게 깨어버리더군요. 정말이지 대장님과 겨루는 모습을 봤을 때는 기절할 정도였다니까요."

"후훗, 나조차 기분 나쁜 악몽이라 생각하고 싶을 정도였는데 자네들이야 오죽했겠는가?"

"하하핫! 대장님이 그런 생각을 하셨다니 왠지 믿기지가 않는걸요?"

"나 역시 감정이 있는 사람일세."

과거를 회상하며 카밀턴과 쇼메트가 대화를 나누고 있을 때 연무장으로 들어오는 철문이 열리며 한 명의 사내가 들어오고 있었다. 마치 철의 가면이라도 쓴 듯 무표정한 얼굴에 어디서나 흔히 볼 수 있는 평범한 얼굴을 한 중년인이었다. 그의 얼굴을 확인한 카밀턴과 쇼메트는 급히 자리에서 몸을 일으켰고, 굳게 쥔 주먹을 절도있는 자세로 가슴에 가져다 대며 외쳤다.

"투르코스 재상 각하를 뵙습니다!"

그들의 인사에 손을 들어 보이며 대답한 투르코스 재상은 카밀턴과 쇼메트에게로 다가왔다. 그리고 카밀턴의 얼굴을 살피던 그는 묵직한 음성으로 입을 열었다.

"오랜만이군, 카밀턴 대장. 조금 수척해 보이는데 무슨 일이라도 있는 겐가?"

"아무런 일도 없습니다!"

여전히 쩌렁쩌렁하게 울리는 카밀턴의 대답에 인상을 찌푸린 투르코스 재상은 조금 언짢은 목소리로 말했다.

"흠… 내 귀를 아프게 하는 자네의 목소리를 들어보니 아무 일 없는 것 같군."

그렇게 말하며 품에서 작은 서류 뭉치를 하나 꺼낸 투르코스 재상은 그것을 카밀턴에게 건네주었다.

"자네는 아무래도 장영실 경과 인연이 많은 것 같군. 이번에 장영실 경과 루스티커님께서 흑룡의 호수로 가시게 되었다네. 그 호위를 특무대에게 맡기고자 하는데… 괜찮겠나?"

투르코스 재상의 되물음에 뒤꿈치를 붙이며 몸을 세운 카밀턴은 여전히 우렁찬 목소리로 대답했다.

"명령이시라면 저희는 묵묵히 그에 따를 뿐입니다!"

하지만 카밀턴과 달리 쇼메트는 조금 불안한 표정을 하고 있었는데, 자신들이 가야 하는 곳이 흑룡의 호수라는 사실 때문이었다. 표정을 통해 쇼메트의 마음을 읽은 투르코스는 카밀턴이 들고 있는 서류를 턱으로 가리키며 말했다.

"흑룡의 호수라지만 그리 위험하지는 않을 것일세. 그에 대한 자세한 내용은 자네가 들고 있는 서류에 들어 있으니 참조하게나. 그리고 명령서는 가장 마지막 장에 첨부해 놓았으니 출발하기 전에 확실히 인지하도록. 한 번의 실패는 눈감아주었지만 또 한 번의 실패는 용납할 수 없으니 실수하지 말게나.”

“명심하겠습니다, 재상 각하!”

카밀턴에게 하고자 했던 이야기를 모두 전한 투르코스 재상이 금방 몸을 돌려 들어왔던 입구를 향해 걷기 시작하자 곧은 자세로 서 있던 카밀턴과 쇼메트는 처음과 같이 주먹을 가슴에 가져다 대며 예를 갖추었다.

투르코스 재상의 모습이 완전히 사라지자 다시 그 자리에 주저앉은 쇼메트는 불만 섞인 말투로 중얼거렸다.

“쳇! ‘또 한 번의 실패는 용납할 수 없으니 실수하지 말게나’. 아무튼 뻣뻣하기는. 정말이지 재미없는 분이라니까.”

쇼메트가 투르코스 재상의 말투를 흉내 내며 비아냥거리고 있을 때 카밀턴은 서류의 가장 마지막 장을 펼치고 있었는데, 그곳에는 눈에 익숙한 붉은색의 작은 봉투가 붙어 있었다. 입맛을 한번 다신 카밀턴은 조심스럽게 봉투를 뜯어내어 내용물을 확인하기 시작했고, 찬찬히 명령서를 읽어 내려가던 카밀턴은 바로 옆에 있는 쇼메트조차도 들을 수 없는 목소리로 입을 달싹거렸다.

“이제는 장영실 경을 감시하라니… 얼음처럼 차갑고 칼날처럼 치밀하신 분……”

하지만 그는 개인적인 생각에 앞서 명령을 최우선으로 받들어야 하는 위치였기에 머리 속에 명령서의 내용을 한 번 더 되새겼고 이내 작게 말아 입 안으로 털어 넣어 삼켰다. 심각해져 있는 카밀턴의 모습을

지켜보며 잠자코 앉아 있던 쇼메트는 막 뭔가가 떠오른 듯 카밀턴을
부르며 물었다.

"아참! 혹시 대장님은 투르코스 재상 각하의 연세가 어떻게 되는지
아십니까?"

쇼메트의 뜬금없는 물음에 명령서에 대한 생각을 미뤄놓은 카밀턴
은 고개를 갸웃거리며 대답했다.

"대략 40대 후반쯤? 나이는 잘 모르겠지만 겉으로는 그쯤으로 보이
는군."

그의 대답에 쇼메트는 고개를 가로저으며 말했다.

"땡! 틀렸습니다. 듣자 하니 겉모습은 저렇듯 젊게 보여도 실제 나
이는 50대 후반이라고 하더군요."

"흠… 정말 의외로군. 그 정도까지는 나이가 들어 보이지 않는데."

카밀턴의 반응에 미소를 지은 쇼메트는 손가락을 하나 펼쳐 보이며
말을 이었다.

"자! 여기서 문제를 하나 더 드리죠. 그렇다면 투르코스 재상이 젊
어 보이는 이유는 무엇일까요?"

"글쎄… 그것은 잘 모르겠군."

자못 심각한 표정으로 턱을 매만지며 답을 생각해 보고 있는 카밀턴
을 향해 쇼메트가 피식 웃으며 그 정답을 가르쳐 주었다.

"답은 간단합니다. 평생 웃어본 적이 없으니 당연히 얼굴에 주름이
생길 수가 없었던 것이죠. 그러니 50대 후반의 나이인데도 주름이 없
을 수밖에요."

어처구니없는 쇼메트의 말에 농담이라는 것을 깨달은 카밀턴은 실
소를 터뜨릴 수밖에 없었다.

"허헛! 나참, 자네의 쓸데없는 농담은 변하지를 않는군. 하지만 그럭 저럭 괜찮은 농담이었네. 그럼 이제 쉴 만큼 쉬었으니 다시 시작해야 겠지?"

"에? 얼마 쉬지도 못했는데 벌써 시작한단 말입니까?!"

"실제 전투에서는 이 정도의 휴식도 가질 수 없는 법일세. 그러니 잔소리 말고 연무장으로 올라오게나!"

"대장님도 재상 각하만큼이나 재미없는 사람이라니까."

여전히 고지식한 카밀턴의 말에 두 손을 든 쇼메트는 쑤시는 팔과 다리를 이끌며 다시금 연무장으로 힘겹게 움직이고 있었다.

듀들란 제국 공학원 제1 전뇌거 보관 창고, 기밀을 위해 빛조차 들어 오지 못하도록 완전 밀폐형으로 설계된 장소였다. 내부를 밝히고 있는 전뇌등의 불빛에 출하를 앞둔 전뇌거들이 모습을 드러내고 있었고, 그 수는 어림잡더라도 수백 대에 이르고 있었다.

열을 맞추어 세워져 있는 전뇌거 사이를 산책로라도 되는 듯 걷고 있는 두 명의 인물들이 있었다. 애초 이곳에 들어올 수 있는 권한이 있 는 사람은 손가락에 꼽을 수 있을 정도였고, 그중에서도 이곳을 찾을 만한 사람은 단 두 명밖에 없었기에 그들이 누구인지 알아맞히기란 아 주 쉬웠는데, 바로 공학원을 책임지고 있는 장영실과 황궁 수석 마법사 인 루스티커였다.

장영실과 루스티커는 흑룡의 호수로 출발하기 전 그들이 타고 갈 전 뇌거를 가지러 이곳에 온 것이었지만, 오랜만에 자신들의 노고가 그대 로 스며 있는 전뇌거들을 둘러보고 있는 중이었다.

매끈하게 다듬어져 있는 전뇌거의 본체를 매만지던 장영실은 흐뭇한 얼굴로 주변을 둘러보며 입을 열었다.

"이제 얼마 안 있어 이 녀석들이 세상의 빛을 보게 되겠군요."

그의 말에 가볍게 웃은 루스티커는 잠시 발걸음을 멈추며 말했다.

"자네의 감회가 정말 색다르겠군. 지난 4년간 자네의 모든 정열을 쏟아 부어 만든 녀석들일세. 한마디로 자네의 자식들이지."

"후훗! 자식이라… 비록 혼인을 하지 않아 자식이 없지만 비슷한 기분일 것 같군요."

장영실의 말을 들으며 다시금 발걸음을 옮기기 시작한 루스티커가 물었다.

"전뇌거의 공정은 이제 다 끝났는데, 기관열차의 공정은 어떻게 되어가는가?"

장영실은 루스티커를 따라 걸음을 옮기며 대답했다.

"기본적인 철로 공사는 지난달로 모두 완공된 상태입니다. 하지만 아직도 기관열차의 공정에 많은 시간이 걸리는 이유로 그 수가 턱없이 부족하기 때문에 최대한 서두르고 있는 중입니다. 그렇다 하더라도 제국개발사업 발표회에서 선보일 기관열차는 이미 완성된 상태이니 걱정하지 않으셔도 됩니다."

"결국은 시간이 문제인가……."

"후훗! 그렇습니다. 항상 그놈의 시간이 문제인 것이죠."

웃으며 대답해 주는 장영실의 옆모습을 바라본 루스티커는 낮은 목소리로 입을 열었다.

"이제 자네와 황실과의 계약 기간은 1년밖에 남지 않았다네. 그간 어떠한 심경의 변화도 없었는가?"

루스티커의 물음에 미안한 표정을 지은 장영실은 고개를 끄덕이며 대답했다.

"그렇습니다. 저의 생각은 처음과 전혀 변한 바가 없습니다."

예상했던 대답이었지만 마음이 답답해진 루스티커는 무거운 한숨을 내쉬며 말했다.

"그렇다면 당부해 줄 말이 있다네."

"그것이 무엇입니까? 감사히 경청하도록 하겠습니다."

허공을 바라본 루스티커는 뒷짐을 지며 이야기를 시작했다.

"이번 흑룡의 호수행에 특무대의 대원들이 우리를 수행하기로 되었다네."

장영실은 처음 듣는 이름에 고개를 갸웃거렸고, 그의 생각을 눈치챌 수 있었던 루스티커는 이야기를 이어 나갔다.

"특무대는 황실 직속의 특수 기관의 한 곳일세. 그 존재는 재상을 비롯하여 몇몇 고위 관료들만이 알고 있는데, 바로 자네가 찾고 있는 명신을 회유하기 위해 보냈었던 자들이지."

그제야 대충 감을 잡을 수 있었던 장영실은 팔짱을 끼며 이어지는 루스티커의 말에 귀를 기울였다.

"물론 명목상이야 자네와 나의 신변을 보호하기 위한다고 하지만, 사실상의 목적은 자네를 감시하는 일일 것일세."

그의 말을 듣던 장영실은 침음성을 흘리며 고개를 끄덕였다.

"흠… 이해가 됩니다. 제가 다른 마음을 품고 타국으로 들어가 버린다면 듀들란 제국으로서는 엄청난 타격을 입게 되는 것일 테니까요."

"자네의 말대로라네. 지금 자네의 작위는 남작에 불과하지만 듀들란 제국의 역사를 통틀어 보더라도 그 유래를 찾아볼 수 없는 실권을 가지고 있는 것일세. 그만큼 제국이 자네에게 거는 기대가 크다는 말이고 동시에 자네를 위험 요소로 안고 있는 것이지. 그러니 만에 하나 자네가 다른 마음을 품기라도 한다면 황실에서는 아무런 주저 없이 자네를 제거하려고 할 것일세.”

“듀들란 제국에서 본다면 지극히 자연스러운 일이겠지요.”

나직한 한숨을 내쉰 루스티커는 장영실의 어깨를 두들겨 주며 말했다.

“황실 측의 사람이 아닌 자네의 지기로서 말하는 것이네만, 만에 하나 다른 마음을 품고 있더라 하더라도 1년만 참게나. 나는 진정으로 자네를 잃고 싶지 않다네.”

그의 말에 고개를 끄덕인 장영실은 담담한 미소를 지으며 대답했다.

“사실 마음 같아서는 지금이라도 당장 듀들란 제국을 빠져나가 명신에게 가고 싶지만, 저는 듀들란 제국과 계약을 한 상태입니다. 후훗! 제가 한 약속은 끝까지 지켜야겠죠.”

“그렇게 생각하고 있다면 다행일세. 그럼 이만 나가세나. 흑룡의 호수로 떠나려면 준비해야 할 것이 많다고 하지 않았나?”

“훗, 그렇게 하도록 하지요.”

대화를 마친 장영실과 루스티커는 빼곡히 세워져 있는 전뇌거들 사이를 걸으며 유유히 사라지고 있었다.

다음날 아침, 이슬을 머금어 한층 싱그러운 나뭇잎 사이로 햇빛이 잘게 쏟아지고 있었고, 나뭇가지에 앉은 새들은 지저귀며 듣는 이의 기분을 경쾌하게 만들어주고 있었다. 그야말로 평소와 다름없는 평온한 아침이었다.

아침 일찍 일어난 장영실은 옷가지들과 책상 위에 올려놓은 가죽 주머니 네 개를 챙겨 튼튼한 가죽 포대에 넣으며 다시 한 번 방 안을 살펴보았다. 먼 길을 떠나야 했기에 작은 것 하나라도 빼먹는다면 곤욕스러운 일이 생길 것임을 알고 있기 때문이었다. 몇 번을 살펴보아도 아무것도 빠진 것이 없는 듯하자 장영실은 두터운 외투를 챙기며 방을 나섰다.

거실로 내려오자 아침 청소를 하고 있던 메닐드 부인이 따뜻한 미소로 그를 맞아주었는데, 손에 들린 짐을 보더니 고개를 갸웃거리며 물었다.

"안녕히 주무셨나요, 남작님? 그런데 짐을 챙겨 나가시는 것을 보니 또 한동안 못 오시나 보군요?"

그녀를 향해 가볍게 고개를 숙이며 인사를 건넨 장영실은 어깨를 으쓱거리며 대답했다.

"좋은 아침입니다, 메닐드 부인. 이번에는 조금 먼 곳을 다녀오게 되었습니다. 한 보름 정도는 집을 비워야 할 것 같군요."

장영실의 말에 섭섭한 표정을 지은 메닐드 부인은 뭔가 생각이 난 듯 손뼉을 쳤고, 손에 들고 있던 빗자루를 벽에 세워두며 말했다.

"그렇다면 잠시만 기다려 주세요, 남작님. 마침 빵을 구워놓은 것이 있는데, 가면서 드시도록 하세요. 제법 잘 구워졌답니다."

"하핫! 아침 식사도 하지 못하고 나가서 조금 배가 고프던 참인데 잘되었군요."

"호홋! 아침 식사를 거르면 하루 종일 힘이 없는 법이죠."

밝게 웃은 메닐드 부인은 급히 부엌으로 들어갔고, 곧 노릇하게 구워진 빵이 가득 담긴 종이 봉투를 들고 나오며 건네주었다.

"식기 전에 드시도록 하세요. 기왕 먹는 것이라면 맛있게 먹는 것이 좋죠."

　장영실은 항상 자식처럼 꼼꼼히 챙겨주는 메닐드 부인에게 고마움
을 느끼며 빵 봉투를 받곤 감사의 인사를 건넸다.

　"고맙습니다, 메닐드 부인. 그럼 다녀와서 뵙겠습니다."

　"호홋, 별것도 아닌 일로 매번 고맙다고 하시는군요. 아무튼 몸조심
해서 다녀오세요."

　장영실이 집을 나서자 메닐드 부인 역시 집 앞까지 나와 그를 배웅
해 주고 있었다.

　집을 나선 장영실은 집 앞에 세워둔 전뇌거에 올라탔다. 그가 탄 전
뇌거는 듀들란 제국에서 출시할 전뇌거와는 전혀 다른 모습을 하고 있
었는데, 바로 이번 여행을 위해 특별 개조를 거친 전뇌거였기 때문이
다.

　험한 길을 자유롭게 다니기 위해서 동력기의 출력을 높이는 것은 물
론 차체의 높이를 높였고, 바퀴의 크기 역시 보통의 전뇌거보다 훨씬
큰 것이었다. 그리고 가장 중요한 동력원은 도이첸 제국의 전뇌거에서
분해한 마나구를 사용하고 있었는데, 먼 거리를 움직이는 동안 전뇌력
을 수시로 충전할 수 없고 전뇌력의 출력 또한 높았기에 어쩔 수 없이
이 방법을 택한 것이었다.

　짐을 옆 좌석에 내려놓으며 전뇌거의 상태를 간단하게 점검한 장영
실은 이번 여행에 동행을 하게 된 일행들과 만나기로 한 장소인 쟈트
란 공학원으로 전뇌거를 몰아 나가기 시작했다.

　자신의 저택으로부터 전뇌거로 삼십 분 정도를 달린 장영실은 쟈트
란 공학원 단지로 들어설 수 있었다.

　몇 년 전만 해도 이 자리에는 전뇌거와 기관열차의 개발을 담당하는

본관 건물 하나뿐이었지만 4년이 지난 지금에 와서는 십여 개의 건물이 모여 있는 대규모의 단지로 변해 있었는데, 자재 보관, 제품 생산, 완성품 보관의 역할을 하는 건물들이 본래의 공학원을 중심으로 세워진 것이었다.

공학원에서 일하는 사람들이 출근할 시간이라서 그런지 많은 사람들이 그곳을 드나들고 있었는데, 장영실을 발견한 사람들은 하나같이 예의를 갖추어 인사를 건네고 있었다. 그들의 인사를 가벼운 고갯짓으로 받아준 장영실은 전뇌거의 속도를 줄이며 약속 장소인 본관 건물로 향했다.

공학원의 본관에 도착하여 전뇌거에서 내린 장영실은 루스티커 외에 초면인 두 명의 사내를 볼 수 있었다. 그중 한 명은 얼굴에 무수한 상처를 가진 30대의 인물이었고, 또 다른 한 명은 깔끔해 보이는 외모를 지닌 20대의 청년이었다.

장영실이 다가가자 루스티커가 반가운 얼굴로 맞아주었다.

"여행하기에 딱 좋은 아침이구먼! 어젯밤 잘 쉬었는가?"

"오랜만에 집에서 쉬니 그동안 쌓였던 피로가 다 풀리더군요."

"아무렴. 누가 뭐래도 집이 최고지. 그리고 이 사람들과 인사를 하게나. 이 둘은 우리를 수행할 사람들인데, 상당한 실력자들이라네. 카밀턴 대장과 그의 수하인 쇼메트라네. 그리고 자네들도 인사를 하게나. 이쪽이 황실에서 소문이 자자한 장영실 남작일세."

루스티커는 그들이 특무대의 대원이라는 말은 하지 않고 있었는데, 어제 장영실에게 귀띔을 해주긴 했지만 원칙적으로 그들의 정체가 기밀이라는 것을 염두에 두었기 때문이다.

루스티커의 소개를 받은 카밀턴과 쇼메트는 처음 보는 장영실의 얼굴을 유심히 살피며 인사를 건넸다.

"처음 뵙겠습니다, 장영실 남작님. 소문으로만 듣던 분을 만나뵙게 되니 영광입니다."

"저 역시 만나뵙게 되어서 영광입니다."

그들의 인사에 부담감을 느낀 장영실은 가벼운 미소를 지어 보이며 고개를 저었다.

"저 역시 여러분들을 만나게 되어 반갑습니다. 하지만 앞으로 힘든 여행을 함께해야 하니 그렇게 격식을 차리지 않으셔도 됩니다."

"최대한 노력하도록 하겠습니다, 남작님."

하지만 장영실의 말에도 불구하고 카밀턴과 쇼메트는 가볍게 고개를 숙이며 예를 표했는데, 이번 여행에서만큼은 장영실이 그들의 직속 상관이었고, 특별한 일이 아니라면 직속 상관을 편히 대하는 군인은 없었기 때문이다.

처음 만나는 사이인만큼 장영실과 특무대의 대원들 사이에서 서먹한 기운이 흐르자 루스티커가 그들의 어깨를 토닥거리며 입을 열었다.

"서로 노려보면서 오늘 하루를 보낼 생각인가? 보름이나 함께 지내야 하는데 너무 딱딱하게 굴지들 말라고. 사이에 낀 사람만 더 고통스러운 법이니까."

루스티커의 농담 섞인 말에 장영실은 실소를 터뜨리며 입을 열었다.

"후훗! 하긴 맞선 보는 자리에서도 당사자들보다 중매쟁이가 더 골치 아픈 법이니까요. 자, 그럼 출발하도록 하죠. 밤이 되기 전까지 다음 도시에 도착하려면 조금이라도 빨리 출발을 하는 것이 좋을 테니까요."

"그러도록 하세나. 어차피 성대한 환송식도 없는 것 같은데 이곳에 더 있어봐야 뭘 하겠나."

장영실과 루스티커의 말을 들은 카밀턴과 쇼메트는 자신들의 짐을 챙겨 전뇌거의 짐칸에 실었다. 그리고 그들을 따라 전뇌거의 뒷좌석에 올라탔는데, 자신의 임무 외에는 어떠한 일에도 무관심으로 일관하던 카밀턴 역시 처음 타보는 전뇌거가 신기한 듯 이리저리 둘러보았고, 쇼메트 역시 카밀턴과 별반 다른 것이 없었다.

앞 자리에 앉아 그들의 행동을 보던 루스티커는 손자뻘도 넘어 보이는 카밀턴과 쇼메트를 향해 장난스럽게 웃으며 말했다.

"쯔쯧… 젊은 사람들이 촌스럽기는… 그리고 자네들, 여행하는 동안 군인처럼 행동하지 말게나. 우리 둘 다 딱딱한 격식은 딱 질색인 사람들이니까. 알겠나?"

"노력하도록 하겠습니다!"

장난 섞인 그의 말을 진지하게 받아들이고 있는 특무대 대원들을 향해 루스티커는 안타까운 시선을 보내고 있었다. 하지만 카밀턴과 쇼메트의 태도는 지극히 당연한 것이었는데, 그들에게 있어 황실 수석 마법사인 루스티커는 감히 바라볼 수조차 없는 직책의 인물로 인식되어 왔고 어찌 보면 자신들의 직속 상관인 투르코스 재상보다 높은 위치에 있는 인물이었기 때문이다.

그들이 잔뜩 얼어 있는 동안 장영실이 전뇌거의 전진 패달을 밟자 전뇌거는 천천히 움직이며 공학원 단지를 빠져나가기 시작했다. 뒷좌석에서 딱딱한 자세로 앉아 있던 카밀턴과 쇼메트의 눈에는 신기함이 일렁이고 있었다.

이렇게 또 다른 일행들이 드래곤의 심장을 목적으로 흑룡의 호수를 향해 출발하고 있었다.

                    *   *   *

　밀이 탐스럽게 익어가는 들판 사이로 두 대의 전뇌거가 신나게 달리고 있었다. 바로 팜구드 마을을 출발해 흑룡의 호수가 있는 구바닌 산맥으로 향하고 있는 뮤스 일행의 전뇌거들이었는데, 마고드가 세상을 떠난 지 3일째 되는 날이었다.

　마고드가 세상을 떠나면서 유일한 가족이었던 케니언만이 남게 되자 그녀 혼자 장례식을 치르게 할 수는 없다고 의견을 모은 뮤스와 일행들은 직접 나서서 마고드의 장례식을 도와주게 된 것이었다.

　또 갈리트 형제들은 당분간 마을 사람들의 손에 맡겨두었는데, 그들은 마을 주민들의 손가락질을 받으며 도이첸 제국의 황제가 친히 내릴 벌을 기다려야만 했다.

　마지막으로 케니언의 결정은 마을 사람들을 모두 놀라게 만들었다. 그녀는 마고드의 뒤를 이어 밀 농사를 계속 짓기로 마음을 굳혔는데, 농사일에 대해서 아는 것은 많지 않았지만 마을 사람들의 도움을 받으며 하나씩 배워 나가기로 한 것이었다.

　이렇게 하여 짧은 시간 동안 가지게 되었던 근심들을 모두 털어버린 뮤스 일행의 기분은 더할 나위 없이 좋기만 했던 것이다.

　거칠 것 없이 달리고 있는 전뇌거 안, 카타리나에게 앞 자리를 양보해 준 켈트는 기분이 좋은 듯 콧노래를 흥얼거리며 편안한 자세로 좌석에 기대어 있었다.

　"룰루루루루! 아무리 생각해도 이번 팜구드에서 우리가 한 일은 정말 가슴 뿌듯한 일이었어. 그렇지 않냐, 뮤스?"

그의 말에 운전을 하고 있던 뮤스는 고개를 끄덕이며 미소를 지었다.

"정말 평생 잊혀지지 않을 것 같아요. 마고드 씨가 돌아가셔서 안타깝긴 했지만, 좋은 경험이었죠."

둘의 이야기를 듣고 있던 카타리나는 무슨 일인지 입을 삐쭉 내민 채 심드렁한 표정을 짓고 있었는데, 그 점을 의아하게 생각한 뮤스가 물었다.

"카타리나, 뭐 기분 안 좋은 일이 있어? 표정이 별로 밝지 않은데?"

카타리나는 그렇게 물어오기를 기다렸다는 듯 팔짱을 끼며 대답했다.

"다들 가슴이 뿌듯했다는 둥 보람을 느낀다는 둥 그런 말을 하는데, 정작 나는 숙소에만 있느라 아무것도 못했잖아. 그러니 소외되는 기분이야!"

"하핫! 물론 직접 경험하지는 못했지만 그간 있었던 모든 일을 들었잖아. 오히려 그 편이 훨씬 좋을지도 몰라. 직접 아픔을 겪지 않아도 되니까."

"웅… 그런가?"

"후훗, 물론이지."

카타리나를 향해 웃어주며 대답을 해준 뮤스는 멀리 있는 하늘을 바라보았다. 마고드의 얼굴이 가끔씩 떠오르곤 했는데, 그때마다 가슴 한곳이 아리는 느낌이었다. 한동안 그런 기분이 지속될 것이라는 사실을 알고 있었던 그로서는 다른 사람들이 마고드의 죽음을 목격하지 않은 것을 다행이라고 생각하는 중이었다.

문득 심심해진 켈트는 자신의 옆 자리에 앉아 지도를 보며 끙끙대고 있는 벌쿤을 향해 입을 열었다.

"쯔쯧… 아직도 지도를 모르겠냐? 아무튼 못난 동생 때문에 뮤스가 고생을 하는군. 네가 지도만 제대로 읽을 수 있었으면 뮤스가 좀 쉴 수 있었을 것 아니냐. 지도도 못 읽으면서 전뇌거를 운전하려고 했다니……."

그의 말에 신경질적으로 머리를 긁적인 벌쿤은 뭔가 못마땅한 표정을 지으며 대답했다.

"저는 아무래도 방향치인 것 같아요. 지도를 아무리 봐도 도무지 방향을 모르겠으니… 그래서 드베인 숲에서도 자주 길을 잃었었나?"

켈트는 턱을 매만지며 고개를 끄덕여 주었다.

"음, 너희 동네 격인 드베인 숲에서도 길을 잃었다면 아무래도 방향치임이 확실한 것 같군. 나중에 구바닌 산맥에 도착하거든 절대 우리와 떨어지지 말거라. 그곳에서 길을 잃게 되면 그대로 죽는 것이나 다름없으니까 말이야."

켈트의 말에 눈을 반짝인 벌쿤은 호기심 어린 표정으로 물었다.

"켈트 아저씨, 혹시 구바닌 산맥에도 가보신 거예요?"

그의 물음에 켈트는 어깨에 힘을 주며 고개를 끄덕였다.

"껄껄, 내가 대륙에서 가보지 못한 곳이 어디 있겠냐? 물론 구바닌 산맥도 가본 적이 있지. 흑룡의 호수와는 멀리 떨어진 곳이지만 말이야."

켈트를 향해 의심스러운 눈초리로 보낸 벌쿤은 고개를 갸웃거리며 물었다.

"안 가본 곳이 없다면 삼대마역에도 모두 가보셨단 말이에요? 에이, 삼대마역은 못 가보셨죠?"

　정곡을 찌른 벌쿤의 말에 헛기침을 삼킨 켈트는 급히 머리를 굴렸고 이내 입을 열었다.

　"흠흠, 삼대마역은 못 간 것이 아니라 안 간 것이란다. 우선 드워프들은 습기 찬 곳을 싫어하니 드베인 숲은 가기 싫어하는 것이 당연하고, 엘프와의 사이도 좋지 않으니 엘프의 숲에도 가지 않지. 게다가 흑룡의 호수는 지금 가고 있으니 제외를 시켜야 하는 것이란다. 이제 내 말에 수긍을 하겠냐?"

　얼렁뚱땅 둘러대는 켈트의 변명에 대해 곰곰이 생각해 보던 벌쿤은 쉽게 수긍을 하고 있었다.

　"맞는 말인 것 같군요. 그럼 구바닌 산맥에 대해서 이야기 좀 해보세요. 듣자 하니 굉장히 험한 곳이라고 하던데……."

　"음, 원한다면야 해주도록 하지."

　잠시 옛 기억을 회상하기라도 하듯이 허공을 바라보던 켈트는 자신이 경험했었던 구바닌 산맥의 모습을 떠올리며 그곳에 얽힌 이야기를 시작했다.

　"구바닌 산맥은 대륙을 두 개로 나누는 경계선 역할을 하는 험난한 산맥이란다. 그 서쪽에는 우리가 있는 도이첸 제국이 위치하고 있고, 그 동쪽에는 듀들란 제국이 위치하고 있지. 사실 도이첸 제국과 듀들란 제국이 사이가 좋지 않은 이유 중에 하나가 이 구바닌 산맥이란다. 이 산맥으로 인해서 서로의 교류가 자유롭지 않게 되자 점차 사이가 멀어지게 된 것이지. 그런 이유로 언어 또한 서로 다르단다."

　켈트의 이야기가 시작되자 벌쿤뿐만 아니라 카타리나 역시 그의 이야기를 듣고 있었고, 구바닌 산맥에 대해 상당히 잘 알고 있던 뮤스 역시 직접 가본 적은 없었기에 조금 더 생생한 이야기를 듣고자 켈트의 이야기에 귀를 기울였다.

켈트의 이야기는 계속 이어지고 있었다.

"지금으로부터 40년쯤 전의 일이겠구나. 그 당시 나는 몇 명의 모험 가들과 파티를 이루어 여행을 하는 중이었단다. 우리는 구바닌 산맥의 어떤 동굴에 진귀한 약초가 자란다는 소문을 듣고 그것을 찾아 나선 것이었는데, 지금 생각해 보더라도 상당히 쟁쟁한 사람들이었단다. 그 중에는 꽤나 인정을 받은 검사도 있었고 5클레스의 마법사도 끼어 있었지. 또 페듀크라는 마을의 도적 길드장을 맡고 있는 솜씨 좋은 도적도 있었는데, 정말 재빠른 녀석이었지. 당시에는 주로 말을 타고 이동했는데, 우리 드워프 족은 말을 타는 데 젬병이라서 나는 무척이나 고생을 했지. 그렇게 닷새 밤낮을 달려 우리는 구바닌 산맥의 산자락에 도착할 수 있었던 게야. 하지만 그곳에 도착한 일행들은 입을 쩍 벌릴 수밖에 없었는데, 아무런 사전 지식도 없이 허술한 지도 하나만을 보고 찾아왔더니 생각보다 백배는 더 험준한 산맥이 떡하니 버티고 있더구나."

익살스러운 켈트의 몸짓이 이어지자 카타리나와 벌쿤은 웃음을 터뜨렸고, 켈트는 더욱 자신의 이야기에 심취하고 있었다.

"그 험난하기가 어느 정도였나 하면, 산맥의 십 분지 일도 올라가기 전에 말을 타고는 오르지 못할 정도의 경사가 시작되었고, 일 년 내내 녹지 않는 만년설은 사람들의 긴장시키기에 충분했지. 게다가 뾰족하게 솟아난 암석들은 굉장히 날카로워서 살짝만 잘못 긁히면 피를 보기 일쑤였단다."

심각한 표정을 지으며 말하는 켈트를 바라본 벌쿤은 마른침을 삼키며 물었다.

"정말 그런 곳을 올라가셨다는 말이에요?"

"아무렴! 내가 지금 거짓말하고 있는 것 같으냐? 정 못 믿겠으면 뮤스에게 한번 물어보거라. 뮤스도 구바닌 산맥에 대해서 제법 알고 있을 테니."

켈트의 말에 운전을 하고 있던 뮤스는 고개를 끄덕이며 말했다.

"켈트 아저씨의 말이 모두 사실일 거야. 구바닌 산맥은 높기도 높은 데다가 가파르기가 엄청나기 때문에 아무나 함부로 오르기는 힘들지."

뮤스를 통해 진실임을 확인한 벌쿤은 켈트를 다그치며 물었다.

"그리고 그 다음은 어떻게 되었어요?"

"녀석, 모두 이야기해 줄 테니 보채지 말거라. 쩝, 물론 혀를 내두를 만큼 험한 곳이었지만, 당시 보물에 눈이 먼 우리들은 거칠 것이 없었지. 하루에 고작 200멜리조차 오를 수 없는 속도임에도 불구하고 우리는 포기할 줄 모르고서 산을 올랐고, 오르다가 좁다란 평지라도 눈에 띄면 그곳에서 두꺼운 모포를 다섯 겹이나 덮고 잠을 청했단다. 그렇게 하지 않고서는 밤이 되어 밀려오는 엄청난 추위를 견딜 수가 없었거든. 그렇게 보름가량을 올랐을 때, 우리는 지도에 그려져 있던 동굴을 발견할 수 있었단다. 정말이지 그 기쁨은 도저히 말로 표현할 수 없는 것이었지. 그리고 기쁜 마음에 몸이 피곤하다는 사실조차 잊은 채 동굴 속으로 뛰어들었단다."

이야기를 이어 나가던 켈트가 문득 입을 다물자 한창 이야기에 빠져 들어 있던 카타리나가 애를 태우며 물었다.

"그래서 어떻게 됐어요? 결국 그 진귀한 약초를 찾아낸 것인가요?"

그녀의 물음에 나직한 한숨을 내뱉은 켈트는 고개를 끄덕이며 대답했다.

“물론 그 지도도 가짜가 아니었고, 지도에 나온 대로 그 동굴 속에는 약초가 존재하고 있었지.”

잔뜩 흥분한 벌쿤은 자신의 일이라도 되는 듯 켈트를 흔들며 외쳤다.

“이야! 그럼 그 사람들이 모두 엄청난 부자가 되었겠군요?”

하지만 이번에는 고개를 내저었는데, 그때의 생각만으로도 억울한 듯 인상을 찌푸렸고 입맛을 다시며 말을 이었다.

“쩝… 그랬으면 얼마나 좋겠냐마는… 모두들 헛물만 들이키고 말았단다.”

“엥? 그 진귀한 약초를 찾아냈다면서요. 그런데 왜 헛물만 들이켜요?”

“사실 문제는 그 지도에 있었단다. 그 지도가 제작된 것이 약 800년 전이었는데, 그 당시 어느 유명한 약사가 불치의 병에 걸린 딸의 살리기 위해 어떤 약재를 찾아 나서게 되었다고 하더군. 하지만 그가 찾는 약재는 제국 전역을 돌아다녀 봐도 찾을 수 없었고, 결국은 그의 발걸음은 구바닌 산맥에까지 닿게 되었던 게야. 비록 위험하긴 했지만 일말의 희망을 접을 수 없었던 그 약사는 자신의 목숨을 걸고서 구바닌 산맥에 올랐고, 하늘의 뜻인지 그가 찾고 있던 약재가 자라는 동굴을 발견하게 되었다는군. 그렇게 해서 자신이 원하던 약초를 구할 수 있었던 그 약사는 그곳을 잊어버리지 않게 지도를 만들었고, 그 약초를 이용해서 딸의 목숨까지 구했단다. 그런데 그 약초라는 것이 알고 봤더니 ‘큔의 날개’ 라는 것이더군. 그 사실을 알았을 때는 정말이지 그 자리에서 기절할 뻔했단다. 겨우 큔의 날개였다니…….”

“푸하하핫! 정말 황당할 만했겠군요! 하지만 그런 일이 일어날 만도 해요. 풋!"

켈트의 이야기가 끝나자 뮤스만이 참을 수 없다는 듯 웃음을 터뜨리고 있었는데, 벌쿤과 카타리나는 그의 이야기를 이해하지 못하고 있었던 것이다. 아무리 생각해 봐도 이해를 할 수 없었던 카타리나가 답답하다는 표정을 지으며 뮤스에게 물었다.

"대체 왜 그렇게 웃는 거니?"

그녀의 말에 힘겹게 웃음을 참은 뮤스는 자세한 이야기를 해주었다.

"큔의 날개라는 것은 오래전에 엄청나게 귀한 약재로 쓰였었지. 왜냐하면 아주 까다로운 조건이 아니고서는 자라나지가 않았기 때문이야. 하지만 세월이 지나면 세상도 변하듯이 재배 기술이 발달하게 되자 큔의 날개를 일반인들도 쉽게 재배할 수 있게 되었고, 근래에 들어서는 헐값에 팔리는 약초가 된 것이지."

"호홋, 정말 헛수고만 한 것군요."

그제야 이야기의 전말을 이해할 수 있게 된 카타리나와 벌쿤은 배를 부여잡고 웃었으며, 켈트는 아직도 그때의 기억이 생생한 듯 표정이 어두워져 있었다.

시간이 조금 지나서야 웃음을 멈출 수 있었던 카타리나와 벌쿤은 눈가에 맺힌 눈물을 닦아내며 호흡을 고르기 시작했고, 겨우 안정을 취하게 된 벌쿤은 켈트를 향해 물었다.

"이야기가 웃겨서 좋긴 했는데, 하나 궁금한 것이 있어요."

"응? 궁금한 것이라니?"

"아저씨가 구바닌 산맥에 오르기 위해서 그렇게 고생을 했다고 하셨는데, 설마 우리도 그렇게 올라야 하는 건가요? 만약 그렇다면 우리야 괜찮지만 카타리나 누나가 걱정이네요."

그의 물음에 대해 뮤스가 대신 대답해 주었다.

"그건 걱정하지 않아도 괜찮아. 전체적으로 구바닌 산맥의 산세가 험하긴 하지만 흑룡의 호수가 있는 곳은 예외이지. 비록 전뇌거를 타고 들어갈 수는 없겠지만, 다른 곳과 같이 극단적으로 험난하지는 않거든. 카타리나도 충분히 갈 수 있을 거야."

뮤스의 대답에 고개를 끄덕인 벌쿤은 옆에 앉아 있는 켈트를 놀리기라도 하듯이 입을 열었다.

"그렇다면 다행이야. 사실 드워프 아저씨가 그랬던 것처럼 보름이나 산을 오르기는 싫거든. 후훗, 아무런 보람도 없이 그 고생을 했으니 아저씨도 얼마나 억울했겠어요."

"이 녀석! 가만히 두지 않겠다!"

40년 동안 가슴에 담고 있던 아픈 곳을 벌쿤이 찌르자 발끈한 켈트는 벌쿤을 향해 몸을 날렸고, 그 덕에 전뇌거의 뒷좌석은 때 아닌 씨름판으로 변해 버렸다. 늘상 일어나는 이런 일에 이제 익숙해진 카타리나는 느긋한 자세로 그들이 하는 양을 구경하고 있었고, 뮤스는 담담한 미소를 지을 뿐이었다.

켈트와 벌쿤의 몸부림 때문인지, 아니면 거친 길 때문인지는 알 수 없었지만 뮤스 일행을 태운 전뇌거는 경쾌하게 들썩거리며 구바닌 산맥으로 향하고 있었다.

〈제8권 끝〉